ARIANNE MARTÍN

Juntos somos perfectos

YOUNG KIWI, 2023
Publicado por Ediciones Kiwi S.L.

Primera edición, abril 2023
IMPRESO EN LA UE

ISBN: 978-84-19147-57-8
Depósito Legal: CS 169-2023
© del texto, 2023 Arianne Martín
© de la ilustración de cubierta y personajes: @laranna_art
Corrección, Carol RZ

Copyright © 2023 Ediciones Kiwi S.L.
www.edicioneskiwi.com

NOTA DEL EDITOR
Tienes en tus manos una obra de ficción. Los nombres, personajes, lugares y acontecimientos recogidos son producto de la imaginación del autor y ficticios. Cualquier parecido con personas reales, vivas o muertas, negocios, eventos o locales es mera coincidencia.

Para Lander y Alain, por ser todo mi mundo.

No te preocupes, estás tan cuerdo como yo.

Luna Lovegood

Capítulo 1

*Tenía más peligro de empezar a
asesinar personas que de estallar en lágrimas*

Estaba a punto de explotar.

Iba a gritar si una sola persona más volvía a decirme que sentía que Matt me hubiese abandonado. O no, mejor dicho, lo que iba a hacer era golpear a quien se atreviese a repetirlo.

Me había quedado con ganas de hacerlo con Stacy, mi supuesta amiga, que dejó de serlo en el momento en que no le parecí guay porque ya no salía con el capitán del equipo de *hockey* de la universidad.

Terrible.

Cuando sucedió, no me lo podía creer, pero ahora, viéndolo desde la distancia, me había hecho un favor dejando ver tan claramente que lo que le importaba eran mis contactos —que ya ves tú los contactos que tenía— y no yo. La única pena era que me había quedado con ganas de gritarle a la cara un par de cosas. Sabía que no me pegaba nada actuar de esa forma, pero eso no evitaba que lo hubiese deseado.

A veces, odiaba ser tan correcta. Pensé que era el momento de cambiar; si alguien tenía derecho a replantearse su vida y su manera de comportarse en algún momento, ese era después de una ruptura.

¿Quién sabía?

Igual ahora me volvía una salvaje y no me esforzaba tanto por controlar mis impulsos. Por empujarlos al fondo de mi cuerpo para que se ahogasen y, con suerte, no me impidiesen respirar. Quizás ahora no me preocuparía tanto por querer ser la chica perfecta con la vida perfecta que se olvidaba de lo más importante: vivir.

Aunque me estaba precipitando; de momento, tenía suficiente con sobrevivir a esa noche.

Me alejé de la pequeña fiesta en la playa a la que me habían arrastrado, pensando.

Como buena estudiante de Psicología, sabía que después de toda ruptura se pasaba por cinco fases: negación, ira, negociación, depresión y aceptación. Muy parecidas a las que pasabas cuando perdías a un ser querido, por lo que me sentía afortunada de no haber estado realmente enamorada de Matt y que solo lo hubiese estado del concepto que tenía del amor, de que nuestra relación fuese más una situación de costumbre que un sentimiento real. Si no hubiera sido así, después de tantos años, habría estado destrozada. Pero que yo supiera eso y lo tuviera claro no quería decir que el resto de las personas que estaban a nuestro alrededor también lo hiciesen. A lo largo de los meses me había empezado a hartar de las miradas de pena, como si fuera una chica abandonada sufriendo por su amado.

¿Cuándo había transmitido eso? ¿Es que todo el mundo era idiota?

Aunque lo que más odiaba de la situación eran los comentarios que la gente hacía.

Me daban ganas de gritar muy alto para que todo el mundo se enterase de una vez de que nunca había estado enamorada de

Matt y que la realidad era que nos había hecho un favor a los dos. Habíamos sido unos tontos que se habían impedido vivir el uno al otro.

Estaba cansada de que la gente me mirase como si fuese una carga peligrosa e inestable que al más mínimo movimiento iba a ponerse a llorar.

No era así, tenía más peligro de empezar a asesinar personas que de estallar en lágrimas.

Tenía que regresar al presente. A la fiesta a la que todavía no tenía muy claro cómo me habían convencido para asistir. Dan tenía mucha culpa de ello, sobre todo, porque había sido su «Pienso actuar de "paraidiotas" toda la noche para que nadie te moleste. Somos un equipo» lo que había terminado de convencerme.

Me había pasado gran parte del verano encerrada en casa, huyendo de los eventos sociales, y era muy consciente de que eso tampoco era sano. Pero ¿dónde estaba ahora el pequeño demonio? Se había ido a buscar un baño y estaba tardando en regresar más tiempo del que yo era capaz de soportar a cualquier persona últimamente.

Comencé a caminar en dirección a la orilla para separarme del gentío. Necesitaba un poco de espacio. Necesitaba desahogarme. No podía seguir así, con los sentimientos tan cerca de la superficie, siendo demasiado consciente de la gente a mi alrededor. De sus miradas.

Necesitaba alejarme.

Golpeé con fuerza la arena a cada paso y me acerqué a las rocas para tener más intimidad. Aunque estaba anocheciendo, todavía había suficiente luz como para que no resultase peligroso moverse por esa zona.

—AHHHHHHH —grité cuando llegué y me supe sola y lejos de la gente. Acompañé el despliegue con un salto furibundo que hizo que me quedase bastante a gusto, la verdad.

No había nada como dejar salir la mala leche para sentirse mejor. Solo si sacábamos lo que teníamos dentro podíamos volver a meter cosas nuevas. Eso era lo que nos tenían que enseñar en la carrera de Psicología y no un montón de datos innecesarios que no ayudaban a nadie.

Un movimiento a mi izquierda me alertó de que no estaba sola —que ya me podía haber dado cuenta antes de comportarme como una niña con una rabieta—, pero giré la cabeza hacia la figura enorme que estaba parada a unos metros de mí como una estatua y mirándome con los ojos muy abiertos, como si estuviese delante de un animal peligroso y no supiera muy bien cómo comportarse.

Andrew Wallace.

Quería morirme. No podía ser verdad que uno de los mejores amigos de Matt, uno de los más sexis, templados y seguros que tenía, me hubiese visto perder los nervios de esa manera. No él. No, no, no. Me negaba a aceptarlo. Aunque, por mucho que lo desease, pasados unos segundos comprendí que tenía que hacer algo. No había marcha atrás, el daño ya estaba hecho.

—Hola —saludé con una sonrisa de disculpa. Fue la única palabra que se me ocurrió para romper el hielo y sacar tiempo para que se me ocurriese una preciosa explicación sobre lo que acababa de presenciar.

El silencio se extendió entre nosotros mientras nos mirábamos. Él, como si estuviese tratando de descifrarme y no tuviese muy claro cómo dirigirse a mí, y yo le miraba como una persona a la que en ese momento le hubiese gustado que le tragase la tierra. Parecía mentira que nos conociésemos desde hacía un montón de años. Pero, claro, yo siempre había sido la novia de su amigo, no su amiga en realidad. No nos conocíamos a fondo. Solo unas pinceladas aquí y allá.

—¿Una tarde dura? —me preguntó con una mueca extraña en su imperturbable y hermoso rostro cuando el silencio empezaba a parecerme insoportable.

—Unos meses duros más bien —respondí riendo.

Tampoco era como si pudiese borrar lo alterada que estaba. Ya lo había visto, así que daba igual.

—¿Es por Matt? —se interesó con delicadeza mientras lanzaba una ojeada hacia el centro de la playa, donde nuestros amigos y conocidos se divertían.

Seguí la línea de su mirada y vi a la pareja. Matt y Sarah no estaban siendo pegajosos; nunca lo eran delante de mí. Les preocupaba ser molestos, pero no hacía falta que se estuviesen tocando para que cualquier persona que los observase se diese cuenta de lo mucho que se amaban ni de que estaban hechos el uno para el otro. No era eso lo que me molestaba. Me alegraba mucho por ellos, a pesar de que era lo bastante adulta para ser consciente de que el sentimiento que bullía en mi estómago y garganta cuando los miraba y ellos pensaban que no lo hacía era envidia.

—No —decidí confesar. Si el daño ya estaba hecho, bien podía desahogarme—. Estoy tan molesta porque estoy hasta las narices de que la gente me trate como si fuese una pobre chica a la que su novio le ha roto el corazón. —Podía notar que, a medida que hablaba, me iba calentando más y más—. No es eso para nada. Solo quiero que me dejen en paz y que dejen de actuar como si tuviese que estar destrozada. Me gustaría dejar de ser la comidilla de toda la universidad. Si todavía no ha empezado el curso siquiera. ¡¿Es que no tienen nada más interesante sobre lo que cotillear?! —exclamé, elevando los brazos hacia el cielo.

Andrew lanzó una pequeña carcajada que hizo que me olvidase de mi pequeño drama. Por supuesto que le había visto reírse antes, pero nunca por nada que yo hubiese dicho.

—Digamos que a la gente le gusta más estar pendiente de los problemas ajenos que de los suyos propios. Te sorprenderías de la vida tan sosa que tienen algunos de ellos —comentó como si me estuviese transmitiendo información clasificada.

Fue mi ocasión para reír. No era la primera vez que hablaba con Andrew, pero sí era la primera en que estábamos los dos solos. Me gustó.

—¿Cómo haces tú para estar tan tranquilo? —le pregunté con mucha curiosidad. Que fuese tan paciente e imperturbable era algo que siempre me había sorprendido y que envidiaba en cierta manera. Sobre todo, en esos momentos.

—Suelo estar bastante a mi bola, la verdad —comentó, encogiéndose de hombros como si fuese algo fácil—, y, cuando siento ganas de matar a alguien, escucho música *heavy* muy alta, tanto que hace que no sea capaz de escuchar a mi mente por encima del ruido. Cuanto más tenso estoy, más bestia es la canción que escucho —comentó con una sonrisa de medio lado que estaba segura de que había enamorado a más personas de las que él era consciente y que hizo que mi estómago diese una pequeña pirueta.

Canalizaba sus sentimientos a través de la música. Interesante. Muy interesante.

—Dime una canción —le pedí, curiosa, acercándome a él. Quería probarlo cuando llegase a casa.

Le vi meter la mano en el bolsillo derecho de sus pantalones y sacar una caja de AirPods blanca. La levantó mostrándomela.

—¿Quieres que te ponga una? —preguntó, sorprendiéndome.

—Sí. —No hubo un segundo de duda en mi respuesta.

Me miró a los ojos durante un segundo con intensidad y se me encogió el estómago. Había mucha fuerza en su mirada. ¿Qué estaría pensando?

Me tendió el casco izquierdo y él se colocó el derecho. Luego sacó el teléfono y abrió la aplicación Spotify. Lo observé navegar entre sus listas de reproducción, sintiendo mucha curiosidad por ver lo que tenía allí. ¿Había algo más íntimo y personal que la música que uno escuchaba? Sin embargo, no me dio tiempo a procesar nada en concreto, solo pude ver algunas carátulas de aspecto oscuro. Unos segundos después, seleccionó una canción y me miró antes de darle al *play*.

—¿Estás segura? —preguntó con expresión preocupada.

—¿Tan mala es?

—No, no es mala para nada, aunque… Es bastante dura para los oídos si no estás acostumbrada a este tipo de música, pero creo que es perfecta para lo que tú quieres. Por lo menos, a mí me funciona —comentó, luciendo un poco alterado.

Me sorprendió verlo así.

—Dale —lo animé—. No me voy a asustar.

Lo observé darle al *play* y mirarme con expectación. Su forma de comportarse hizo que me volviese muy consciente de mi cuerpo. Me tensé para no delatar lo que me parecía en el caso de que no me gustase; no quería ofenderle después de que se hubiese ofrecido a ayudarme. Sin embargo, en el instante en que empezó la canción y unos acordes de guitarra estallaron en mi oído, perdí todo pensamiento. Andrew tenía razón: la canción era dura y apenas podía escuchar mi cabeza por encima del ruido ensordecedor de la melodía. Aunque todavía me faltaba algo para vivir la experiencia completa. Miré a Andrew y, sin pararme a pensar en lo que hacía, le pregunté:

—¿Me dejas el otro casco? —Sabía que estaba gritando, pero necesitaba hacerme entender por encima de la música.

—Sí, claro —respondió sin dudar. Se lo quitó y me lo tendió con una mezcla de emociones dibujadas en la cara que no supe identificar, pero que me parecieron contrapuestas.

En el momento en que tuve los dos auriculares puestos, tapando mi percepción del mundo, sentí alivio. Me pareció increíble. Solo estábamos la música y yo. La melodía atronadora me arrancó todo el lío de sentimientos que tenía dentro y los sacó a la superficie impulsados por los golpes de la música a través de los poros de mi cuerpo. Fue una experiencia increíble, muy parecida a ponerse a gritar con fuerza. Me sentía de tres metros de altura y muy poderosa. Tenía ganas de ponerme a saltar y a gritar como una loca. Lo único que me contuvo de hacerlo fue que Andrew estaba a mi lado y ya había cubierto mi cupo de vergüenza por un día.

Cuando la canción terminó, me quité los cascos alucinada y miré a Andrew; él me observaba con ansiedad y mucha curiosidad pintada en su cara.

—Ha sido increíble —comenté con los ojos como platos—. ¿Por qué no sabía yo que se podía hacer esto?

—¿Eso significa que te ha gustado?

—Mucho —respondí, emocionada.

—Eso es maravilloso —comentó, haciendo que la sonrisa que lucía de medio lado hasta ese momento se convirtiese en una sonrisa completa.

—¿Cómo se llama la canción? —pregunté; necesitaba volver a experimentar la sensación.

—Se llama *Master of Puppets* y es de Metallica. —Levantó el móvil para enseñarme la carátula.

Me asomé para verla y justo en ese momento hasta mis oídos llegó la voz de Dan:

—Estás aquí.

Levanté la cabeza del móvil y lo fulminé con la mirada por abandonarme.

—Estupendo —escuché decir a Andrew, pero estaba tan distraída taladrando la cabeza de Dan con los ojos que no tuve tiempo de analizar qué era lo que quería decir.

—¿Dónde te habías metido? —le pregunté, acusadora.

—Eso mismo estaba pensando yo —contestó en tono jocoso—. He vuelto del baño, que, ya que lo preguntas estaba en la otra punta de la playa, y, cuando he vuelto, no había ni rastro de ti. Me he librado de Matt y Sarah por los pelos diciéndoles que me estabas esperando —comentó, fingiendo un escalofrío al casi ser atrapado por ellos.

La verdad era que podía entenderlo. Estaban siendo muy molestos tratando de forzar que nos enamorásemos. No había manera de convencerlos de que no pasaba nada porque ellos fueran felices juntos y nosotros fuésemos solteros. En fin, parecía que su sentimiento de culpabilidad era mucho más fuerte que su inteligencia. Era complicado mirarnos a Dan y a mí y no darse cuenta de que no teníamos ningún interés sexual el uno en el otro. Aunque no me podía quejar; durante el verano nos habíamos unido mucho y era un chico muy divertido. Se había convertido en un gran amigo. Como él siempre decía, estábamos en el mismo equipo.

—He tenido que largarme porque no aguantaba ni un segundo más entre la multitud sin mi «paraidiotas» —dije, parodiando sus palabras y haciéndolo reír.

—¿Vamos? —preguntó, haciendo un gesto con la cabeza hacia la playa.

—Sí, ahora voy —asentí. Y, antes de comenzar a andar, me giré a la izquierda hacia Andrew.

—Muchas gracias por la música —me despedí, esbozando una sonrisa.

—De nada.

Nos quedamos mirándonos en silencio y me di la vuelta para marcharme cuando noté que me estaba ruborizando. No quería quedar todavía más en ridículo.

Capítulo 2

la primera vez que la vi

Andrew

Tenía claro que, si la noche anterior no había muerto de una combustión espontánea, nunca lo haría.

Joder.

Me había puesto de una mala leche increíble en la playa. Estaba viviendo un momento de ensueño con Macy que no pensaba que iba a vivir y, de repente, apareció Dan para joderlo todo.

Me puse furioso.

¿Cómo se habían vuelto tan amigos en unos pocos meses? ¿Cómo coño había pasado? Si hasta tenían su propio lenguaje inventado. Yo la conocía desde hacía años y apenas habíamos cruzado unas pocas palabras.

Había un nombre para lo que sentía y era uno muy feo: envidia.

Después de vivir en primera persona cómo su amistad se había creado en tan poco tiempo, era difícil no darse cuenta de que el problema de que nosotros no lo fuésemos era yo. Tenía que echarle huevos al asunto. Pero ¿cómo iba a lograrlo si cada vez que la tenía cerca me paralizaba y no me salían las palabras? Quizás no me merecía estar con alguien tan perfecto como ella. A fin de cuentas, ¿qué le iba a aportar?

Al escuchar cómo los cordones de las zapatillas de deporte que me estaba atando sonaban como si estuviesen a punto de romperse, me di cuenta de que tal vez lo estaba haciendo con demasiada fuerza. Ojalá hubiera sido la cabeza de Dan.

Cerré los ojos y traté de calmarme.

Necesitaba escuchar la voz sensata de mi interior que me gritaba que era yo el que tenía que hacer algo y dejar de culpar de una vez a personas externas. Tenía que lanzarme si lo que quería era tener la más mínima oportunidad de conquistar a Macy.

La sola idea de que eso pudiese suceder hacía que la cabeza me diese vueltas y una emoción nerviosa se acumulase en mi estómago.

Con decisión, alargué la mano y cogí el móvil de mi mesilla. Abrí la aplicación Instagram y entré por tercera vez esa mañana en el perfil de Macy. Había un aro morado y rojo alrededor de la foto que indicaba que había subido una nueva historia. Pulsé sobre el icono, deseoso de verla.

Cuando se abrió, ante mí apareció un vídeo de Macy de espaldas acariciando la crin de su caballo. La vi darse la vuelta y saludar a la cámara con una enorme sonrisa que hizo que en mi cara se dibujase otra en respuesta. Macy era capaz de iluminar todo mi mundo con un solo gesto.

Era, sin duda, la mujer más impresionante que había visto en la vida.

Cuando la historia saltó a la siguiente persona de la lista, salí de ellas y fui de nuevo a su perfil. Me metí directo en el botón de mandar mensajes porque, si me ponía a mirar las fotos, me quedaría allí atrapado toda la mañana. Era la página que más veía con diferencia, no me había perdido nunca una sola de sus publicaciones. El chat estaba vacío, jamás habíamos hablado, a pesar del millón de veces que había deseado contestar a una de sus historias.

El inicio del chat rezaba: «No os seguís mutuamente».

Ni ella me seguía a mí ni yo a ella. No por ganas, desde luego, sino, de nuevo, por mi falta de valor. ¿Y si la seguía y ella no lo hacía de vuelta? Yo tenía unas cuantas fotos jugando al *hockey* y con mis amigos en diferentes sitios, incluso en una de ellas salía Macy, pero desde luego no estaba ni la mitad de activo ni era la mitad de interesante que ella. No tenía ningún motivo para seguirme.

Cerré los ojos y respiré hondo antes de ponerme a escribir:

> ¡Hola, Macy! ¿Qué tal? Te paso el título de la canción de ayer para que puedas volver a escucharla si te apetece. Se llama «Master of Puppets», de Metallica.

Solté un gruñido y lo borré. Quedaba demasiado antinatural.

Volví a intentarlo:

> ¡Hola! La canción que escuchamos ayer se llama «Master of Puppets», de Metallica. Por si quieres volver a oírla.

Menuda mierda. Volví a borrar el mensaje y salí del chat. Lo mejor sería que no mandase nada. Estaba haciendo el idiota.

Me levanté enfadado de la cama y salí de mi habitación para correr un poco y así calmarme. Entré en la cocina para beber agua antes de marcharme y coger un par de barritas energéticas. Me encontré con un despliegue enorme de personas. Lo que venía a ser cuatro jugadores de *hockey* muy grandes y musculosos, Sarah, que era pequeña y bonita, y Dan, que no era gran cosa, aunque sí que era demasiado guapo para mi gusto. En resumen, había bastante gente en la casa. Por no hablar de que, si encima se concentraba toda en la cocina, apenas quedaba un centímetro para moverse.

Me acerqué al frigorífico pasando entre las conversaciones que estaban teniendo, pero sin prestar atención a ninguna de ellas.

—Buenos días, gigantón —me saludó Matt, dándome una palmada cariñosa en la espalda cuando pasé por su lado.

Al parecer, era demasiado pedir pasar inadvertido con semejante lío.

—Hola.

—¿Vas a salir a correr? —preguntó, acercando a Sarah contra su costado, y, acto seguido, le besó la sien.

Me miré la ropa que llevaba puesta y me pareció innecesario contestar, pero la gente tendía a preguntar cosas que, a mi parecer, eran obvias. Sabía que a Matt le encantaba hablar y hacer todas las situaciones distendidas. Su fuerza y amabilidad eran dignas de admiración. Tenía muchas más cualidades deseables de las que yo tendría nunca.

—Sí —respondí, forzando una sonrisa para no resultar arisco. Quería a Matt. Mucho. A pesar de que, cuando dejó a Macy, había sentido un cóctel de emociones contrapuestas hacia él.

Por un lado, lo odié porque pensaba que le había hecho daño; lo que al parecer no era cierto. Y, por el otro, le adoré porque eso significaba que la mujer de la que estaba enamorado ya no tenía novio y eso abría aunque fuera una ínfima posibilidad de que pudiera estar con ella. Cuando empezaron a salir, Macy pasó a estar únicamente en el plano de mis sueños.

—Estupendo, tío. Disfruta. —Se dio la vuelta para continuar con sus asuntos, pero, antes de hacerlo del todo, se giró de nuevo como si se lo hubiera pensado mejor—. Eh, Andrew. Que no se te olvide que mañana tenemos la barbacoa en casa de mis padres. Ya sabes, la fiesta que celebramos todos los años antes de que empiece el curso. Es tradición —añadió, dejando claro que no quería que me librase.

Nunca me habían gustado las aglomeraciones de gente y él lo sabía, pero en esta ocasión no tenía pensado perdérmela por nada del mundo, porque estaba seguro de que Macy asistiría igual que siempre.

—Iré.

—Perfecto, si no, tendré que buscarte —comentó, guiñándome un ojo—. Sé dónde vives.

—Deja en paz a Andrew —le reprendió Sarah con voz dulce.

—Oh, sí, claro, cariño. Estoy seguro de que estará exhausto de tanto hablar —dijo sin poder evitar que una carcajada se filtrase en sus últimas palabras.

Mi respuesta fue un gruñido. Matt no era ni la mitad de gracioso de lo que se creía.

Me alejé de ellos, dando por terminada la conversación. Bebí agua, cogí las barritas y salí corriendo de allí antes de que a ninguno se le ocurriese que le apetecía hablar conmigo.

Cuando puse un pie en el asfalto, mi mente se puso en piloto automático y mis pensamientos volaron muy alto. A un día que marcó un antes y un después en mi vida, hacía ya unos cuantos años. La primera vez que la vi.

Nunca iba a olvidar ese día.

Estábamos en el patio del colegio y Macy vino corriendo hasta donde nos encontrábamos. Cuando llego, se acercó a Matt y le sonrió antes de saludarle. Me pareció tan preciosa que tardé unos minutos en recuperar el habla. Para cuando lo hice, ya se había marchado y había dejado una marca en mí que no se borraría con nada. Descubrí que acababa de llegar al barrio y que era la vecina de Matt. Los dos se hicieron amigos, como no podía ser de otra manera. ¿Quién en su sano juicio no lo habría hecho teniendo la posibilidad? Matt era, sin duda, el mejor de todos nosotros. A medida que pasaban las semanas y la iba conociendo, descubrí que no solo era hermosa, sino que encima era alegre, fuerte y divertida. Con todo aquello me fue imposible no enamorarme locamente de ella. Sucedió poco a poco, de la forma más natural. Al igual que la manera en la que Matt y ella terminaron saliendo. Cuando recordaba esos momentos, me resultaba imposible no compararme con él. Siempre me había pasado. Matt era perfecto.

Que terminasen juntos era algo que tenía que ser. Eran el típico rey y reina del instituto. Dos personas demasiado perfectas que solo estaban a la altura el uno del otro y no al alcance de los simples mortales. Y estaba bien, de verdad, yo lo sabía, por eso ni siquiera intenté acercarme a ella. ¿Cómo iba a competir con un capitán de *hockey*, extrovertido, divertido a rabiar, guapo y pudiente? Yo, que tenía un carácter reservado y gruñón, amante de la fantasía épica y lleno de tatuajes. ¿Cómo iba a hacerlo cuando ella era divertida, un trozo de sol radiante, alegre y preciosa, la mujer más bonita que había visto en la vida?

Me hice a un lado porque era lo único que podía hacer.

Era una pena que saberlo no evitase que me enamorase de ella. Me hubiera ahorrado años de sufrimiento.

Cuando regresé a casa, estaba de un humor funesto. Me sentía derrotado, pero continué con la rutina de después de una carrera. A veces, meterme de lleno en la monotonía y olvidarme de todo lo demás me ayudaba a seguir adelante.

Mi móvil sonó justo antes de que me metiese en la ducha. Miré el identificador de llamadas y, al ver que era mi madre, contesté:

—Mamá.

—Hola, cariño. ¿Qué tal estás?

—Bien.

—Estoy haciendo una tarta de zanahoria con tus hermanos y he pensado que deberías pasarte por casa para comer un trozo.

—Vale.

—Desde luego, hijo, da gusto hablar contigo.

—Ya lo sabes —le respondí riendo.

—¿Vienes esta noche?

—Claro.

Escuché a mi madre suspirar al otro lado de la línea.

—Hijo —pronunció a modo de advertencia, como si no supiera de sobra que me tenía que arrancar las palabras a la fuerza, pero no por eso la quería menos. Ella y mis hermanos eran lo más importante del mundo para mí.

—No me lo perdería por nada del mundo.

—Así me gusta —dijo, y pude notar la sonrisa en su voz—. Hasta la noche.

—Adiós.

Dejé el móvil sobre la mesilla y me metí en la ducha, con la cabeza dando vueltas sobre Macy. Quince minutos después, me tumbé en la cama a leer y la tarde anterior regresó a mi cabeza; sabía que lo haría durante mucho tiempo. Recordé nuestra conversación. Verla me había pillado por sorpresa. Estaba en las rocas buscando una forma de acercarme a ella y había aparecido de repente. Como caída del cielo. Había sido muy intenso tenerla tan cerca y hablar. Fue increíble ver sus hermosos ojos verdes sobre los míos, atentos a cada una de mis palabras. Ponerle una de mis canciones favoritas y enseñarle lo que hacía cuando estaba a punto de explotar se había sentido muy íntimo e intenso. Joder. Estaba aterrado. Había sido como desnudar mi puta alma frente a la mujer con la que llevaba un montón de años soñando. Ni en mis pensamientos más optimistas había imaginado un escenario así.

Y luego tuvo que venir Dan a romper la magia. «No me jodas». Es que era tan tonto e inútil que iba a perder de nuevo mi oportunidad. Con Matt me había apartado porque estaba claro que era mejor que yo en todos los aspectos de la vida, pero Dan tampoco era para tanto. Tenía que sacar el valor de algún lado. Luchar contra mi naturaleza cerrada si quería tener alguna oportunidad de acercarme a ella, de conocerla, de conquistarla. Desde luego, no iba a lograrlo si me quedaba como un pasmarote que no cruzaba con ella más que monosílabos.

Cogí el libro *El camino de los reyes*, de Brandon Sanderson, el cual había leído tres veces ya, y comencé a leer. A veces, estar en un mundo inventado era mucho más sencillo que estar en el tuyo propio.

Cuando llegó la hora de ir a cenar a casa de mi madre, me vestí y fui hacia allí. Pasé un buen rato con mi familia, pero eso no logró que me quitase a Macy de la cabeza.

Capítulo 3

lo había anhelado durante tanto tiempo

Dan

—Quita las manos de mi chica, Harrington —le escuché decir a Matt.

Sentí una sombra colocarse a mi lado, que luego alargó las manos y las colocó sobre la cintura de Sarah.

Puse los ojos en blanco, parecía que volvíamos a llamarnos por nuestro apellido.

Justo antes de que él llegase, había elevado a Sarah para que cogiese, de las ramas de uno de los árboles del ridículamente enorme jardín de los padres de Matt, el disco volador con el que estábamos jugando y que habíamos lanzado allí.

—Quítalas tú de mi mejor amiga.

—Oh, créeme que a ella le parece bien —dijo con una sonrisa divertida en su estúpidamente atractiva cara.

Sabía que estaba bromeando. Matt había aprendido a adorar mi presencia como mejor amigo de su novia, si es que esa es la mejor palabra para definir lo que Sarah y él eran. La verdad era que me parecía que el sustantivo tenía poca fuerza. También sabía que, al igual que yo, disfrutaba de nuestras peleas verbales. Sobre todo ahora que tenía tan claro que yo no estaba enamorado de Sarah.

—Permíteme discrepar. Creo que no es sincera por temor a dañar tu enorme y frágil ego —le dije, disfrutando de cada palabra que salía de mi boca. Me producía un gran placer molestar a Matt.

—Cuidado, Harrington, que al final te voy a acabar enseñando otra cosa que también tengo enorme —amenazó con una sonrisa de idiota.

Di un paso hacia él y él lo dio hacia mí, pero, antes de que pudiéramos llegar a encararnos, la figura de Sarah se interpuso entre nosotros.

—Chicos, os recuerdo que no os necesito a ninguno de los dos, que soy yo la que elijo estar con vosotros, así que sacad la cabeza de vuestro culo y empezad a comportaros como hombres modernos —dijo, colocando una mano sobre cada uno de nuestros pechos—. Parecéis dos niños.

—Perdona, cariño —se disculpó Matt, agarrándola de la cadera y acercándola a su cuerpo para abrazarla sonriente.

Los observé con cariño. Si no lo hubiera visto con mis propios ojos, me habría costado creer que dos personas estuvieran tan hechas la una para la otra. Tenía mucha suerte de que Sarah hubiese acabado con un hombre tan bueno. Por no decir la inmensa suerte que había tenido él con ella. Si uno de los dos era perfecto e increíble, esa era Sarah.

La verdad es que estaba agradecido por tener una distracción. Me había levantado muy nervioso ante la posibilidad de ver a Mike, y eso que todavía no tenía claro que fuese a aparecer, pero solo que la posibilidad existiera tenía a mi estómago como un hervidero de palomitas.

Necesitaba verlo.

Llevaba esperando volver a hacerlo desde que me había mudado y Sarah le había convencido para que me ofreciese trabajo.

Bendita ella, que sin ser consciente me había dado una de las cosas que más deseaba en el mundo: un motivo por el que estar cerca de su tío.

La visita que le había hecho el año anterior a Sarah, cuando él ofreció su casa para que me quedase, me había cambiado. Hizo que descubriese una parte de mí que desconocía y que no veía el momento de volver a experimentar. Sin embargo, dado que estaba acompañado de un montón de personas, lo mejor era que no pensase en esa noche. No si quería seguir manteniendo la decencia. Si continuaba con esa línea de pensamientos, acabaría montando una tienda de campaña en mis pantalones.

Moví la cabeza hacia los lados para despejarla.

Podía ser que, cuando a Sarah se le había ocurrido invitar a su tío a la barbacoa como representación de su familia, yo hubiese insistido un poco —mucho— para que la idea arraigase y se hiciese real. ¿Quién podía culparme? Llevaba todo el santo verano pensando en él y, cada una de las veces que había estado a punto de verlo, los planes se cancelaban de forma repentina en el último momento.

Era lo bastante inteligente para saber que me estaba evitando. A pesar de que estaba cagado por la situación, ya que era el primer hombre que me había gustado en la vida, lo que él no sabía era que iba a hacer todo lo posible por volver a experimentarlo.

Mike tenía algo que hacía cantar a mi cuerpo.

Puede que fuese su forma segura y sexi de ser, lo protector que era o simplemente que estaba como un queso, pero la verdad era que estaba dispuesto a descubrirlo.

Me di cuenta demasiado tarde de que me había quedado mirando a Matt y Sarah con una sonrisa de idiota en la cara, distraído en mis propios pensamientos, mientras él saltaba para coger el disco volador y se lo tendía a ella antes de darle un beso de tornillo que hizo que se ruborizase.

Oh, no.

Sabía lo que iba a decir mi mejor amiga antes de que abriese la boca.

—¿Y qué tal estás con Macy? Parece que os lleváis muy bien —comentó con una sonrisa de esperanza.

Era tan evidente que quería liarnos que hasta los astronautas lo hubiesen visto desde la estación espacial sin necesidad de un telescopio.

Me comenzaron a temblar las canillas. No quería otra conversación sobre lo bien que estaríamos juntos.

—Sí, de maravilla. Precisamente ahora mismo estaba a punto de ir a buscarla —le dije, mirando a nuestro alrededor con la esperanza de que estuviese cerca y me salvase de la tortura que me esperaba de lo contrario.

Estaba cansado de la culpabilidad sin sentido de Sarah.

Me hubiese gustado decirle que me atraía su tío, pero no me sentía cómodo compartiéndolo con ella. Quizás, si más adelante descubría lo que significaba Mike para mí, lo hiciera, pero todavía no había llegado ese momento. Por ahora, me conformaba con esconderme detrás de Macy para que ni me hiciese preguntas ni se sintiese culpable por, según ella, haberme arrastrado a la otra punta del país. Lo que al parecer Sarah no comprendía era que había venido porque quería y que su presencia aquí no había sido lo único que me había empujado a hacerlo.

Seguí buscando con la mirada entre el gentío y, cuando di con la cabeza rubia de Macy, estuve a punto de gritar triunfal.

—Allí está —dije, señalando hacia la parrilla.

Macy estaba justo al lado del padre de Matt, observando cómo este les daba la vuelta a unas hamburguesas mientras los dos hablaban animados.

—Está muy guapa hoy —comentó Sarah.

Me contuve por poco de lanzar un suspiro.

—Siempre está guapa —contesté, tragándome la risa que amenazó con salírseme de la boca.

No hablaba bien de mí que, dadas las circunstancias, me divirtiese alimentar su fantasía. Cuando se dieran cuenta de que teníamos menos atracción que dos imanes con la misma polaridad, me reiría durante días recordándoles estos pequeños momentos.

—Vete a por ella, niño bonito —me animó Matt, vacilón, dándome una palmada en la espalda.

—Ten cuidado, grandullón, que al final va a resultar que estás enamorado de mí —dije, lanzándole un beso al aire y alejándome de ellos.

—Sigue soñando, Harrington.

Continué caminando. No me molesté en girarme y enseñarle el dedo medio, me resultaba demasiado esfuerzo para darle lo que él quería.

Iba caminando hacia la zona de la parrilla, con una sonrisa divertida dibujada en la cara, cuando lo vi. Me gustaría decir que no me tropecé conmigo mismo como un idiota o que el eje de la Tierra no se inclinó justo en ese momento, pero lo cierto fue que las dos cosas sucedieron a la vez.

Mike estaba en medio del jardín, imponente, rezumando perfección por cada uno de los poros de su cuerpo, con su postura casual y segura, y yo apenas podía respirar.

Lo había anhelado durante tanto tiempo.

Y ahora por fin estaba aquí.

Capítulo 4

Es el mejor amigo de tu sobrina

Antes de salir de casa, ya sabía que asistir a la barbacoa a la que me había invitado Sarah era una mala idea.

Sobre todo, porque era demasiado consciente de que el motivo de mi asistencia no era por complacer a mi sobrina. La quería. La quería mucho más que a nadie en el mundo y, si alguien me pidiese que me cortase un brazo por ella, le preguntaría si el izquierdo o el derecho, pero que hubiese terminado en esa casa no tenía nada que ver con ella. Mi motivación no era esa en absoluto, y me odiaba por ello.

Desde que me había levantado esa mañana y realizado toda mi rutina de desayuno ligero, carrera, segundo desayuno y preparación de la temporada de *hockey* —que empezaba en apenas un par de días—, la única cara que no podía dejar de ver en mi mente era la de Dan.

El muy joven, y mejor amigo de mi sobrina, Dan Harrington.

Por eso, en vez de encontrarme llamando a la puerta de la impresionante mansión de los Ashford, debería haber estado corriendo en dirección contraria, al igual que lo había hecho cada vez que había quedado con Sarah durante el verano y había descubierto que Dan estaría allí.

¿Qué era diferente en esa ocasión?

Bueno, entre otras cosas, que era un idiota integral; pero, dejando ese pequeño detalle al margen, puede que fuese la inevitabilidad de que en un par de días lo vería en la pista de *hockey* y realmente quería descubrir si era tan fuerte la atracción que sentía por él o, por el contrario, lo había exagerado en mi cabeza. Porque tenía que ser eso..., ¿verdad? Por favor, que fuese eso.

Antes de que pudiese salir corriendo de allí, una mujer de cara amable, que supuse que sería el ama de llaves, abrió la puerta y me indicó cómo llegar hasta el jardín cuando decliné su oferta de acompañarme.

Durante el trayecto, fui mirando a mi alrededor. El lugar era impresionante, enorme y decorado con mucho gusto. Podría haber sido la portada de cualquier revista de decoración. Era increíble. Siempre supe que los padres de Ashford tenían mucho dinero, pero, viendo la mansión en la que vivían, comprendí la magnitud. Me parecía inaudito que el chico fuese tan cabal y sencillo. Lo cual era bueno, sobre todo para él, porque si no, me hubiese visto en la obligación de matarlo por tener el valor de acercarse a mi sobrina.

Cuando llegué al jardín, busqué a Sarah entre la multitud, pero, por algún extraño motivo, mis ojos me traicionaron —o puede que fuese mi cerebro— y terminé encontrando a Dan en vez de a ella.

Caminaba en línea recta hacia donde yo me encontraba, mirando todo a su alrededor. Le vi tropezarse consigo mismo a la vez que mi estómago hacía una puta pirueta. Cuando nuestros ojos se cruzaron, sucedieron dos cosas a la vez. La primera: me di cuenta de que la atracción que recordaba y que me había parecido tan increíblemente fuerte en mi cabeza no era ni una milésima parte de lo que en realidad despertaba en mí. Y la segunda: la noche que pasamos en mi casa comenzó a reproducirse en mi cabeza con todo lujo de detalles. Algo que había luchado por evitar con todas mis fuerzas. Recordé sus ojos febriles observándome mientras lo acariciaba, sus labios entreabiertos, que había deseado besar con todas mis fuerzas.

¿Por qué me había dejado llevar ese día siendo tan insensato de olvidar que no podía darle lo que estaba pidiendo? ¿Por qué había tenido que venir a vivir aquí y terminar trabajando en mi equipo?

¿Por qué era tan idiota?

No tenía respuesta a ninguna de las preguntas y solo estaba seguro de una cosa: me esperaba una temporada muy dura. Porque si algo tenía absolutamente claro era que no iba a volver a sucumbir a mi atracción. No podía hacerlo. Iba a mantenerme firme y distante. Profesional.

Cuando sus ojos color miel se dilataron al mirarme, me esforcé por apartar la vista. Me repetí que era el mejor amigo de mi sobrina, que tenía catorce años menos que yo, que no tenía ninguna experiencia con los hombres. Como si fuera un mantra que me alejaría de cometer otro error.

Repetí esas palabras una y otra vez en mi cabeza. Solo de esa manera conseguí apartar la vista.

Me di la vuelta y me alejé buscando a Sarah entre el gentío.

Capítulo 5

Ya era hora de que tomase las riendas de mi vida

—Tengo unas ganas de que empiece la temporada que no me aguanto —me comentó Erik en tono bajo, como si no quisiera que el resto de las personas sentadas a nuestro alrededor se enterasen.

—No queda nada —le dije para motivarle.

A mí me gustaba mucho jugar al *hockey*, pero no era uno de los principales motivos de mi existencia, como por ejemplo lo era para Matt, ni tampoco era mi mayor *hobby*, como era el caso de Erik y Kent.

—Lo sé. Estaba relativamente tranquilo hasta que he visto aparecer al entrenador y he echado de menos los entrenamientos todavía más. Es muy extraño verle comportarse como una persona —añadió, haciéndome reír.

—Imagino que ahora lo veremos más en su situación *humana* —bromeé.

No mencioné que el motivo de ello era Sarah, que ahora pertenecía a nuestro círculo privado y había conectado a su tío con todos nosotros de manera no profesional. No lo dije porque no hacía falta. Nunca había sido dado a aclarar lo que no era necesario. No me gustaba hablar de más.

Como siempre, el día de barbacoa o cualquier otro en el que fuera necesario socializar durante demasiado tiempo seguido me estaba resultando muy duro. Mi único aliciente era que Macy estaba cerca, aunque no me hubiese atrevido a acercarme a ella para tener una conversación. Había muchos momentos en los que me odiaba a mí mismo y a mi falta de valor. Ese era una de ellos. Y, por el momento, había perdido mi oportunidad, ya que Macy había entrado hacía un rato con Sarah y la madre de Matt a la mansión y no había vuelto a salir, logrando que la barbacoa, además de intensa, se me estuviera haciendo eterna.

Me abstuve de lanzar un suspiro hastiado por muy poco. Iba a morir de aburrimiento.

Para entretenerme, como siempre había sido una persona a la que le gustaba más observar que hacer, me dediqué a analizar la forma en la que Matt se comportaba con Sarah. Quería descubrir cómo se las arreglaba para conseguir hacer feliz a su pareja. Quería tomar nota para aplicarlo en mi intento de acercamiento a Macy. Si es que en algún momento reunía el puto valor para hacerlo.

No tenía experiencia porque nunca había tenido novia. Tampoco es que me hubiesen faltado mujeres con las que acostarme; era que ninguna me había importado nunca como para llegar a ese punto. Gran parte de esa situación venía propiciada porque había estado colado por Macy desde siempre. ¿Quién iba a culparme siendo ella tan preciosa, divertida y alegre? Desde luego, nadie podía machacarme más que yo mismo.

La forma en la que Matt se comportaba con Sarah era muy bonita, la verdad. Se mantenía cerca de ella, a veces no podía evitar acariciarla, pero a la vez le dejaba su espacio. Me sorprendía verle tan cariñoso, ya que nunca se había comportado así con Macy, cosa que agradecía porque, si no, me hubiese muerto de puta desesperación en algún momento de nuestra adolescencia. Ser consciente de esa diferencia de actitud hacia su pareja me hizo recordar de golpe cómo había empezado su relación con Sarah. Lo loco que había estado Matt por ella desde el principio, lo unido que parecía desde el primer segundo pese a que ella se había mostrado reacia. Recordé cómo se la había ido ganando poco a poco. Cómo a todos los que habíamos estado cerca de ellos nos había quedado claro que pasaba algo más que una amistad, algo más especial, algo mágico.

Cuando esa información hizo clic en mi cabeza, me di cuenta de que, al igual que Matt, lo que tenía que hacer era esforzarme por entablar una relación con Macy. No iba a conocerme y a querer estar conmigo por arte de magia. Tenía que ser cercano y darme a conocer. Si quería tener la más mínima opción de que se interesase por mí, primero tenía que acercarme a ella y abrirme. Demostrarle de alguna manera que estaba interesado y que me preocupaba por ella.

Sin pensar mucho en lo que hacía, me separé del resto de mis amigos y saqué el teléfono del bolsillo. Llevado por el impulso y la convicción del momento, abrí nuestro chat vacío en Instagram y tecleé el texto que había estado resonando en mi cabeza desde hacía tantos días:

> ¡Hola! Me he dado cuenta de que igual no recuerdas el nombre de la canción que escuchamos el otro día. Se llama «Master of Puppets», de Metallica. Si necesitas que te pase alguna recomendación más, sabes dónde vivo.

Pulsé el botón de enviar antes de arrepentirme. Antes de que en mi cabeza apareciesen cientos de motivos por los cuales no debía enviar ese mensaje o antes de empezar a darle vueltas a lo que podría parecerle a ella. Luego, cerré la aplicación, bloqueé el móvil y me lo guardé en el bolsillo.

Acto seguido, como estaba tan nervioso y sabía que sería incapaz de estar quieto —y tampoco había nada que me interesase donde me encontraba—, me levanté de la silla.

—Voy a lavar la moto —anuncié, ya que me parecía de mala educación largarme sin decir nada.

—Claro, tío. Ya sabes dónde están todas las cosas en el garaje —me dijo Matt, siendo el perfecto amigo y anfitrión.

Sí sabía dónde estaba todo. No era la primera vez que me largaba en medio de una barbacoa a lavar la moto. De hecho, nunca aguantaba durante tanto tiempo en la mesa.

—Te acompaño —le escuché decir a Matt en el último instante antes de alejarme.

—Vale —respondí como una persona civilizada, absteniéndome de gruñir.

No podía quejarme. Era mi amigo, era la casa de sus padres y, sobre todo, lo hacía con la mejor intención. No quería dejarme solo. La cuestión era que yo sí que lo quería.

Llevaba un tiempo merodeando por la fiesta sin saber muy bien lo que me apetecía hacer. Estaba bastante aburrida y me daba cuenta de que las cosas ya no me llenaban igual que antes. Sentía que estaba perdiendo un poco el entusiasmo. Estaba cansada de hacer siempre lo mismo. Fue justo en ese momento cuando mis ojos terminaron sobre él. Bueno, porque era imposible no verlo cuando estaba cerca, la verdad.

Andrew había aparecido en la barbacoa casi de los últimos, igual que siempre. Había llegado en su moto, morada y preciosa, luciendo como un gigante muy sexi. Llamaba la atención por encima del resto allá donde fuera y no solo lo hacía por su tamaño. Había algo en él que lo hacía sobresalir. Quizás fuese su actitud distante y reservada, que resultaba *muy* interesante; quizás fuese otra cosa. La cuestión era que nunca me había detenido a analizarlo.

En ese momento, estaba lavando su moto junto a Matt, que le lanzaba agua a la cara mientras él trataba de limpiar la carrocería con la esponja.

Era todo un espectáculo. No era la única que estaba parada observando, pero no podía culparlos. Andrew estaba sin camiseta, con los pantalones de deporte mojados pendiendo de sus caderas justo al límite de que se viese algo indecente y una media sonrisa dibujada en la cara que prometía venganza.

Madremíadelamorhermoso.

Cuando mis ojos fueron a parar al desnudo y musculado pecho de Andrew, me obligué a apartar la vista. Fue el primer impulso que tuve, hasta que recordé que ahora no había nada malo en observarlo. Estaba soltera. No había nadie con el que tuviera una relación de respeto y exclusividad. Había pasado muchos años reprimiéndome, pero eso ya había terminado. Paseé la vista por su pila de músculos, deleitándome en ellos, para luego terminar admirando sus tatuajes. Tenía el lado derecho del pecho y el brazo llenos al completo y deseé saber la razón detrás de cada uno de ellos. Mientras le observaba, sentí mucha curiosidad y noté cómo un hormigueo caliente recorría mi bajo vientre.

Dios mío. Era fantástico mirarle y permitirme disfrutar. Era algo nuevo, pero, a la vez, se sentía muy natural.

Fue curioso cómo, en esa situación tan normal y para nada trascendental, me di cuenta de que tenía una nueva vida. Que había muchas cosas de las que no había disfrutado.

¿Por qué a veces los pensamientos más profundos nos asaltaban en los momentos más inesperados?

Allí, parada delante de aquel garaje de un día cualquiera, en una fiesta en la que había estado infinidad de veces, fue donde comprendí que quería hacer cambios en mi vida. Comprendí que estaba viviendo igual desde hacía un montón de años y que eso no me hacía feliz. Estaba en la universidad y apenas me conocía a mí misma, apenas había tenido vivencias que hicieran vibrar todo mi ser de alegría o instantes únicos y especiales que atesorar.

Me di cuenta de que, hasta ese momento, había tenido una vida sosa, sin riesgos ni grandes momentos. Una vida sencilla y aburrida.

Me quedé paralizada por esa certeza.

Ya era hora de cambiar.

Ya era hora de que tomase las riendas de mi vida y me preocupase por hacerla única y valiosa.

Ya era hora de que empezase a vivir para mí y no para lo que creía que debía hacerlo.

Tenía el poder y la obligación de hacerlo.

Había empezado a relajarme y puede que ese fuera mi error.

Estaba hablando con el señor Ashford, un hombre que, aunque se veía a leguas que era distante y muy controlador, sabía por Sarah que había cambiado su mentalidad cuando pensaba que había perdido a su hijo, por lo que le respetaba profundamente. Ojalá hubiese hecho lo mismo el padre de Sarah al perderla a ella. Pero él siempre había sido un cabrón arrogante y egoísta que solo se había vuelto peor con la muerte de mi hermana, a la cual no merecía, al igual que no merecía a mi sobrina.

Alejé ese tren de pensamiento justo cuando escuché que me llamaban.

—Tío —dijo la voz de Sarah. Me di la vuelta hacia el sonido para mirarla—. Ven con nosotros —me pidió, e hizo un gesto con la mano para que me acercase.

—Claro, ahora mismo voy.

Cuando vi que Dan estaba parado a su lado, se me tensó la espalda hasta casi el punto de la rotura. Estaba en un mundo de problemas.

¿Habría quedado demasiado raro si, en vez de ir donde ellos, me largaba corriendo en dirección contraria? Por supuesto, no me molesté en contestar a mi estúpida pregunta. Pero habría sido todavía más estúpido si no hubiese barajado las posibilidades reales que tenía de evitar ese contacto.

Me despedí del padre de Matt y me acerqué a ellos rezando por dentro para que la interacción durase poco o Dan tuviese que irse repentinamente.

Las voces de mi alrededor eran apenas un leve murmullo en comparación con lo alto que sonaba mi cerebro. Era complicado no notar lo incómodo que estaba Mike, así como también era difícil, ya que sus ojos no hacían contacto conmigo en ningún momento, no darse cuenta de que era por mi presencia. El corazón se me cayó hacia el estómago al comprenderlo. Barajé un montón de explicaciones diferentes para tratar de comprender su actitud, pero todas y cada una de ellas me llevaban a la misma respuesta: me estaba ignorando.

¿Por qué? No lo entendía. ¿Cómo no sentía la enorme conexión que había entre nosotros? ¿Cómo era posible que esa noche no hubiese significado nada para él?, ¿que solo hubiese sido mágico y especial para mí? Me costaba creerlo. Aunque dada su actitud, distante y pasota, tal vez me estuviese equivocando.

¿Qué coño iba a hacer si no podía quitármelo de la cabeza?, ¿si en lo único que pensaba era en volver a ver su lado cercano y desenfadado, su actitud coqueta y sexi?, ¿si lo único que podía imaginar eran sus manos sobre mi cuerpo?

Me hubiese gustado preguntarle qué significaba para él lo que habíamos hecho, pero, al igual que al día siguiente de nuestro encuentro no había podido hacerlo porque no estaba en su casa cuando me desperté y tenía que marcharme a coger un avión o lo perdería, esa tarde tampoco estaba disponible para mí, por mucho que lo tuviera a unos pocos metros.

Joder.

¿Qué coño iba a hacer con mi vida?

Antes de ese momento, había tenido la sensación de que me evitaba, pero una cosa era tener la sospecha y otra muy diferente, la confirmación. Hasta ese instante, había podido autoengañarme diciéndome que estaba exagerando la situación. Que sus múltiples cancelaciones de planes a última hora habían sido fruto de la casualidad.

Después de ese encuentro, no podía mentirme más.

Cuando mi nombre salió en la conversación que estaban manteniendo, volví a la realidad.

—¿Verdad, Dan? —dijo Sarah, dándome un golpe en el brazo para que le hiciese caso, como si no fuese la primera vez que me había preguntado.

—¿Qué? —cuestioné, esbozando mi mejor cara de niño bueno para que no quisiera matarme.

Ni que decir tiene que no funcionó. Sarah me fulminó con la mirada.

—Le estaba diciendo a mi tío que no nos importa ir mañana al estadio para ayudarle a preparar los materiales del entrenamiento.

—Oh, sí, claro. Me encantaría —acepté, emocionado—. Quiero decir que estaría genial ayudarte a preparar el material —expliqué cuando me di cuenta de que me había mostrado demasiado entusiasmado. No quería asustar más a Mike o lo que fuera que había hecho. ¿Incomodarle, quizás?

—No —respondió de inmediato, poniendo cara de alarma. Parecía que yo no era el único un poco fuera de sí—. Quiero decir que no hace falta —añadió, rebajando considerablemente la alerta de su tono de voz y poniendo una sonrisa tensa en la cara cuando Sarah lo miró sin comprender. Porque, claro, ella no sabía lo que había pasado entre nosotros, y quería que siguiese así—. Deberías disfrutar con los amigos del último día antes de empezar vuestro segundo año de universidad —le dijo con mucho cariño mientras la abrazaba contra el costado de su enorme cuerpo, luciendo muy guapo, sexi y protector.

¿Y qué si hubiese querido cambiar mi puesto con Sarah más que nada en el mundo? ¿Quién me iba a culpar por ello?

—Está bien —respondió ella, besándole en el hombro, que era el único lugar que alcanzaba en esa posición—. Pero el lunes nos vas a tener ahí dándolo todo contigo.

—Será un placer —respondió, cariñoso—. Pero ahora lo mejor es que me vaya. Tengo un montón de cosas que hacer —comentó.

Y puede que solo me pareciese a mí que estaba usando una excusa para alejarse, porque Sarah le respondió con una gran sonrisa:

—Claro, tío. Muchas gracias por venir.

—Ha sido un placer. —Le besó en la cabeza, justo antes de hacer el amago de darse la vuelta.

—Hasta luego, Mike —me despedí, incapaz de ocultar la pena en mi voz.

—Hasta luego, Dan —me devolvió, mirándome por un instante a los ojos y haciendo que todo mi interior se estremeciera.

Guau. ¿Cómo podía no sentir lo mismo?

Capítulo 6

Uno de los días más prometedores de mi vida

Macy

No recordaba haberme despertado con más convicción y ganas nunca.

Si mi vida hubiese sido una serie, este capítulo se habría titulado algo así como «El día que todo cambió» u «Hoy es el primer día de tu vida». La cuestión era que quería hacer cosas nuevas. Podía hacerlas y sabía de sobra que, solo con un cambio de enfoque y de actitud, haría grandes avances. O, en mi caso, grandes milagros. Era curioso cómo en ese instante no me sentía para nada identificada con la chica que había sido unos meses atrás. Esa chica que creía saber lo que quería y que tenía planeado el resto de su vida. Pudiera ser que incluso tuviese una idea de cómo quería que fuese mi boda e incluso hubiera pensado en el traje que Matt usaría. Sí, lo que digo. No podía identificarme con la que era entonces.

Así que, sabiendo eso y necesitando compartirlo con alguien, fue como terminé yendo en busca de Dan.

Cuando la puerta de la casa que compartía con Matt y los chicos se abrió, entré lanzando un pequeño saludo. Quizás iba demasiado determinada, pero necesitaba soltar de una vez lo que había estado dando vueltas en mi cabeza toda la noche. Había sido tan brutal la revelación que no me había quedado más remedio que sacar una preciosa libreta, una con ribetes dorados y de un color rosa pastel muy bonito, de entre las miles que tenía, para soltar todo lo que se me iba ocurriendo. Sabía que, si no lo hacía, sería incapaz de volver a dormir por miedo a que se me olvidase alguna cosa. Había arrancado la hoja y me la había guardado en el bolsillo de los pantalones cortos. Casi como si fuera un talismán que me haría conseguir lo que me había propuesto. Me daría fuerza y valor al mismo tiempo.

Estaba rodeando a Erik, quien me había abierto, cuando me di cuenta de lo tremendamente maleducada que estaba siendo. Me paré de golpe y me giré hacia él dibujando una sonrisa de disculpa.

—Buenos días —le saludé.

—Buenos días, Macy —me devolvió el saludo, pareciendo un poco contrariado, no habría sabido decir si era porque estaba en su casa o porque había entrado como si su piso me perteneciese.

No sabía por qué se extrañaba. Últimamente pasaba más tiempo con ellos que cuando salía con Matt. Si es que a lo que habíamos hecho durante tantos años se le había podido llamar así alguna vez.

—¿Sabes dónde está Dan? —le pregunté.

Y algo en la urgencia de mi voz le hizo saber que no tenía tiempo para conversaciones triviales, porque se limitó a señalar hacia el salón y decir:

—Está ahí.

—Gracias —lancé por encima de mi hombro, porque, antes siquiera de que hubiese terminado de decírmelo, ya me dirigía hacia allí.

Llegué al salón en cuatro grandes zancadas. Según lo vi mientras entraba por la puerta, sentado en una de las esquinas del sofá con el mando de la PlayStation en la mano, me lancé a hablar.

Necesitaba sacar todo lo que tenía dentro y necesitaba hacerlo ya.

—Llevo toda la noche dándole vueltas a la cabeza —comencé a explicarle mientras caminaba por delante del sofá de un lado al otro de la sala. A veces, me resultaba más sencillo moverme para conectar las ideas—. Necesito cambiar. Hacer locuras, vivir. Estoy cansada de ser una chica perfecta o, lo que es peor, lo que creía que era una chica perfecta. ¿Quién coño marca eso? ¿Y por qué tenía que esforzarme por serlo cuando nadie me lo había exigido? ¿Por qué no me había dado por preocuparme en ser feliz? ¿Tú sabes todas las cosas que me he perdido? ¡Ni siquiera tengo claro lo que me gusta! Lo único que sé seguro es que no quiero volver a tener novio en la vida. —Saqué del bolsillo trasero de mi pantalón la lista que había elaborado con letra rápida y apenas legible y me giré para observar a Dan.

Me quise morir cuando, al girarme, me di cuenta de que Dan no era el único que estaba en el sofá.

Otra vez era Andrew.

Él y Dan me miraban como si hubiese perdido la cabeza. Como si no me hubieran visto tan acelerada en la vida. Y puede que fuese verdad. Ambos tenían la boca entreabierta, fruto de la sorpresa, y en la cara del jugador de *hockey*, además, había un leve signo de curiosidad dibujado en sus facciones.

¿Por qué narices no se me había ocurrido echar un simple vistazo, que me hubiese costado dos milisegundos, para asegurarme de que Dan era el único que estaba en la sala?

Solo existía una respuesta posible: porque era idiota.

¿Cuándo me había vuelto tan imprudente?

No podía ser verdad que acabase de soltar todas esas cosas delante de Andrew.

No podía ser verdad que, con el tamaño tan descomunal que tenía, hubiese vuelto a pasarlo por alto.

¿Cómo lo hacía para estar siempre presente en mis momentos más vergonzosos? Y, sobre todo, ¿cómo era posible que no me hubiese dado cuenta?

Fulminé a Dan con la mirada. ¿Por qué no me había dicho que no estábamos solos? ¿Es que creía que iba a querer contarlo delante de él? ¿Estaba loco? ¿Qué le hubiese costado advertirme?

Como si la situación fuese la más normal del mundo, cogí el papel que sujetaba con fuerza entre las manos y me aclaré la garganta. A veces, la mejor decisión era tirar hacia delante como si no te estuvieses muriendo de la vergüenza. Como si fuese algo planeado. Me apetecía agarrarme a mi dignidad.

—He apuntado en la hoja un par de cosas que quiero hacer —comenté en tono desenfadado—: aprender a montar en moto, emborracharme...

—¿Nunca te has emborrachado? —me interrumpió Dan, pero decidí ignorarle.

No lo había hecho y en ese preciso momento no me apetecía explicar el motivo. A veces, me parecía una bendición que Dan no me conociese de antes, porque así no tuviese una idea preconcebida de mí. También hacía que me costase menos esfuerzo comportarme con él de la manera en la que me apetecía, sin pararme a pensar en lo que él pensaría.

No me gustaba ni el alcohol ni tampoco la sensación de perder el control, pero la verdad era que siempre había tenido la curiosidad de descubrir lo que se sentía, aunque fuese por una vez en la vida.

¿Había sido una persona demasiado cuadriculada y me había alejado de todos los peligros?

Puede que sí, pero tenía ganas de cambiarlo, de sentir que estaba viviendo la vida a tope.

—Quiero escaparme de casa por la ventana, como en toda buena serie de adolescentes que se precie. ¿Os podéis creer que nunca he hecho eso? —comenté, tratando de parecer divertida y no mortificada por la confesión.

—Yo te enseño —escuché decir a Andrew a un volumen de voz tan bajo que pensé que me lo habría imaginado.

—¿Qué? —pregunté para estar totalmente segura de que le había oído bien y la verdad era que también para ganar un poco de tiempo.

¿Se estaba ofreciendo a ayudarme a fugarme de casa, a emborracharme o a enseñarme a montar en moto? Las tres ideas me parecieron demasiado atractivas. Empezaron a sudarme las palmas de las manos y, por algún motivo, aguanté la respiración hasta escuchar su respuesta. Ya solo el hecho de que se ofreciese a hacer algo conmigo era inaudito.

—He dicho que yo te puedo enseñar a conducir una moto —repitió. Y, a medida que terminaba la frase, sus palabras fueron sonando más decididas—. Quiero decir, si a ti te apetece.

—Como vuelvas a ganar, voy a lanzar el mando contra la tele —dijo Dan, saltando del sofá furioso después de perder su tercera partida.

Sonreí feliz. Estaba saboreando de lo lindo, más de lo moralmente aceptable, darle una paliza al *Forza Horizon 3*.

—Tienes mal perder —le molesté un poco más.

—Y tú tienes demasiada templanza —me replicó con rabia, como si no fuera una virtud—. ¿Cómo coño haces para no alterarte?

—Gano.

—Eres un idiota arrogante —dijo, y me reí haciendo que se picase todavía más.

—Gracias.

—Oh, deja de hacerte el don perfecto y métete en la siguiente partida. Esta vez te voy a machacar.

—Ya lo veremos.

Acababa de empezar la siguiente carrera cuando unas piernas perfectas, largas y bien formadas, seguidas de una preciosa y exuberante melena rubia, entraron a la sala. Toda mi atención se dirigió a ella.

Macy.

Dejé de prestar atención a la carrera, incluso dejé de agarrar el mando con las dos manos y me dediqué a observarla mientras daba vueltas por delante del sofá.

Era obvio, por lo que decía y por la forma en la que se expresaba, que creía que estaba sola con Dan. No me atreví a revelar mi presencia. No quería que dejase de hablar. No quería perderme ni una sola palabra de lo que estaba diciendo.

La mañana había pasado de ser otro día aburrido más de vacaciones, por mucho que fuera el último, a uno de los días más prometedores de mi vida en el lapso de cinco minutos.

Después de escuchar a Macy soltando sus intenciones al idiota de Dan, el cual no se merecía su atención, me di cuenta de que ese era el acercamiento que había esperado.

Ahí estaba mi oportunidad y no quería dejarla pasar.

Me ofrecí a enseñarle y pronuncié las palabras antes de que mi cerebro las procesase realmente:

—Yo te enseño.

—¿Qué? —preguntó, y una ráfaga de calor me recorrió la columna vertebral. Sentía mucha vergüenza, pero tenía que parecer firme. Me estaba ofreciendo de verdad y quería que tuviese la certeza y valorase si le apetecía.

—He dicho que yo te puedo enseñar a conducir una moto. —Cogí una bocanada de aire para darme ánimos—. Quiero decir, si a ti te apetece.

—Oh —exclamó, luciendo muy sorprendida, tanto como si le hubiese dicho que tenía un dragón de mascota—. Si a ti no te importa, me gustaría mucho.

¿De verdad Macy acababa de decirme eso? No lo tenía nada claro, porque apenas podía escuchar nada por encima de los ensordecedores y rápidos latidos de mi corazón. Bum. Bum. Bum. Podía habérmelo imaginado.

Si apenas estaba tranquilo en medio de una conversación normal, ¿cómo demonios iba a sobrevivir a enseñarle a conducir? Compartiendo un espacio tan pequeño, estando los dos solos... Sí, era mejor que dejase de pensar en aquello o necesitaría una ambulancia.

—Genial entonces. ¿Cuándo quieres empezar? —le pregunté, y esperé no haber sonado tan ansioso como en realidad me sentía.

—¿Te va bien mañana? —preguntó ella justo cuando empezaba a arrepentirme de haberle preguntado tan de golpe, pero es que no quería perder la oportunidad—. Aunque imagino que tendrás que entrenar. Empezáis mañana, ¿verdad? Qué tonto por mi parte. Lo podemos dejar para el fin de semana.

—No, tranquila, me va perfecto después del entrenamiento. Acabamos a las seis y eso nos deja con más o menos una hora de luz todavía —dije calculando mentalmente el tiempo—. Tampoco es que sea estrictamente necesaria, creo que el mejor sitio para practicar es en uno de los aparcamientos de las afueras. ¿Te parece bien a ti?

Macy me observó con los ojos brillantes de alegría y me dejó desconcertado. ¿Por qué me miraba de esa forma? ¿Era porque me había ofrecido a ayudarla? ¿Porque pensaba que hasta el fin de semana no podría quedar? Aunque no hubiese tenido tiempo para hacerlo, me habría quitado de otras cosas para dedicárselo a ella.

—¡Maravilloso! —respondió, y vi que su alegría era genuina—. Me paso mañana por el entrenamiento.

Me sentía tan entusiasmado que apenas cabía en mí mismo.

Después de ofrecerme, la situación se quedó un poco tensa y decidí que, si bien no iba a poder actuar como un ser humano normal —uno al que acaban de dar el mayor regalo de su vida y estaba acojonado de que se lo arrebatasen o, peor, de cagarla—, decidí que lo mejor era que me fuese. Me parecía demasiado apresurado preguntarle si le apetecía que, en vez de al día siguiente, fuésemos en ese mismo instante y si también quería salir conmigo, o que nos casásemos, que no iba a ser yo el que se negase. Pero me parecía que esa actitud tan extraña me quitaría algo así como un millón de puntos.

—Mañana nos vemos —comenté, levantándome del sofá y dejando el mando a un lado con tranquilidad, como si mi huida fuese algo normal y lógico. Por dentro estaba hecho un flan, pero por fuera… Por fuera, como siempre, era una fachada de calma.

A veces, la práctica de ser tan cerrado a mostrar mis sentimientos me venía de maravilla.

—Te voy a matar —me espetó Macy mientras miraba el lugar por el que se acababa de ir Andrew con los ojos entrecerrados, casi como si estuviese analizando lo que había sucedido—. ¿Por qué no me has dicho que estábamos acompañados?

—¿Crees que estoy loco? No he tenido huevos de interrumpirte. Con la decisión que había en tu cara, no tenía muy claro si me ibas a morder si se me ocurría abrir la boca.

—Veo que me vas conociendo un poco —dijo con una sonrisa divertida.

—Lo hago. ¿Juegas un rato conmigo?

Macy miró el mando que le ofrecía durante unos segundos antes de encogerse de hombros.

—¿Por qué no? —respondió, alargando la mano para alcanzarlo—. Ya que estoy decidida a probar cosas nuevas, ¿por qué no empezar con esto?

—Genial, te voy a machacar.

—Eso ya lo veremos. No te puedes imaginar lo competitiva que soy.

En mi cara se formó una sonrisa.

—Me recuerdas mogollón a Sarah cuando todavía era mi mejor amiga —dije, tratando de infundir a mis palabras un tono de disgusto.

—¿Qué ha hecho para molestarte?

—Estar todo el santo día besuqueándose con Matt —comenté, y por el rabillo del ojo me aseguré de que mis palabras no estaban molestando a Macy. Me di cuenta al segundo de que parecía divertida y me alegré—. Me he tenido que ir de la habitación por lo pegajosos que son. Es que no les aguanto. Parece que están en celo. De verdad. ¿Cuándo se les va a pasar este estado tan empalagoso?

—¿Tú crees que alguien se puede aburrir de mí, niño bonito? —me sorprendió Matt, entrando justo en ese momento en la sala con Sarah colgada del hombro.

—No quieres saber la respuesta a esa pregunta —le respondí con maldad.

—Son como dos niños —escuché que le decía Sarah a Macy, no me hizo falta mirarla para saber que estaba poniendo los ojos en blanco.

Estaba demasiado ocupado haciendo una lucha de miradas con Matt como para darme cuenta de que Sarah estaba a punto de robarme el mando.

—Oye —me quejé.

—Seguid con vuestras tonterías, que Macy y yo os vamos a enseñar a jugar de verdad.

Todos nos echamos a reír. Quería a Sarah y estaba empezando a adorar a toda la gente de esa casa, Macy incluida.

¿Cómo era posible que Sarah tuviese alguna duda de que no estaba justo donde quería estar?

Capítulo 7

No lo haría tan mal aunque
me faltase una pierna

—Solo por asegurarme del todo, ¿no pensabas que siendo ayudante de un equipo de *hockey* tendrías que, no sé, pisar el hielo todos los días? —Había mucha incredulidad en la pregunta de Sarah.

—No le había dado demasiadas vueltas.

—No, si ya me he dado cuenta… No recordaba que patinases tan mal —comentó con una cara que iba entre la diversión y la preocupación.

—Cállate y ayúdame a arreglarlo —le pedí, apretando con fuerza la barrera que bordeaba la pista y que me estaba resultando la hostia de reconfortante.

—¿Cómo pretendes que lo logre en el lapso de media hora, Dan? —me preguntó, alucinada.

Todo el equipo de preparación había quedado a las tres de la tarde con Mike para que nos explicase en qué consistirían los entrenamientos de la temporada y cuáles serían nuestras funciones. Los jugadores del equipo empezaban su entrenamiento justo una hora después.

No hacía falta que Sarah me dijese que estaba jodido para que yo mismo me diese cuenta. Pero no por ello apreciaba el sarcasmo en su voz.

—Venga, Sarah, corta la bronca y échame una mano aquí.

Puso los ojos en blanco e hizo una especie de resoplido que sonó muy parecido a «son todos unos niños».

—¿Por qué no me has dicho antes que apenas eres capaz de mantenerte en pie?

—Porque no me acordaba.

—¿No te acordabas? ¿Te estás escuchando, Dan?

—¿Qué? Es sencillo cuando lo haces tú —me defendí como si fuese un niño tonto y mimado, pero el pánico hacía eso en mí. Me volvía irracional.

No quería darle otro motivo a Mike para que me alejase de su vida. Si no compartíamos el trabajo, nada nos uniría, y eso sería una catástrofe. Iría en contra de mis deseos. En contra de mi necesidad de estar cerca de él y recordarle la química impresionante que teníamos.

—Porque era una patinadora profesional, Dan. *Profesional* —comentó, llevándose las manos a la cabeza.

—Cuando empezaste, no lo eras —contraataqué.

—Nunca lo he hecho tan mal. De hecho, no lo haría tan mal aunque me faltase una pierna.

—Eso es muy ofensivo.

Sarah tuvo el valor de reírse.

—Además, si el tarugo de Matt es capaz de hacerlo, yo también puedo.

—No sé qué voy a hacer contigo —dijo, y supe por el tono de su voz que había terminado de abroncarme y que se iba a poner manos a la obra—. Suelta las manos de la barrera y dámelas a mí.

No terminaba de convencerme lo que decía.

—Dan —advirtió cuando vio lo reacio que parecía a hacerle caso.

—Vale, vale.

Contuve el aliento y me solté. No me seducía la idea de no tener algo firme y estable a lo que agarrarme, pero, si quería patinar de manera aceptable una hora después, era algo inevitable.

Empezó la tortura. Una tortura que no entraba en mis planes, ya que me había imaginado deslizándome por la pista cual patinador profesional. Sí, puede que algunas veces fuese demasiado fantasioso.

Y, pese a que nada salía como yo esperaba, estaba feliz de estar en New Haven.

Empezamos la misión «salvar mi puesto de trabajo», que no hacía falta decir que estaba yendo mal. La cuarta vez que aterricé de culo sobre el hielo dejé de contar. Estaba muy nervioso. Me sudaban las palmas de las manos y no podía dejar de echar vistazos al gran reloj digital colocado bajo el marcador del estadio, porque por alguna horrible razón el tiempo había decidido pasar a toda leche y yo patinaba cada vez peor.

Justo cuando estaba a punto de tener un infarto de miocardio, pasó lo que más temía: apareció Mike.

Lo observé paralizado. Sin poder apartar los ojos de su figura grande e imponente. Vestía de azul oscuro, con el logo de los Bulldogs estirándose sobre su pecho de una forma obscena. ¿Cómo una persona podía ser tan sólida y sexi? ¿Por qué tenía que hacer el ridículo delante de él? ¿Por qué?

Todas las fantasías que había albergado en mi cabeza sobre impresionarlo y hacer que se muriera de ganas por mí se cayeron delante de mis narices cual torre de naipes.

No estaba precisamente feliz de empezar la temporada de entrenamiento y se me hacía extraño. No estaba acostumbrado a tener esa mezcla de sentimientos alojados en la boca del estómago que aquel día había decidido acompañarme todo el día. ¿Dónde estaba el hombre tranquilo y seguro de sí mismo que solía ser? Se había evaporado justo cuando había comprendido que iba a tener la tentación dentro de lo que hasta ese momento había sido mi lugar seguro. El sitio donde más tiempo pasaba y al que ahora tenía pánico de entrar. ¿Por qué mi cuerpo había decidido fijarse precisamente en Dan cuando hacía mil años que no lo hacía en nadie?

Tenía que mantener la compostura y comportarme acorde a mi edad. Y tenía que empezar a hacerlo ya. Tampoco era tan difícil. Estaba empeorando todo en mi cabeza.

Era hora de demostrar que podía.

Salí del despacho, vestido con mi uniforme de entrenamiento y todas las hojas con el programa que había planificado para esa semana, y me acerqué a la pista. Cuando escuché voces, miré hacia el hielo esperando encontrar como siempre a Ashford, pero no era él. El estómago se me encogió al ver que en el centro de la pista estaban Dan y Sarah. Me senté en las gradas para ponerme los patines con cuidado de que no reparasen en mi presencia para poder observarlos. Mi corazón se aceleró y mis ojos se clavaron en él. ¿Cómo coño lo hacía para estar siempre tan guapo?

Su forma tan torpe de patinar me dejó sin palabras.

Parecía un cervatillo andando por la pista. Me recordaba a la película de Bambi, cuando este caminaba por el hielo junto a Tambor y se resbalaba todo el rato. Casi no me podía creer lo que estaba viendo. ¿No sabía patinar? ¿Cómo coño podía ser?

Era imposible no notar que Sarah trataba de enseñarle y lo estaba dando todo, pero parecía sobrepasada, ya que Dan era torpe y más grande que ella.

Me quedé paralizado durante unos segundos al comprender que ahí estaba mi oportunidad de deshacerme de él. La tenía justo frente a mí y al alcance de mi mano y, aun así, por algún estúpido motivo, decidí pasarla por alto. No tuve que enzarzarme en una disputa acalorada conmigo mismo. Tomé la decisión en una fracción de segundo. Aparté la vista, me até los patines, cogí las hojas y entré al hielo.

Cuando las cuchillas se deslizaron sobre la pista, me sentí en mi medio. Me sentí mucho más relajado y con fuerza.

Ambos apartaron la mirada de lo que estaban haciendo y la posaron en mí, luciendo sendas caras de horror.

Tuve que esforzarme por no reír. ¿Acaso pensaban que no me daría cuenta? Eran ridículos.

—¿Por qué no me habíais dicho que no sabías patinar? —les pregunté, muy sorprendido.

Ambos me miraron con los ojos abiertos, como si no tuvieran muy claro qué contestar o cómo habían terminado en esa situación. Tuve que esforzarme por mantener el semblante serio.

No obtuve ninguna respuesta por su parte.

—Por el momento, te vas a encargar de traer el material, de rellenar las botellas y lo que el equipo vaya necesitando, *fuera de la pista* —dije haciendo hincapié en las palabras para que le quedase claro. No quería que se partiese la crisma, aunque lo cierto era que, si eso ocurría, me ahorraría un montón de problemas—. Después del entrenamiento, os vais a quedar ambos hasta que sea capaz de deslizarse por el hielo sin matarse —les ordené con voz dura.

—Sí, por supuesto —dijo Sarah con el alivio pintado en su voz.

—Muchas gracias, Mike —respondió a su vez Dan, sonando avergonzado.

No sabría decir si fue la forma en la que dijo mi nombre o la vergüenza en su voz lo que hizo que sintiese un pellizco en el corazón, pero la cuestión fue que tuve que llevarme la mano al pecho para aliviar la molestia en esa zona. Necesitaba alejarlo de mí y necesitaba hacerlo ya.

—Bien, ahora sal y quítate los patines, Sarah te enseñará dónde están los materiales mientras llega el resto del equipo técnico.

Capítulo 8

¿Tienes mi número de teléfono?

Iba con el tiempo justo. Quizás no había sido tan buena idea escaparme por la tarde de casa para estar un rato con Zanahoria en el establo antes de ir al entrenamiento de Andrew. Sonreí pensando en lo bonito que era que se hubiese ofrecido a enseñarme. Me había dejado sin palabras cuando quiso que comenzásemos al día siguiente, que, con el poco tiempo libre que debía quedarle entre las clases y los entrenamientos, lo fuese a emplear en mí.

—Hoy, un chico muy guapo va a enseñarme a montar en moto —dije, acariciando la crin dorada de Zanahoria.

Su respuesta fue darme con el hocico en el brazo. Puede que lo hubiese hecho para que la acariciase más, pero me lo tomé como un signo de que compartía la emoción conmigo.

Terminé de alimentarla y me dirigí corriendo hacia el vestuario del establo para cambiarme de ropa. Me había llenado de pelos peinándola. Pasé por casa brevemente y cogí mi bolso. Diez minutos después, ya estaba sentada en el coche. Respiré aliviada al ver que me iba a dar tiempo a llegar justo cuando hubiesen terminado. O lo habría hecho en el caso de que Linda hubiese decidido arrancar.

—Vamos, chica, no me hagas esto. No hoy. He quedado con Andrew —le pedí mientras giraba la llave en el contacto por tercera vez.

Lo intenté una más, a pesar de saber que sería inútil. Mi padre no dejaba de decirme una y otra vez que tenía que cambiar de coche. Que no entendía el encariñamiento que tenía con esa antigualla. En ese momento habría estado de acuerdo con él si no fuese porque Linda había sido su coche, en el que me había llevado a un montón de excursiones cuando era pequeña y se escapaba de la empresa para pasar tiempo conmigo o el coche en el que me había enseñado a conducir muchos años después. No, no podía deshacerme de Linda. Pero hoy se estaba portando mal, teniendo en cuenta que había quedado.

Mierda. Iba a llegar tarde.

Había conseguido mantener la tranquilidad durante el día. Vale, puede que decir que la había mantenido fuese demasiado exagerado, pero, para estar a unas horas de pasar tiempo a solas con Macy, lo había hecho bastante decente. Por mucho que mis amigos se hubiesen empeñado en decirme que estaba más serio de lo habitual. A medida que se iba acercando el final del entrenamiento y veía que Macy no llegaba, mis nervios se dispararon hasta el puto cielo. Me obligué como pude para no lanzar miradas continuamente a las gradas en su búsqueda y centrarme en los ejercicios que estábamos realizando.

Odiaba la sensación alojada en la boca de mi estómago que me decía que Macy se había arrepentido de haber aceptado y que no sabía cómo decírmelo.

Cuando terminó el entrenamiento, fui al vestuario arrastrando tras de mí un halo de pérdida. Me duché y vestí despacio, tanto que fui el último en salir. Tampoco era como si tuviese algún motivo, ni siquiera la energía suficiente para hacerlo más rápido.

Cuando salí del estadio a la calle y no la vi, la tristeza me golpeó con tanta fuerza que comprendí que hasta ese momento había albergado la esperanza de que por algún motivo estuviese esperándome en el estacionamiento. Pero no había ni rastro de su melena rubia y de su aura vibrante.

Me acerqué a la moto con pasos cortos. Le quité el candado y luego colgué el segundo casco en uno de los manguitos para tener las manos libres.

Me estaba poniendo el casco en la cabeza justo cuando un taxi llegó al aparcamiento del estadio. No le presté atención, sumido en mis pensamientos. No lo hice hasta que noté por la visión periférica que alguien movía las manos. Entonces dirigí la mirada hacia allí y todo mi ánimo cambió de golpe.

Se me dibujó una sonrisa en la cara y el estómago comenzó a burbujearme. Observé mientras la hermosa y brillante figura de Macy pagaba al taxista y luego se daba la vuelta y venía corriendo hacia mí.

—Hola —me saludó cuando llegó a mi lado.

—Hola —le respondí sin molestarme en ocultar lo feliz que me sentía.

—Qué alivio que todavía estés aquí. Pensaba que no llegaba —dijo, secando de su frente un sudor inexistente y haciéndome reír.

—¿Qué te ha pasado? —pregunté con curiosidad y un poco de preocupación. Luego me arrepentí al segundo, ya que igual había sido demasiado intrusivo con la pregunta, pero la sonrisa de Macy no vaciló una pizca, por lo que deduje que no le había molestado.

—Linda ha decidido romperse hoy.

La miré sin comprender y ella estalló en carcajadas haciendo que se me contagiasen.

—Linda es mi coche —explicó—. Justo cuando iba a venir hacia aquí, ha decidido que era un buen momento para morir. Mañana llamaré al taller para que la arreglen.

No lo dije, pero pensé que era muy tierna poniéndole nombre a su coche, que era un modelo muy antiguo que no entendía que tuviera. Sin embargo, aunque sentía mucha curiosidad por saber acerca de eso y de cualquier detalle de su vida, no pregunté. No quería resultar demasiado intrusivo. Que era de la forma en la que se podía interpretar mi interés. Si tenía mucha mucha suerte, puede que poco a poco fuese descubriendo todas esas cosas.

—¿Vamos? —le pregunté, tendiéndole el casco morado que había comprado esa mañana para ella, ya que estaba seguro de que los que tenía eran demasiado grandes para su pequeña y preciosa cabeza.

—Me muero de ganas —dijo, aceptándolo y regalándome una deslumbrante sonrisa.

Me coloqué el casco sobre la cabeza, pero sin terminar de ponérmelo del todo para poder verla, tratando de que no se notase lo mucho que me temblaba todo el cuerpo. Me senté en la moto y le ofrecí la mano para ayudarla a subirse en la parte trasera. Dudé mientras ella la miraba, supuse que sopesando si la necesitaba o no, pero no era por eso que se la había ofrecido. Sabía que podía hacerlo por ella misma, eso y todo lo que se propusiese; lo había hecho porque para mí tocarla era el mejor de los regalos e iba a aprovechar cada pequeña oportunidad que tuviese sin que eso la incomodase.

Cuando la aceptó y nuestras pieles se encontraron, una corriente eléctrica de placer me recorrió todo el brazo y me pregunté si había sido el único que la había sentido. No me atrevía a mirar los ojos de Macy para descubrirlo. Solo lo hice cuando de reojo vi que se estaba poniendo el casco.

—Es precioso —comentó justo antes de colocárselo, y mi corazón vibró emocionado.

—¿Te sujeta bien? ¿Te aprieta? —me interesé, girándome en la moto para comprobarlo por mí mismo.

Me relajé cuando vi que le quedaba perfecto y sonreí al ver cómo levantaba el pulgar.

Empujé mi casco hacia abajo para terminar de ponérmelo, no quería que la cara que estaba poniendo delatase que estaba viviendo uno de mis sueños más especiales. ¿Cuántas veces había soñado con llevar a Macy en la parte trasera de mi moto? Miles a lo largo de los años. Arranqué y, cuando sentí que sus brazos se colaban por los laterales de mi cuerpo, necesité tomarme unos segundos para relajarme. Joder. Esto era un puto sueño.

Salimos del aparcamiento y conduje todo lo despacio que era posible sin que el resto de conductores me quisieran matar, tratando de prolongar el momento hasta la eternidad. Me gustó sentir cómo Macy se iba relajando poco a poco. A medida que avanzábamos, sus brazos, al principio tensos como cables de acero, se fueron aflojando. Pasó de apretarme con tanta fuerza que me costaba respirar a estar colgada de mi cintura con las manos peligrosamente cerca de mi entrepierna. Recé todas las oraciones que conocía, que eran más bien pocas, para que sus manos no acabasen resbalando hasta mi chica, que estaba muy atenta a lo que pasaba unos centímetros más arriba. No quería avergonzarme por nada del mundo.

Así que, cuando llegamos al aparcamiento unos quince minutos después, sentí un contraste de emociones. Siempre las sentía cuando estaba cerca de Macy. Pena porque se hubiese acabado el paseo y alivio porque lo hubiese hecho. Sí, parecía que me estuviera volviendo loco.

Paré la moto y me quité el casco para hablar con Macy. Ella imitó mi gesto.

—Ya estamos aquí —anuncié la obviedad como un tonto, porque no sabía qué otra cosa decir que no fuera lo mucho que me gustaba ella y estar a su lado.

Esperé a que se bajase para hacer lo mismo y dejarla sujeta con la patilla. Miré a Macy, que parecía perdida en sus pensamientos.

—¿Está todo bien? —no puede evitar preguntarle. Si había algo que la incomodaba, estaba seguro de que, si me lo contaba, podíamos arreglarlo.

—Sí, perfecto. He venido super a gusto en la moto. Es muy relajante —me dijo, esbozando una sonrisa y haciéndome feliz.

—Sí, yo lo prefiero a ir en coche. Aunque en invierno no me queda más remedio que usarlo. Hace un clima de mierda en esta ciudad.

—Lo hace —estuvo de acuerdo, distraída—. Oye, te quería preguntar una cosa. He pensado varias veces en la canción que me pusiste el día que nos encontramos en la playa. —La sola mención de ese momento hizo que mi corazón se acelerase emocionado—. ¿Me puedes decir cómo se llamaba? He tenido la necesidad de volver a escucharla, pero no me acordaba del título —pidió, esbozando una pequeña y preciosa sonrisa mientras sacaba el móvil de su bolsillo.

La observé hacerlo. Casi no me podía creer que estuviésemos solos en medio de la nada para pasar tiempo juntos. Sentía como si estuviese soñando.

—Se llama *Master of Puppets* —dije, y dudé unos segundos antes de añadir la siguiente información mientras sopesaba si quería traer a colación que la había escrito y no me había contestado, aunque en honor a la verdad parecía que ni siquiera había abierto el mensaje. Decidí probar, porque últimamente me había vuelto un poco atrevido—. Te lo mandé por Instagram hace unos días por si te apetecía escucharla.

Francamente, fue un milagro que las palabras saliesen de mi boca, sobre todo cuando estaba como a diez segundos de morir de un infarto por lo rápido que me latía el corazón.

Cuando Macy levantó la cabeza de su teléfono y me miró con los ojos abiertos, forcé una sonrisa en mi cara.

¿Estaba a punto de mandarme a la mierda por tomarme semejantes confianzas?

Sin decir nada, volvió a mirar el teléfono. La observé abrir la aplicación Instagram y revisar la bandeja de mensajes.

—No lo había visto. Soy tonta. Se me había quedado en la carpeta de solicitudes. —Me miró alucinada—. Te juro que no me puedo creer que en todos estos años no hayamos hablado nunca por Instagram —comentó tan bajo que no tenía muy claro si estaba hablado conmigo o con ella misma.

Yo, por si acaso, no me atreví a decir nada. Me quedé tan quieto como era humanamente posible, observando cada uno de sus movimientos. Aceptó la solicitud y luego, para mi sorpresa, le dio al botón de seguir a mi perfil. Mi corazón decidió que todavía podía latir con más fuerza. Pum, pum, pum.

Ese momento estaba superando todas mis expectativas. Todas.

Levantó la cabeza y me miró entrecerrando los ojos. Yo me esforcé por poner mi mejor cara de póker, pero tenía serias dudas de que lo hubiese conseguido.

—¿Tienes mi número de teléfono? —preguntó.

—No —respondí; y, si la palabra había salido estrangulada de mi boca, ¿quién podía culparme?

La observé teclear en nuestro chat de Insta y, un segundo después de que le diera a enviar, el teléfono me estaba vibrando en el bolsillo.

—Ahora, ya lo tienes —dijo, regalándome una preciosa sonrisa que hizo que me resultase incluso doloroso no poder acercarme a ella e inclinarme para besarla con todas mis fuerzas.

Ni siquiera fui capaz de contestar. Me limité a sacar el móvil, grabar su teléfono y hacerle una llamada perdida.

—Ahora, tú también tienes mi número.

—Genial —respondió, grabándolo.

Cuando terminó, nos quedamos mirándonos durante unos segundos en los que empecé a ponerme muy nervioso. Tenía que hacer algo. Lo que fuera para disipar la tensión que salía de mi cuerpo y sobrevolaba en el ambiente entre nosotros.

—¿Empezamos? —pregunté, señalando la moto.

Dudé durante unos segundos. La verdad era que, llegado el momento, me daba bastante miedo la idea de conducir una moto. Todas y cada una de las excusas y motivos por los que no lo había hecho antes llenaron mi cabeza de golpe.

Puf. Quizás no estaba tan preparada como había pensado para cambiar de vida. Quizás me había calentado y a la hora de la verdad no era capaz de hacer nada. Estaba en medio de ese debate interno cuando Andrew alargó la mano y cogió la mía. Su gesto me sorprendió tanto que hizo que todas las preocupaciones que me atacaban se quedasen paralizadas dentro de mi cabeza.

—Eh, no tienes por qué hacerlo si no te sientes preparada —dijo como si me hubiese leído los pensamientos. Puede que estuviesen escritos en mi cara—. Pero, en el caso de que quieras intentarlo, te aseguro que no voy a dejar que te pase nada malo. Lo juro —prometió, sonando tan seguro y poderoso que me dejó sin aliento. Me generó mucha confianza.

Sentí como si ese hombre enorme por algún extraño motivo se preocupase por mí, pero de verdad. También sonó como si fuese capaz de arreglar cualquier situación. Me sonó a seguridad y fuerza.

Guau. No creí que nadie hubiese logrado tranquilizarme tanto nunca antes.

—No, quiero hacerlo —dije intentando sonar firme, pero sin poder evitar que la voz me temblase.

—Perfecto, recuerda que estoy aquí.

Asentí, incapaz de hacer otra cosa.

Lo observé sin perderme un solo segundo cómo se sentaba en la moto y se deslizaba por el asiento hacia atrás hasta quedar colocado en la parte trasera. Golpeó el espacio delante de él, con una sonrisa pintada en la cara que se veía que estaba destinada a tranquilizarme.

«Puedes hacerlo, Macy», me dije, cogiendo aire y obligándome a acercarme a la moto. Cuando estuve a unos centímetros, levanté la pierna con cuidado de no golpear a Andrew, y antes de que pudiese arrepentirme, estaba sentada al frente y con las manos alrededor de los manguitos.

Estaba sentada en una moto y estaba a punto de conducirla.

Increíble.

Escuché lo mejor que pude las indicaciones de Andrew, teniendo en cuenta lo nerviosa que estaba. Después de unos cinco minutos, lo tuve todo más o menos claro y arrancamos. Al principio, Andrew iba con sus manos sobre las mías en el manillar, pero, poco a poco, las fue retirando, gesto que me sorprendió, ya que estaba haciéndolo tan mal que ni siquiera era gracioso.

Pero en mi defensa debía destacar que tener a un hombre tan grande, atractivo y cálido a mi espalda hacía que apenas pudiese escuchar sus correcciones por encima del sonido de mis hormonas alteradas y necesitadas. O puede que fuese yo la que estaba necesitada.

¿Cuánto tiempo había pasado desde que me había acostado con alguien en condiciones? ¿Desde que me habían hecho sentirme sexi, deseada y caliente? Ah, sí, desde toda la vida. *Porque eso nunca me había pasado.* Pero, en fin, me di cuenta cuando comprendí que me estaba excitando que no era un buen momento para pensar en el sexo dadas las circunstancias y agradecí enormemente no ser un hombre, porque hubiese sido muy difícil ocultar mi excitación.

Media hora después, con solo las luces del aparcamiento iluminando la carretera, dimos por concluida la clase. Me sorprendió que se ofreciese a repetirlo al día siguiente, pero estaba empezando a darme cuenta de que Andrew era una persona muy implicada y dispuesta. ¿Por qué no me había acercado antes a él? La respuesta apareció en mi mente tan rápido como la pregunta: porque nunca me lo había permitido. No. Siempre me había parecido demasiado atractivo como para que me pareciese ético estar con él teniendo novio. En cambio, la nueva Macy no tenía ese problema, ya que no tenía pareja y una de sus nuevas reglas era no volver a tenerla en un futuro próximo.

De camino a casa, disfruté del aire a nuestro alrededor y de la figura firme que había sentaba delante de mí. Incluso me atreví a cerrar los ojos. Estaba muy a gusto.

Cuando llegamos a mi casa, me bajé de la moto, me quité el casco y se lo tendí para devolvérselo.

—Mejor quédatelo —me dijo con un gesto de la mano, sorprendiéndome—. ¿A qué hora tienes que ir a la uni mañana? —preguntó Andrew.

—Tengo que comprobarlo, todavía no me sé el horario —comenté, sacando el teléfono y buscando la foto que había sacado esa mañana al horario del semestre—. Mañana tengo clase a primera hora —respondí.

Y, antes de que pudiese preguntarle para qué lo necesitaba, me sorprendió hablando:

—Perfecto. Mañana vengo a recogerte.

Dicho eso y, antes de que me diese tiempo a añadir nada o a reaccionar siquiera, Andrew había arrancado y se estaba marchando de mi casa.

Guau. Pues parecía que tenía transporte para el día siguiente.

Capítulo 9

Tengo una propuesta

—¿Se puede saber por qué estás tan alterada? —me preguntó mi madre cuando entré a la cocina corriendo de un lugar a otro como una loca. Tenía el tiempo justo para desayunar.

—No estoy alterada —respondí. Y, como si el universo quisiera reírse de mí, se me cayó la cuchara que había metido en la taza de leche cuando me había puesto de puntillas para alcanzar los cereales.

No era algo que me gustase comer en exceso, pero era rápido y llenaban. Una combinación ideal para ese momento.

—Ya veo, ya —comentó mientras sorbía con una elegancia impecable de su humeante taza de café y me miraba por encima del borde con curiosidad.

Me tensé bajo su escrutinio. Porque si algo caracterizaba a mi madre es que era una persona muy observadora e intuitiva. Lo que me hizo plantearme si tendría razón.

Podría ser. O podría tratarse solo de que andaba con el tiempo justo y que no quería hacer esperar a Andrew después de que se hubiera ofrecido, o más bien impuesto, a llevarme a la universidad.

—Lo que pasa es que tengo prisa, mamá —le dije, parándome y obligándome a estar tranquila mientras ambas desayunábamos.

Me pregunté si siempre había querido ser tan perfecta por mi madre. Porque si había alguien que se acercaba mucho a esa cualidad era ella.

Sin embargo, no me caía bien cuando se entrometía en mis asuntos.

Por algún extraño motivo, cuando esa mañana Andrew me había mandado un mensaje preguntándome a qué hora quería que pasase a recogerme, me había costado Dios y ayuda encontrar algo de ropa para ponerme. De ahí que ahora llegase tarde.

El móvil me vibró en el bolsillo.

Estoy fuera. Te espero lo que necesites.

¡Voy!

El estómago me hizo una pirueta y corrí a dejar la taza en el fregadero. No quería hacerle esperar.

—Hasta luego, señorita —se despidió mi madre justo cuando yo salía de la cocina corriendo.

Mierda. Me había olvidado de que estaba con ella.

—Te quiero —le dije, regresando y depositando un beso en su mejilla.

—Cuando te apetezca hablar, me dices.

—No hay nada de que hablar.

—Claro que sí, cariño.

—Por Dios, mamá. Estás viendo cosas donde no las hay.

—De acuerdo. Vete —me ordenó, girándome hacia la puerta y dándome una palmada cariñosa en el culo para que me fuese—. Pasa un buen día.

—Hasta luego —me despedí de ella por encima del hombro con una sonrisa.

Caminé hasta la entrada, me colgué del hombro la bandolera con los libros y agarré el casco. Lo primero que pensé cuando descendí las escaleras de casa y vi a Andrew subido a la moto, esperándome en el camino de piedra de la entrada, fue: «¿Cómo alguien puede ser tan sexi?».

La palabra ni siquiera hacía justicia a ese hombre enorme que vestía unos pantalones vaqueros imposiblemente estirados sobre los músculos de sus piernas. En la parte superior llevaba la chaquetilla del equipo de *hockey*. Al verla, me sucedió algo que no me había pasado en la vida con Matt: me imaginé llevando esa chaquetilla. Para ser exactos, me imaginé la escena de cómo él me la ofrecía para protegerme del frío. «¿Qué narices?», pensé, y moví la cabeza hacia los lados tratando de borrar esa idea de mi cerebro. Me había pasado leyendo libros de romance juvenil.

No iba a suceder. Andrew no tenía ningún interés en mí ni yo lo tenía en él. No quería volver a tener novio. Era una de las reglas de mi nueva vida. El problema es que él era demasiado atractivo y agradable, y eso me confundía. Pero podía luchar contra ello. Sí, no iba a costarme hacerlo.

—Buenos días —me saludó cuando me acerqué a él con una sonrisa dibujada en la cara.

—Buenos días —respondí yo.

«Genial, Macy. Gran charla».

—¿Estás lista? —preguntó Andrew, que no parecía ni una pizca de alterado por mi presencia ni tampoco por mi falta de conversación.

Genial. Sí. Maravilloso. Eso desde luego hacía las cosas mucho más sencillas.

—Lo estoy —respondí, acercándome a la moto.

«Me resultaría tremendamente fácil acostumbrarme a esto», fue lo primero que pensé cuando me puse el casco que Andrew me había dicho que me quedase —temporalmente, claro está— y me senté a su espalda. Lo segundo que se me pasó por la cabeza fue la pregunta de si Matt hubiese hecho lo mismo por mí, pero, tan pronto como se me ocurrió, la deseché. Andrew no tenía nada que ver con él, entre otras cosas, porque nunca había sido mi novio. Era un amigo. Un chico al que conocía desde hacía mucho tiempo, pero con el que había empezado a relacionarme de verdad unos días atrás. Y lo cierto era que me caía muy bien.

Miércoles

No era agradable escuchar cómo un grupo de amigos que estaban sentados en las gradas detrás de mí hablaban de Andrew como si fuese un trozo de carne. Vale que estaba muy bueno, pero eso no hacía que estuviese bien. Tampoco mejoraba la situación que pudiese comprenderlos ni hacía que me molestase menos. Levanté la cabeza de mis apuntes y los taladré con la mirada para ver si se daban cuenta de que estaban obrando mal. Andrew no era un trozo de carne. Le gustaba montar en moto y también una música *heavy* que era infernal. Al pensar aquello, me di cuenta de que tampoco yo le conocía mucho, pero sabía a ciencia cierta que era algo más que un chico guapo con el que alegrarse la vista. Esa situación hizo que me prometiese a mí misma que iba a tratar de conocerlo más. Si es que a él le apetecía que lo hiciese, claro está. Me había dado cuenta de que me agradaba mucho su compañía y, encima, se estaba portando de maravilla conmigo. Estaba siendo muy atento.

La tarde se me pasó volando.

Me encontraba tan enfrascada en mis estudios, con un montón de hojas desparramadas por los asientos de mi alrededor, que, hasta que no pasaron unas cuantas personas a mi lado, no me di cuenta de que el entrenamiento había terminado.

Empecé a recoger. No había podido hacer todos los resúmenes que quería, pero seguiría en casa. No pasaba nada. Por el momento, llevaba todas las asignaturas al día.

—Parece que te gusta mucho estudiar en las gradas del estadio —comentó Dan, sentándose a mi lado.

Levanté la vista hacia él y vi que se estaba riendo de mí.

—Oh, no me gusta ni la mitad de lo que a ti besar el hielo de la pista —le devolví la pulla sin poder contener las carcajadas.

Me miró con un gesto ofendido.

—¿Sabes? Es de mala persona reírse de las desgracias de tus amigos.

—Oye, que hace un segundo tú te estabas riendo de las mías.

—Es que me parece una puta locura que te alejes de la gente que te sigue tratando como si fueses una pobre mujer y huyas yendo a donde entrena tu exnovio —comentó, riéndose y contagiándome—. Tienes que reconocer que tiene cierta gracia.

—Lo hago. Es la leche de gracioso —contesté tratado de impregnar las palabras con todo el sarcasmo que era capaz de utilizar—. Pero es que es el único sitio en el que nadie me juzga.

—La gente es idiota.

—Estoy de acuerdo.

Mi vista se dirigió a la pista y me quedé paralizada.

—Oh, no —me alarmé.

—¿Qué pasa? —preguntó Dan, siguiendo la dirección de mi mirada—. Oh, vamos. ¿Es que no se cansan nunca? —le escuché decir mientras dibujaba una mueca tensa en su cara.

En la pista, Sarah estaba cotilleando con Matt mientras nos miraban con interés. Estaba empezando a volverse aburrido que tuviesen tanto interés en juntarnos.

—Esto es una locura.

—Estoy de acuerdo. ¿Nos vamos? No me apetece quedarme aquí sentado bajo su escrutinio. Sigo sintiéndome como si estuviera expuesto en un zoológico. ¿Por qué tienen tanto afán de meterse en nuestra vida? ¿Tan mal creen que ligamos? —preguntó Dan, haciéndome reír. Lo cierto es que era ofensivo que creyesen tan poco en nuestra capacidad de conquista—. Casi prefiero estar haciendo el ridículo en la pista de hielo a esto.

—La verdad es que has mejorado bastante, así que ya no da tanta vergüenza verte —bromeé. Pero era cierto; se estaba esforzando un montón por patinar de forma pasable.

Todavía no entendía muy bien cómo había aceptado el trabajo si no tenía ni idea de patinar, pero no sería yo la que dijese nada. Estaba segura de que tenía sus propios motivos y, si en algún momento le apetecía compartirlos, estaría ahí para escucharlo.

Lo único bueno que había traído a mi vida que Matt y Sarah quisieran emparejarnos era que había conocido a un chico maravilloso que se había convertido en mi amigo.

—Me voy a acercar a los vestuarios para que Andrew no tenga que volver a la pista a buscarme —le comenté.

—Te has buscado un buen taxista —me dijo, subiendo y bajando las cejas, haciendo que me ruborizase y lo cubriese con enfado.

—Oye, no lo llames así, que está siendo un cielo preocupándose tanto por mí.

—Lo está siendo, pero eso no quita que se te vea muy contenta con él.

—No sé qué es lo que insinúas, pero estás muy equivocado —le dije.

Dan levantó las manos y se rio.

—No te enfades. Te juro que no estoy insinuando nada —se defendió entre risas.

Vale, quizás mi reacción había sido un poco exagerada, teniendo en cuenta que no me había dicho nada. Teniendo en cuenta que no había ningún motivo oculto por el cual me gustaba tanto que Andrew se hubiese ofrecido a llevarme.

—Lo sé, era una broma —comenté para tratar de cubrir mi vergüenza.

Dan me ayudó a recoger mis cosas y cada uno se fue por su camino.

Jueves

—Creo que no he tenido más hambre en la vida —le dije a Andrew justo cuando salíamos por la puerta del estadio—. No puedo dejar de pensar en comerme un delicioso perrito caliente, con un montón de cebolla frita y pepinillo —expliqué, haciendo un gesto con la mano como si estuviera montando yo misma el perrito y le estuviese echando todos esos ingredientes.

Andrew se rio haciendo que mi ya de por sí dispersa atención debido al hambre se centrase de golpe en él.

Guau.

Si era un monumento en su estado normal, que era más bien tirando a serio, riéndose era una cosa de otro mundo.

Guau. En serio. G-U-A-U.

Estaba tan ensimismada mirándolo que no me di cuenta de que estaba a punto de empotrarme contra su moto, hasta que la muy enorme y cálida —¿he dicho gigante?— mano de Andrew se posó sobre el centro de mi estómago, evitándolo.

—¿Estás bien? —preguntó con preocupación.

Genial. Yo, comiéndomelo con los ojos y él, preocupándose por mí. Me sentía martirizada y con la cara ardiendo.

Estaba claro que debía depurar el arte de examinar a un chico.

—Sí —respondí con la voz estrangulada y una risa nerviosa—. Estoy… Estoy de maravilla. Sí. Estupendamente.

Andrew me miró con los ojos entrecerrados y el ceño fruncido, como si no estuviese para nada convencido. Me miró como si quisiera descifrarme y yo, aunque me había parecido imposible en ese momento, me puse todavía más roja.

Maravilloso.

—Tengo una propuesta —me dijo Macy mientras tomábamos un café en la terraza de una cafetería.

Esa mañana habíamos tenido un par de clases a primera hora y, como Macy tenía el resto del día libre y yo no tenía obligaciones hasta que empezase el entrenamiento de la tarde, habíamos decidido practicar con la moto a esa hora. A lo largo de los días se había vuelto bastante buena y temía el momento en el que se diese cuenta de que ya no le hacía falta practicar más.

Sus palabras hicieron que mi interior comenzase a burbujear y el corazón se me disparase por la cantidad de posibilidades que encerraba esa frase. Joder.

—Dispara —le pedí, manteniendo la compostura y tratando de que mi tono fuese desenfadado, divertido y para nada tenso.

No creo que lo lograse. No del todo al menos.

—¿Has montado alguna vez a caballo?

No me había dado tiempo a pensar qué era lo que podría decir, pero esa pregunta era la última que se me había pasado por la cabeza.

—No, nunca lo he hecho.

—¡Genial! —respondió, dando un lindo salto de emoción en la silla y aplaudiendo como si le hubiese dicho algo maravilloso. En mi cara se formó una sonrisa divertida y supuse que de imbécil enamorado sin que pudiese evitarlo—. Pues no hagas planes para mañana, que te voy a enseñar.

¿Qué?

¿Macy acababa de ofrecerse a pasar conmigo el sábado enseñándome a montar a caballo? No sabía a quién se lo debía agradecer, pero mi vida se había vuelto la hostia de interesante y maravillosa.

—Si te apetece, claro —comentó ella.

Y, al notar la tensión que emanaba de su rostro, caí en la cuenta de que me había quedado callado, procesando la propuesta más tiempo del que era socialmente aceptable.

Odiaba haberla puesto nerviosa y que por su cabeza pasase la posibilidad de que no me hacía inmensamente feliz.

—No se me ocurre una mejor manera de pasar el sábado —comenté, y ella se rio.

—Tampoco creo que sea para tanto —dijo, divertida—. Pero te aseguro que nos lo vamos a pasar bien.

No tenía la menor duda. Cada segundo a su lado era maravilloso y lo sentía como un regalo.

—Hacemos una cosa —comencé, tragando saliva, nervioso por lo que estaba a punto de proponer—. Por la mañana, tú me enseñas a andar a caballo; después, yo te llevo con la moto a un prado muy bonito que conozco para comer un pícnic y luego practicamos un rato las clases de conducción. ¿Qué me dices?

—Pues... ¿dónde hay que firmar? —contestó antes de estallar en una carcajada divertida que logró que el día nublado se iluminase como si estuviésemos bajo un sol abrasador.

Capítulo 10

¿Dónde está el hombre relajado y divertido que conocí esa noche?

—Tengo la espalda rota —dijo Matt, estirándose en el sofá y haciendo reír a Sarah.

—Eso es porque sois tontos —les recordé.

—No, tú eres el tonto —me dijo Sarah con voz ofendida—. No vamos a permitir que seas tú el que duerma en el sofá mientras nosotros estamos tan felices en la cama, en *vuestra* habitación —me recriminó.

La noche anterior habíamos tenido una disputa porque Sarah se había quedado a dormir en nuestra casa y yo me había ofrecido a dejarles la habitación para que estuviesen a gusto. La idea era que yo durmiese en el sofá del salón. Pues bien, eso no era para nada lo que había sucedido. Sarah se había sentido muy ofendida porque expusiese el hecho más lógico, y como era muy cabezota —también yo, pero no pensaba reconocerlo—, habíamos terminado durmiendo los tres en el salón. Solo para que constase en acta: no era la primera vez que pasaba.

—Lo que tienes que hacer es darte cuenta de que esta situación es insostenible, Sarah —le repetí por enésima vez ese mes—. No puedo seguir viviendo en la habitación de Matt, tengo que buscarme una casa.

—No. No hace falta, podemos hacer que funcione. No quiero que, encima de que vienes hasta aquí, tengas que estar todo el día trabajando para pagarte un piso.

No es que me hiciese mucha ilusión. Ya me costaba bastante esfuerzo trabajar a media jornada y estudiar la carrera, pero la situación era absurda.

—Es mejor eso que no dejaros tener vida íntima. Y Dios quiera que no os vea *nunca* haciéndolo —dije, adoptando una mueca de asco.

—Podemos hacer que funcione —repitió ella, cabezona.

—En algún momento tenemos que asumir que es insostenible —la contradije.

—Dile que no pasa nada, Matt —pidió Sarah, mirando a su novio.

Matt nos observaba moviendo la cabeza de izquierda a derecha para no perderse ninguna de nuestras intervenciones. Cuando Sarah le preguntó, abrió los ojos con pánico, como si hubiera sabido que al final terminaríamos metiéndolo en el lío y como si no quisiera que pasase por nada del mundo.

—Yo... creo que lo mejor es que le alquilemos un piso a Dan por ahí. O no, mejor alquilo uno para nosotros y seguimos con esta habitación también —respondió, feliz, Matt cuando se le ocurrió lo que a sus ojos era una maravillosa idea.

—Ni de coña —me negué, tajante—. No pienso aceptar tu dinero, capullo.

—Puedo permitírmelo —dijo sin sonar para nada presumido, como un hecho objetivo.

—Lo sé, pero eso no significa que quiera aceptarlo.

—Vamos, Dan —insistió Sarah, levantándose del sofá y acercándose a mí.

—No —le pedí, haciendo un gesto con la mano para que no llegase hasta mí—. No vengas a tratar de convencerme o al final terminaré en un juzgado firmando los papeles de adopción. No pienso ser vuestra mascota.

Las risas de Matt estallaron en el salón.

—No seas así, Dan —me pidió Sarah, tratando de acercarse de nuevo a mí.

Esta vez la dejé y, cuando se pegó a mi costado, la abracé con fuerza.

—Podemos hacer que funcione —insistió con voz cariñosa.

Observé esa cara de buena, a la que resultaba imposible resistirse, y cuando noté que me tenía en el bote, puse los ojos en blanco.

—Está bien —claudiqué.

—Joder, tío. Es un alivio ver que a ti también consigue convencerte con esa carita preciosa que tiene. Es como un poder mágico.

—Menudo morro tienes —le dijo Sarah—. ¡Como si yo pudiera resistirme a ti! —la escuché exclamar antes de que Matt se acercase a ella y la envolviese entre sus brazos.

—Me voy —anuncié, saliendo a toda leche del salón antes de que empezasen a achucharse y terminase vomitando.

Subí a la habitación que compartía con Matt y me di una ducha antes de vestirme. Tenía pensado ir al estadio y pasar la mañana practicando el duro arte del patinaje. Estaba cansado de ser un ayudante de *hockey* que apenas pisaba el hielo. ¡Era una locura! También debía reconocer que estaba harto de hacer el ridículo delante de Mike, pero ese era otro asunto. Pasaba tanto de mí que en más de una ocasión había llegado a preguntarme si se había olvidado de la noche que habíamos pasado juntos. ¿Cómo podía ser él tan inmune cuando a mí me costaba respirar si lo tenía cerca?

Cuando llegué al estadio, me alegré de que no hubiese nadie; ya era suficientemente malo hacer el ridículo delante de la gente entre semana, lo cual era inevitable, pero agradecía tener un respiro de ello el fin de semana. Lo cierto era que había mejorado bastante patinando, pero todavía me faltaba fluidez en comparación con el resto de mis compañeros, por no decir con los jugadores del equipo o Mike. Eran unos asquerosos. ¿Cómo podían patinar como si fuese lo más fácil y natural del mundo cuando era muy difícil? Me parecía injusto.

Me daba miedo no llegar a ese punto nunca.

Aunque eso no era posible, ¿verdad?

Era patético que tuviese que consolarme a mí mismo.

Fui al vestuario sumido en mis pensamientos y me puse los patines, decidido a pasar el tiempo que fuese necesario para avanzar o hasta que me muriese de hambre. Lo que pasase primero. Necesitaba sentir que el hielo y yo éramos uno. Porque no entendía que mi equilibrio y mi cuerpo fuesen tan reacios a darme algo de dignidad. Desde luego, no era justo.

Salí a la pista y más o menos media hora después empecé a sentirme seguro. Ese día no me había caído ni una sola vez. Puede que para otra persona fuese una tontería, pero para mí era un gran avance.

Estaba dejándome la piel en progresar y con la concentración a tope. Tenía la fuerza de voluntad puesta al mil, pero mi buena racha se fue al garete en el momento en el que vi acercarse por el pasillo a Mike. No sé el motivo por el cual no había calculado que la posibilidad de verlo era bastante alta, pero lo cierto fue que me sorprendió. Todo mi cuerpo se tensó, se me disparó el corazón y mi atención se centró en él. Caminaba con los patines puestos por el pasillo con una gracia que tenía que ser ilegal, aparte de altamente complicada, ya que la mayoría de las personas parecían patos caminando por el suelo. Vi que llevaba unos papeles en la mano, en los que parecía profundamente concentrado, un bolígrafo sujeto entre los dientes y un metro colgando de la muñeca.

Era sencillamente perfecto.

Cuando puso un pie en la pista, sin mirar hacia el suelo ni un segundo, y comenzó a deslizarse como si fuese lo más natural del mundo, debo decir que sentí envidia y excitación a partes iguales. Mike estaba muy muy bueno y era muy muy interesante.

Agradecí estar sobre el hielo para que el calor que subía por mi espina dorsal no fuese tan intenso. Quizás en ese medio tan extremo me resultaría mucho más difícil excitarme.

Me revolví un poco incómodo en el sitio y la vista periférica de Mike debió de captar mi presencia, ya que levantó la vista de los papeles y dejó de mover los pies durante dos latidos de corazón. Como si mi presencia le hubiese sorprendido.

Yo, sintiéndome descubierto mirándolo infraganti, decidí que lo mejor que podía hacer por mantener mi orgullo intacto era actuar como si su presencia no me importase lo más mínimo.

Claro, eso resultaba mucho más fácil en mi cabeza de lo que lo era llevarlo a cabo en la práctica. Empecé a patinar y toda la concentración de la que había hecho gala la media hora anterior desapareció, como si jamás hubiera existido.

Genial. Adoraba a mi puto cerebro traicionero y, sobre todo, odiaba a mi cuerpo por haber tenido que fijarse en un hombre que pasaba de mí.

Sentí su presencia cerca antes de escuchar su voz. Mi estómago comenzó a hormiguear y el corazón se puso a latir a toda leche en mi caja torácica. Maravilloso. Lentamente levanté la vista del suelo y la posé en sus ojos.

—Tienes que inclinarte un poco hacia delante para colocar bien el punto de gravedad de tu cuerpo. Por eso te sigues cayendo

—explicó con voz profunda e interesada, sacando al entrenador que llevaba dentro.

Le observé sorprendido. No solo porque se hubiese acercado, lo cual me resultaba tan extraño como si hubiese aparecido un unicornio en medio del estadio, sino porque parecía que había analizado mi forma de patinar, lo que significaba que, aunque fuera en contadas ocasiones, se había fijado en mí. Aquello hizo que mi estómago diera una pirueta encantado.

Traidor.

No podía dejarme llevar por una tonta esperanza después de que hubiese pasado toda la semana sin dar señales de ser consciente de mi existencia.

Pero era demasiado idiota como para, aunque lo supiese, actuar en consecuencia. Me sentía patético.

Nos quedamos observándonos en silencio y fui consciente de golpe de que era la primera vez que estábamos solos desde aquella noche.

Mi corazón comenzó a tronar.

Cuando esa corrección salió de mi boca, me di cuenta de que acababa de tirar a la mierda una semana entera de contención. Una semana en la que había conseguido comportarme como si Dan no existiese.

Estupendo.

—Oh, ¿gracias? —dijo Dan, pero sonó más como una pregunta que como un agradecimiento real. No había que ser muy listo para darse cuenta de que mi actitud le desconcertaba.

Normal. Debía de pensar que era bipolar. Un día estaba sobre él, más que dispuesto —como un puto gilipollas, debía admitir— a explorar la brutal atracción que existía entre nosotros, y al siguiente me comportaba como si nunca nos hubiésemos dado placer el uno al otro.

«No, Mike no puedes pensar en eso —me reprendí—. Tienes que borrar esa noche de tu cabeza».

Odiaba que me resultase tan difícil. Sobre todo, porque no entendía el puto motivo. No había sido ni de lejos la primera vez que había experimentado un encuentro casual. De hecho, era lo único que hacía, o por lo menos lo que había hecho hasta que este chico se cruzó en mi vida y me dejó como un gilipollas con constante resaca que no se me quitaba con nada, y eso que me había esforzado en lograrlo.

Mientras le observaba, en su rostro se formó una mueca de confusión, como si no supiese muy bien cómo comportarse, o peor, como si se sintiese perdido. Aquel gesto hizo que me encontrase mal de golpe.

No solo le había dejado de hablar sin ninguna explicación después de nuestro encuentro, sino que, además, había sido irresponsable con él como parte de mi equipo. Tenía que haberme encargado yo mismo de enseñarle a patinar. De hecho, si él hubiese sido cualquier otra persona, lo habría hecho. No tenía que haber permitido que fuese Sarah la que lo hiciera.

Tenía que remediarlo.

—Es mejor que te coloques así —le expliqué, adquiriendo la pose, con las rodillas ligeramente dobladas y el cuerpo inclinado unos grados hacia delante.

Dan me imitó después de unos segundos de duda.

—¿Así? —preguntó con el ceño fruncido, como si estuviese muy concentrado. Como si lo que le estaba enseñando fuese de vital importancia para él.

Su pregunta trajo de golpe el recuerdo de esa noche:

—*¿Te gusta así?* —*me preguntó con la voz entrecortada y llena de deseo mientras deslizaba la mano temblorosa dentro de la parte delantera de mi pantalón holgado.*

Joder. No podía permitirme pensar en aquello.

—Sí —le respondí de vuelta a la realidad, aunque no estaba exactamente colocado como debería, pero no me atrevía a tocarlo para corregir su postura. No en esas condiciones, no con el recuerdo tan cerca de la superficie. Con el deseo arañándome la piel para salir a flote—. Ahora, desliza el pie derecho hacia fuera; luego, el izquierdo, y déjate llevar con suavidad —expliqué.

Me hizo caso y patinamos alrededor de la pista durante mucho rato. Cada poco tiempo le daba alguna que otra instrucción, ligeras correcciones de postura. Había mejorado y la verdad es que se estaba esforzando muchísimo. Si todo seguía así, la siguiente semana podría dejarle ayudar en la pista.

Tuve la sensación de que podríamos hacer que aquello funcionase. Ser profesionales.

Todo iba sobre ruedas hasta que me relajé. Hasta que olvidé que el chico que estaba a mi lado era peligroso para mi autocontrol. Comprendí de mala manera que no podía fiarme de mí mismo y de mi buen juicio.

Cuando Dan se deslizó demasiado rápido, su centro de gravedad se desplazó y perdió el equilibrio. Podría haberme apartado antes de que terminase agarrado a mi pecho, con la cara demasiado cerca de la mía, tanto que hubiera podido contar las pequeñas pecas que salpicaban el puente de su nariz. Sin embargo, por alguna clase de retraso mental, no lo hice, dándome la razón de que estar cerca de Dan me convertía en un idiota descerebrado e imprudente. Me di cuenta, con asombrosa molestia y asco contra mí mismo, de que, aun sabiendo que mi comportamiento era errado, no me iba a apartar de él. Me quedé quieto el tiempo suficiente para que su aliento acariciase mis labios, solo por el placer de volver a experimentarlo.

Fueron unas milésimas de segundo, pero las suficientes como para que me enfadase conmigo mismo.

Mike se separó de mí de forma abrupta, como si mi contacto le hubiera quemado. Su reacción a mi cercanía me hizo comprender de golpe que me deseaba, que no le resultaba indiferente. Entonces, ¿por qué no quería estar conmigo?

Necesitaba saber más.

—¿Dónde está el hombre relajado y divertido que conocí esa noche? —Me sorprendió atreverme a preguntarle y, por la cara que puso Mike, con los ojos muy abiertos, supe que a él también le había cogido desprevenido.

Creo que él había querido que, sin necesidad de hablarlo, los dos dejásemos de lado aquella noche y nos comportásemos como si no hubiese existido. Pues lamentaba no cumplir sus expectativas porque, aunque él pudiera hacerlo, yo no. Nuestro encuentro había cambiado mi percepción de lo que me gustaba y deseaba. Había logrado que toda la insatisfacción y dificultad para conectar con el género femenino que había sentido desde siempre tuviese sentido de repente.

—Ese hombre no debería haber aparecido delante de ti —dijo, y noté como si me hubiese dado un golpe. El corazón se me apretó. Su rechazo me dolía mucho—. Eres el mejor amigo de Sarah —explicó Mike, como si se hubiese dado cuenta de cuánto daño me habían hecho sus palabras.

—Pero… —traté de rebatirle.

Ninguno de los dos sabría nunca cómo hubiera terminado esa frase, ya que Mike me interrumpió:

—Tengo que irme —dijo.

Y, para cuando pude reaccionar, ya estaba lejos de mí, muy cerca de la salida de la pista.

Joder.

Esto no iba nada bien. Daba igual que me desease, porque no tenía ninguna posibilidad. Había visto la determinación en sus ojos.

Capítulo 11

Verde fosforito, diría yo

No tardé mucho en darme cuenta de que estaba nerviosa. Primero, bajé a desayunar sin ponerme las zapatillas y tuve que subir a por ellas a mitad de camino. Luego, tiré la leche del desayuno por la encimera de la cocina bajo la atenta mirada de mi madre, que me observaba con ojos curiosos y un toque de diversión. Y, por último, justo cuando estaba a punto de salir por la puerta trasera para reunirme con Andrew, mi madre me señaló que me estaba yendo con la bata de casa puesta.

Menudo desastre.

Tuve que subir las escaleras de la mansión corriendo, con los pómulos ardiendo por la vergüenza, para no hacer esperar a Andrew una eternidad.

No sabía muy bien qué me pasaba. Tenía el estómago revuelto y estaba muy distraída, lo que para nada era propio de mí. Aunque toda la tensión que se me había acumulado en el estómago se disipó en el mismo momento en el que atravesé la puerta de casa y me encontré frente a Andrew.

Era como si hubiese estado esperando ese momento. Como si todo lo que me apetecía hacer era estar con él. Menuda locura.

Andrew tenía una de las manos metida en el bolsillo trasero de su pantalón y la mirada fija en la puerta. Cuando me vio, esbozó una pequeña sonrisa y, casi sin ser consciente de lo que hacía, corrí hacia él.

—¿Estás preparado para pasar la mejor mañana de tu vida? —le pregunté, emocionada.

—Estás poniendo las expectativas muy altas. No sé qué vas a hacer como a alguno de tus caballos le dé por morderme —comentó, divertido.

—¡Oye! Que no muerden —le corregí, dándole un golpe amistoso en el costado que él, por supuesto, ni siquiera notó debido a la pila de músculos que tenía en el abdomen. Justo cuando lo hice, me di cuenta de que el gesto era quizás demasiado amistoso. Dudé durante unos segundos sobre cómo lo encajaría Andrew, ya que nuestra amistad era muy reciente, pero él se comportó como si fuese lo más natural del mundo.

Bien.

El corazón se me llenó de alegría. Sí, habíamos conectado y en unos pocos días nos habíamos hecho amigos. Algo que hasta la semana anterior no había sucedido, a pesar de los años que hacía que nos conocíamos. Me encantaba. Se sentía muy correcto.

—Eso ya lo veremos.

Sonreí divertida y comencé a caminar rápido. Cruzamos la finca hacia los establos. Estaba impaciente por enseñarle a Andrew todo. Me encantaba montar a caballo, me relajaba un montón y quería compartirlo con él.

Como una niña pequeña emocionada, lo primero que hice fue llevarle a que conociese a mi yegua.

—Se llama Zanahoria —le expliqué, acariciando su crin dorada. Ella, como si quisiera darme la razón, o quizás para saludar a Andrew, asintió con un movimiento de su hocico.

—¿Zanahoria? —preguntó, divertido—. ¿Le gustan mucho esas hortalizas?

—Más que a ella, me gustan a mí. —Por algún motivo, bajo su mirada curiosa y divertida, enrojecí—. Me encanta el bizcocho de zanahoria. Es mi dulce favorito.

Cuando aquel estúpido dato salió de mis labios, me sentí como si hubiese realizado una confesión. Me estaba volviendo loca, de verdad. ¿Cuándo iba a desaparecer la tensión que notaba en mi cuerpo estando cerca de Andrew? Tenía que relajarme, a fin de cuentas, me apetecía muchísimo estar con él. No era nada raro. No tenía el más mínimo sentido que estuviese alterada.

—Interesante —respondió, lanzándome una mirada juguetona mientras esbozaba una sonrisa de medio lado que no supe interpretar.

Mis ojos se dirigieron a sus labios y, en ese preciso instante, me di cuenta de lo cerca que estábamos. Parados el uno frente al otro, con la mano sobre el cuello de Zanahoria. El corazón se me aceleró por la sorpresa y sentí que tenía que cambiar de tema. Desviar la atención.

—¿Cómo de verde estás en lo de montar a caballo?

—Verde fosforito diría yo. En realidad, es la primera vez que veo uno en persona.

—¿Qué? —le pregunté, escandalizada. Si lo que decía era verdad, teníamos mucho trabajo por delante.

Andrew estalló en carcajadas y no me hizo falta que explicase que me estaba vacilando. Menos mal.

—Es broma —explicó—. Nunca he montado, pero creo que no voy a ser un mal alumno. Además, tiene pinta de que le voy a caer bien a Zanahoria; no la he visto con demasiadas ganas de morderme.

—Si sigues vacilándome, igual le digo que lo haga. No juegues conmigo, Wallace —le amenacé antes de guiñarle un ojo.

Andrew volvió a carcajearse. Jamás le había visto reírse tan fuerte y me quedé durante unos segundos —o tal vez fuesen unos minutos—afectada por su risa. Deseé ser capaz de volver a arrancarle otra risotada. Puede que fuese porque jamás le había conocido de verdad, pero este Andrew no se parecía en nada al chico serio y callado que siempre había imaginado. Me hizo muy feliz sentir que había atravesado alguna especie de capa que interponía con la gente para que se mantuviesen alejados de su verdadera personalidad.

—No haría nada para desatar tu furia.

—Más te vale.

Después de ese intercambio, comenzamos con las clases. Le enseñé un montón de cosas: cómo ensillar un caballo, las palabras clave que tenía que usar para que su animal le hiciese caso, la mejor manera de subirse... En fin, lo básico. Era un buen alumno, escuchó con atención todo lo que le decía y me hizo preguntas interesantes. La verdad era que se le veía concentrado y decidido. A gusto, lo que me hizo muy feliz.

Media hora después, teníamos todo listo, así que salimos a dar un paseo por el monte con Zanahoria y Venus. Me gustó ver que Andrew hacía caso a todos mis consejos y que trataba a su caballo con mucha delicadeza y seguridad.

Durante el recorrido, mis ojos se desviaban todo el rato hacia él. Se le veía tan enorme y sexi sobre el caballo que me quitaba el aliento. Normalmente, cuando salía con Zanahoria, solía relajarme mirando el paisaje o perdiéndome en mis pensamientos. Sin embargo, ese día, tenía la sensación de que en lo único que me podía concentrar era en Andrew. Cuando me obligué a serenarme, caímos en una charla agradable. Hablamos sobre lo precioso que estaba el monte y sobre que montar a caballo aportaba una sensación de libertad muy parecida a ir en moto. Estaba de acuerdo, lo era. Me gustó mucho que él también lo sintiera así.

Estábamos regresando a los establos cuando recordé que tenía que hablar con él sobre mi vehículo.

—El lunes me dan el coche. Linda vuelve a casa, así que te vas a librar de mí —le dije riendo, tratando de que en mi tono no se reflejara que me daba pena dejar de compartir esos momentos con él. Había sido muy divertido y bonito que se hubiera encargado de llevarme a la universidad.

Era una tontería que me sintiese así. Seguiríamos quedando para hacer algunas cosas, ¿verdad?

Ahora éramos amigos, ¿no?

Estábamos tan tranquilos y felices —por mi parte, viviendo un momento mágico a su lado— que esa frase, aunque la hubiese dicho con diversión, me resultó como un golpe con una maza en el plexo solar. No pude evitar el gesto de alargar la mano y acariciarme la zona entre los pectorales, porque juro que lo sentí como algo físico.

¿Cómo era posible que pensase que llevarla a la universidad era una obligación desagradable? Era un honor hacerlo. ¿Tan mal le estaba transmitiendo lo que sentía por ella? Vale que no era un experto comunicador, y mucho menos si eso que tenía que expresar eran mis sentimientos, pero Macy era la persona con la que más me había abierto.

Desde que me lo dijo, no paré de pensar en cómo solucionarlo una y otra vez.

Cuando dejamos a los caballos en el establo, sentí que no quería que el día acabase nunca, así que agradecí haber sido inteligente de proponerle pasar la tarde juntos en el prado.

Después de comer, nos tumbamos sobre la hierba. Durante unos minutos, estuvimos cada uno absorto en su teléfono, dedicándonos a poner al día nuestros mensajes. Andrew tenía los brazos estirados mientras miraba su móvil y, como yo estaba tumbada a su derecha, justo al lado de su brazo tatuado —el otro lo tenía completamente limpio—, apenas era capaz de concentrarme en nada que no fuesen las líneas de sus dibujos. Me fascinaban. Siempre me habían llamado mucho la atención, pero nunca había estado tan cerca de él como para distinguirlos bien.

Bien, ese día podía hacerlo y no iba a dejar pasar la oportunidad.

Estaba forzando tanto la vista que cabía la posibilidad de que me quedase bizca, pero, si sucedía, sería por una buena causa. Andrew tenía tatuadas un montón de personas y objetos que no reconocía. De hecho, lo que más me llamaba la atención eran unas letras que decían: «Vida antes que muerte. Fuerza antes que debilidad. Viaje antes que destino».

Guau. Las frases me parecieron de una profundidad increíble. No es que no hubiese notado ya que Andrew era intenso, a pesar de lo reservado que era, pero esas palabras escondían un conocimiento increíble. ¿Serían algún tipo de cita? ¿Cómo de loco quedaría que lo mirase en el teléfono?

«Muy loco», me respondí a mí misma. Por lo menos, debería esperar a hacerlo cuando no lo tuviese a unos centímetros y pudiese ver lo que estaba haciendo. También podría preguntarle…, pero eso me parecía demasiado intrusivo. Por lo que decidí que lo mejor era no hacer nada y que siguiese pensado que era una persona educada y normal, por mucho que eso no me permitiese saciar mi curiosidad.

Me obligué a centrarme en mi propio teléfono. Respondí un par de mensajes de Dan y otro de mi madre, que me preguntaba qué tal estaba pasando el día. Cuando terminé, apagué la pantalla y me apoyé el teléfono sobre el pecho.

—¿Estás a gusto o te apetece hacer algo? —preguntó Andrew, atento a todos mis movimientos. Estaba demostrando ser una persona que se preocupaba mucho por el bienestar de los demás. De verdad que no se podía ser más perfecto.

Por algún motivo, su propuesta hizo que mis ojos se deslizasen a sus labios. «Oh, no, Macy. Borra eso de tu cabeza», me dije sin permitirme ahondar en el pensamiento.

—¿Qué propones? —le pregunté, girándome para poder verle mejor.

—¿Te apetece conducir un rato? —propuso.

—Me encantaría —respondí, y me levanté de la manta.

Estaba siendo un día maravilloso.

Juro que no tenía intención de cotillear el móvil de Andrew, pero, cuando lo sacó del bolsillo de su pantalón, al empezar a sonar una música estridente y llena de guitarras, y vi el identificador de llamadas iluminado, mis ojos se dispararon en esa dirección como si fuese una urraca y el teléfono, un preciso objeto brillante.

Chloe.

Me quedé mirándole con curiosidad y un pellizco en el pecho que no tenía muy claro qué significaba y al que tampoco quise prestar demasiada atención. Estaba más interesada en el grito que salía de su teléfono.

—Ahhhhhhhh. ¡Andrew! ¡Te necesito! ¡Andreeeewwwww! — escuché cómo decía la chica.

Sabía que los ojos se me estaban abriendo como platos, pero la verdad era que no tenía muy claro cuál de las dos situaciones me parecía más extraña. Si el hecho de que Andrew no se hubiese ni inmutado por los gritos —solo había hecho el breve movimiento de apartarse un poco el teléfono del oído, supuse que para que el estridente tono de voz no le taladrase el tímpano— o la manera loca en la que le estaba hablando la tal Chloe.

—Ya está. ¿Ya podemos hablar como seres humanos normales? —preguntó él, imperturbable, cuando la chica le dio un par de segundos seguidos de descanso.

A veces me dejaba sin palabras la templanza que tenía. Le envidiaba. Yo tenía que esforzarme con todas mis fuerzas para mantener la milésima parte de compostura de la que él hacía gala.

La cuestión era que los gritos, más que de preocupación, de muerte o de enfado, sonaban…, no sé, ¿emocionados, tal vez?

—No, no podemos, Andrew. Es que no lo entiendes, hermano. —¿Hermano? Oh, eso explicaba muchas cosas. Como por arte de magia, mi hasta ese momento molestia se hizo a un lado para dejar paso a la curiosidad, incluso en mi cara se dibujó una sonrisa. Me hacía gracia que su hermana estuviera un poco loca—. Liam ha subido una historia a Instagram de un batido y he reaccionado diciendo que me daba envidia, que me encantan los batidos, y me ha contestado que estaba en el centro comercial. Que por qué no me acercaba y me tomaba uno con él —dijo, juntando todas las frases sin respirar ni una sola vez, llena de emoción. Se me dibujó una sonrisa enorme en la cara. Era tan bonito escuchar a una chica enamorada—. ¿Lo entiendes? Necesito ir con él. Necesito ir al centro comercial, aunque sea lo último que haga en la vida.

Miré a Andrew y vi que en su cara se había dibujado un gesto de amor y también de sufrimiento, porque todos los presentes sabíamos que estaba a punto de pedirle algo.

No tenía ni idea de cómo se quería a un hermano, la fuerza del amor que se sentiría por él, ya que era hija única. Pero algo en la manera de comportarse de Andrew, la importancia que le estaba dando a su histerismo, me dijo que él la quería, y mucho. Andrew, pese a su aspecto distante, grande y tatuado, estaba demostrando ser muy tierno y cariñoso. Guau. Era algo que jamás me hubiese imaginado y que me hacía muy feliz haber descubierto.

—¿Dónde entro yo en ese plan?

Capítulo 12

Me atrevería a decir que te gusta la fantasía

Resultaba que el plan era que Andrew fuese a casa a cuidar de su hermano pequeño mientras Chloe se iba a tomar un batido con su amor. Solo pensarlo me hacía reír. Aunque Andrew parecía preocupado por la petición, no había dudado ni un segundo en ir a ayudar a su hermana.

Cuando llegamos, aparcamos la moto en la entrada de una casa unifamiliar de dos plantas muy bonita. El jardín estaba bien cuidado y parecía muy acogedora, nada que ver con la ostentosa mansión en la que yo vivía.

Cuando nuestras miradas se cruzaron de camino a la puerta, me pareció ver un aire de vulnerabilidad en la cara de Andrew. La actitud era tan impropia de él que me pregunté si no me lo estaría imaginando. Le observé llamar al timbre.

—Guau, ¿has traído a una chica? —fue lo primero que preguntó su hermana cuando nos abrió la puerta y me vio plantada a su lado en el umbral.

Me miró con los ojos muy abiertos, como si en vez de una persona fuese un extraterrestre. Corrijo: como si fuese el primer extraterrestre que veía en su vida. Hizo que sintiera ganas de reír a carcajadas. Me pareció una chica adorable. Chloe, al igual que su hermano, tenía el pelo negro y los ojos marrón claro. Por supuesto, también era muy guapa.

—¿Querías que te ayudase en algo, ¿no, hermanita? —preguntó Andrew en vez de responder a su pregunta, entrando en la casa.

Creo que a ninguno de los presentes se nos pasó por alto la amenaza velada de su frase. «Si te metes en mis asuntos, te quedas sin ayuda».

—Eres tan hermético —se quejó ella, haciendo un puchero con la boca—. Soy Chloe —se presentó antes de acercarse a mí y plantarme un par de besos.

Su cálida reacción me sorprendió durante unos segundos, pero me recompuse enseguida y se los devolví con efusividad. Me gustaba lo agradable y cariñosa que parecía.

—Y yo, Macy —me presenté también.

—Pasa —me invitó, apartándose.

Le hice caso, pero me quedé parada detrás de Andrew. No conocía el camino y me sentía más cómoda quedándome en un segundo plano. Comenzaron a andar hacia el interior de la casa y los seguí sin dejar de mirar a mi alrededor todo el rato. Quería descubrir cada rincón del sitio donde había crecido. Sentía mucha curiosidad. Deseaba seguir atravesando cada una de sus capas, hasta descubrir qué había debajo del todo.

De pronto, un chaval atravesó el pasillo corriendo y se abrazó a la cintura de Andrew.

—¡Andrew! —le llamó el niño, emocionado, que era la viva imagen de su hermano y que no tendría más de seis años.

Me hizo gracia que todos se pareciesen tanto entre sí.

—Hola, enano —lo saludó, levantándolo en brazos y haciéndole cosquillas.

—Chole ha dicho que vas a cuidarme —le dijo, esperanzado—. ¿Vamos a jugar un rato a los videojuegos?

—Claro —le respondió Andrew, dándole un beso en la cabeza.

Me pareció muy bonito. Me estaba encantando ver más facetas de él. De hecho, estaba a punto de deshacerme en un charco de baba mirándolos interactuar. Jamás hubiese dicho que Andrew era tan tierno. Siempre me había parecido distante e inaccesible. No entendía qué había cambiado en la última semana para que se mostrase tan abierto delante de mí, pero lo que sí sabía era que no quería que su actitud a mi alrededor cambiase en lo más mínimo.

—Venga, Andrew, ¿cuidarás a Pete por mí? —preguntó Chloe, sumándose a la petición de su hermano pequeño.

—¿Quién es esta chica? —preguntó el pequeño de pronto, reparando en mi presencia. Era difícil seguir el hilo de lo que decían cuando cada uno tenía su propia conversación, a pesar de estar todos juntos—. ¿Eres la novia de Andrew? Yo soy su hermano, Pete —dijo todo seguido pareciendo muy adorable, tanto que no me puse ni siquiera roja por su pregunta.

—Soy Macy —le respondí, acercándome a él.

—Eres muy guapa —comentó, y me hizo reír.

—Tú también —le dije, y sonrió complacido.

—¿Por qué no vas a la sala mientras termino de hablar con Chloe? —le pidió Andrew a Pete, bajándolo al suelo.

—Date prisa —le ordenó de forma adorable antes de salir corriendo, perdiendo de golpe todo el interés en mí. Me encantaba el niño.

Cuando su hermano pequeño se fue, el rostro de Andrew se tornó serio de nuevo.

—¿Sabe mamá que quieres irte? —fue lo primero que preguntó cuando entramos a la cocina.

—Sí. Ha sido ella la que me ha dicho que, si quería salir, tenía que convencerte a ti para que vinieses a cuidar a Pete hasta que salga de trabajar. Después del batido, nos va a venir a buscar la madre de Tracy al centro comercial. Voy a pasar la noche en su casa.

—Fantástico —respondió Andrew, que no parecía muy contento con la idea. Supuse que le preocupaba que su hermana saliese con un chico.

Pero era normal que ella quisiera hacerlo. Lo más normal del mundo, de hecho.

—¿Lo harás? ¿Por favor? A cambio, te he dejado un trozo de bizcocho de zanahoria —pidió, señalando un plato tapado con un trapo que descansaba en la encimera de la isla de la cocina. Lo dijo como si tuviese claro que esa delicia lograría convencer a Andrew de que hiciera cualquier cosa.

¿Le gustaba el bizcocho de zanahoria tanto como a mí? Noté cómo se me abrían los ojos, llenos de curiosidad. Me sorprendió que no lo hubiese mencionado antes, pero, a la vez, me pareció un descubrimiento divertido, aunque no dije nada. No quería meterme en medio de la conversación de los dos hermanos.

Los escuché mientras Andrew le hacía un interrogatorio sobre Liam, al cual su hermana respondió encantada. No era difícil darse cuenta de que, mientras que su hermano era cerrado, ella era todo lo abierta que una persona podía ser.

—Podría estar hablando durante horas de Liam, pero, por favor, tengo prisa. ¿Te quedarás? ¿Por favor? Hazlo por mí. Te lo ruego.

Andrew le observó serio durante unos segundos antes de hacer un sonido con la boca, que era claramente una queja, y claudicar.

—Lo haré —contestó a regañadientes.

—¡Gracias, hermano! —gritó Chloe, luego se abalanzó sobre él para abrazarlo con fuerza. Tuvo que saltar para llegar a engancharse de su cuello.

—Pórtate bien —le advirtió, agarrándola de la espalda y apretándola en un fuerte abrazo.

—Siempre —dijo antes de salir despedida escaleras arriba para prepararse.

Andrew la observó ascender con la inquietud pintada en su rostro.

—No deberías preocuparte. No le va a pasar nada, es normal que quiera estar con el chico que le gusta. —Desvió la mirada de las escaleras y la plantó sobre mí, haciendo que un enjambre de mariposas alzase el vuelo en mi estómago—. Parece que tiene la cabeza muy bien amueblada para su edad —le dije, tratando de colocar en mi cara una sonrisa tranquilizadora, pero era difícil cuando él me estaba poniendo nerviosa.

—Tienes razón —reconoció suspirando y pasándose la mano por el cuello—. Es solo que me preocupa que le pase algo.

—Eso es muy bonito, pero también tiene derecho a vivir. Siempre y cuando tenga cuidado. Quizás debería darte el número de teléfono de ese chico. O no —dije, cayendo en la cuenta de pronto—, vamos a seguirle en Instagram para ver qué es lo que hace.

—Me gusta esa idea —respondió Andrew, sacando el teléfono de su bolsillo y abriendo la red social.

Me acerqué a él para cotillear el perfil a la vez. Cuando vio lo que estaba haciendo, bajó el teléfono para que pudiese ver. Me encantó que me tuviese en cuenta.

Después de repasar todas las fotos del perfil, historias incluidas, Andrew no tuvo más remedio que claudicar y admitir que el chico parecía muy normal y decente.

Quería aliviar su ceño fruncido, sacarle de ese pensamiento, ya que no parecía que fuese a estar conforme nunca, por lo que decidí que la mejor manera de hacerlo era cambiar de tema drásticamente.

—Parece que no soy la única a la que le gusta el bizcocho de zanahoria, ¿eh? —lo acusé, divertida, desviando su atención hacia mí. No quería que estuviese preocupado. No pasaba absolutamente nada porque su hermana fuese a tomar un batido con un chico que, además, parecía adorable, si a alguien le importaba mi pensamiento—. ¿Por qué no has confesado antes? —le pinché.

—Porque me daba la sensación de que quedaba poco realista que tú dijeras que es tu postre favorito y yo dijese lo mismo detrás —comentó riéndose.

—Hombre, visto así, la verdad es que resulta un poco raro —le di la razón—. Parece que tenemos una cosa muy importante en común —añadí acompañando su risa.

—Así es.

Nos quedamos observándonos durante unos segundos, con mi corazón latiendo a un ritmo rápido e irregular y la mirada de Andrew cargada de incertidumbre. Me sentía rara, como si todas mis emociones estuvieran a punto de estallar y salir a la superficie. Después de unos segundos, que se me hicieron eternos, Andrew apartó la mirada de golpe, rompiendo el hechizo bajo el que parecía estar sumida. Se aclaró la garganta antes de hablar.

—Siento haberte arrastrado a mi locura familiar —comentó con una sonrisa de disculpa—. Puedo llevarte a casa si quieres —se ofreció, un poco agobiado—. No tengo ni idea de hasta qué hora tendré que quedarme. Le he escrito a mi madre, pero debe de estar ocupada con algún paciente porque todavía no me ha contestado —explicó.

—Me apetece quedarme, estoy segura de que podemos divertirnos. Ya sabes, pasar un buen rato juntos. Mucho mejor que si estuvieras solo, ¿no te parece? —le dije, y solo cuando las frases ya habían salido de mi boca, llegaron a mi cerebro. Oh, Dios. Había sonado como una insinuación, ¿en qué estaba pensando?

Busqué la mirada de Andrew, asustada, y, a juzgar por la forma en la que me miraba, con la boca abierta y los ojos desorbitados, supe que él también lo había pensado.

Estupendo.

Esperaba que no huyese despavorido de mí. Noté cómo se me ponía la espalda recta por la tensión. Tenía que decir algo antes de que pensase que, en el mismo momento en el que su hermana cerrase la puerta, me iba a abalanzar sobre él.

—Quiero decir que seguro que podemos ver una película o algo para entretenernos —aclaré, dedicándole mi sonrisa más inocente.

—V-V-Vale —aceptó tartamudeando.

Y me maldije por haberlo asustado. Jamás le había visto trabarse con las palabras. No hablar sí, pero nunca tartamudear.

Fantástico.

El silencio volvió a caer entre nosotros, pero, gracias al cielo, antes de que pudiese ponerme nerviosa, apareció su hermana y borró de golpe toda la tensión del ambiente. Andrew adquirió un papel protector y se centró en ella.

—Me voy ya —dijo Chloe, poniéndose de puntillas para dar un beso en la mejilla a Andrew—. Espero que volvamos a vernos pronto, Macy —se despidió de mí.

—Y yo —le respondí con dulzura; me había caído muy bien.

Cuando se marchó y cerró la puerta frente a nosotros, nos quedamos observando el trozo de madera como dos idiotas.

—¿Qué tal se te dan los videojuegos? —preguntó Andrew, rompiendo el silencio antes de que la situación se volviese tensa, actuando como si no hubiese pasado nada raro.

Di gracias al cielo por ello.

—Digamos que te reto a que me ganes —le provoqué, y salí disparada hacia el lugar donde había visto que estaba el salón, escuchando la risa de Andrew detrás de mí.

Pasamos un rato muy divertido junto a Pete. El pequeño disfrutó de lo lindo jugando contra nosotros. Se pasó casi todo el tiempo sentado sobre las piernas de su hermano, solo levantándose para cenar. Tuvo que hacerlo, ya que, por mucho que insistió en que quería comer frente a la televisión, no logró convencer a un duro Andrew que se notaba a leguas que estaba acostumbrado a lidiar con niños.

Después de la cena, le llevó a la cama. Mentiría si no dijese que me derretí totalmente cuando, desde mi lugar privilegiado justo al lado del marco de la puerta, vi cómo arropaba a su hermano con ternura y le daba un beso de buenas noches. Cuando Andrew cerró la puerta detrás de él, supe que lo que más quería hacer en el mundo era ver su antigua habitación. Sentía la necesidad imperiosa de conocerlo mejor, quería descubrirlo todo de él.

Esperaba que me dejase hacerlo.

Me sorprendió que Macy pareciese tan interesada en ver mi cuarto. Aunque la verdad era que, desde que me había atrevido a acercarme a ella, no dejaba de sorprenderme una y otra vez la gran química que teníamos. Lo feliz que parecía al estar a mi lado. A ese paso, con su cercanía y sus ocurrencias, tenía pinta de que iba a terminar muriendo muy joven, extremadamente joven, como ese mismo año, de un infarto.

Cuando entramos en la habitación, Macy miró a todos los lados como si estuviese intrigada por lo que encontraría. Lo que provocó que una sensación de calor maravilloso se extendiese por mi pecho al pensar en que pudiese estar interesada en mí.

No tenía palabras para describir lo que me provocaba ver a Macy en mi espacio. Me encantaba. Se sentía como algo muy íntimo. Como si al hacerlo nos conociésemos un poco más. Era un nuevo escenario en el que estábamos juntos. Un lugar al que había decidido acompañarme y en el que quedarse, a pesar de no tener la obligación.

—Bien, por ahora, sabemos que te gusta el pastel de zanahoria y la música *heavy* —señaló como si fuese un detective analizando la estancia, analizándome a mí, con una sonrisa cargada de picardía. No pude evitar que en mi rostro se dibujase otra en reflejo—. Vamos a ver qué más descubro en la habitación de tu infancia —comentó, lanzándome una mirada entre divertida y curiosa que hizo que mi corazón se hinchase de felicidad por verla tan interesada en descubrir cosas nuevas acerca de mí, y también se apretó un poco por la preocupación de que le gustase lo que veía—. ¿Puedo? —preguntó, señalando las estanterías del fondo de la habitación.

Comencé a analizar todo en detalle, tratando de verlo todo bajo su prisma. Quería saber si había algo de lo que tenía que avergonzarme antes de que ella lo viera.

La habitación estaba ordenada, era demasiado maniático como para aguantar el desorden, y mi madre no había cambiado nada desde que me marché. En el fondo, le daba pena que me hubiese ido a vivir con mis amigos, a pesar de que lo entendiese. Sabía que tenía la esperanza de que en algún momento regresase.

—Claro. Eres libre de mirar todo lo que quieras —le ofrecí.

«Eres libre de tomar todo lo que quieras de mí», pensé a su vez.

La observé mirar con interés unos cuantos libros que para mí eran tan importantes como la Biblia, que me habían acompañado en los mejores momentos de mi vida, mientras visitaba cientos de reinos y libraba miles de batallas, con el pulso acelerado. Me sentía desnudo. Macy deslizaba los dedos por los lomos de los libros con cuidado mientras leía los títulos con detenimiento.

—Me atrevería a decir que te gusta la fantasía —dijo, lanzándome una mirada divertida por encima del hombro y riendo.

—Así es —asentí ante su deducción, lo que la hizo sonreír todavía con más ganas.

—¿Lees mucho? —indagó. Noté por su tono de voz que estaba sorprendida e interesada.

Me gustó, me gustó mucho.

—Todos los días. Es mi mayor pasatiempo —confesé. Y, al ver su cara de asombro, estallé en carcajadas.

—Eres una caja de sorpresas —comentó—. Que no es que pensase que eras solo un deportista descerebrado, pero esto ha sido toda una revelación —comentó, divertida.

Me dolía la cara de tanto sonreír. Tuve que esforzarme para no inclinarme hacia delante, envolver a Macy entre mis brazos y besarla hasta que ambos perdiésemos el sentido.

Dios, amaba a esa mujer, y con cada pedazo de ella que conocía la amaba todavía más, por imposible que eso pareciese.

Cuando Macy terminó de hacer una revisión exhaustiva de mi habitación y preguntarme un montón de cosas, nos sentamos a ver una película en la sala. Resultó que, o bien el sofá había encogido desde la última vez que había estado en casa, o tenerla tan cerca me hacía hiperconsciente de mi cuerpo.

Joder.

Tenía que calmarme. Si no lo hacía, al día siguiente iba a tener un dolor de espalda terrible, pero me resultaba imposible obligar a mi cuerpo a estar relajado; tenía que luchar constantemente con el deseo de estirar el brazo, rodear a Macy por los hombros y acercarla contra mi cuerpo. Buff. Necesitaba pensar en otra cosa y necesitaba hacerlo ya o iba a tener un problema visible dentro de mis pantalones en pocos segundos. La electricidad que emanaba de su cuerpo se colaba dentro del mío, haciendo que me volviese loco.

Me removí incómodo en el sofá, lo que hizo que Macy desviase la atención de la película y la posase en mí.

—¿Todo bien? —preguntó.

—Sí, de maravilla —le respondí, dibujando una sonrisa tranquilizadora en la cara. O, por lo menos, esa era mi intención; no tenía ni idea de si lo habría conseguido.

Ella me observó durante unos segundos más y al final pareció que la había convencido, ya que desvió la vista y volvió a centrar su atención en la televisión.

Tenerla cerca era una dulce tortura. Era todo lo que quería y, a la vez, me ponía de los nervios. Bien. Tenía que acostumbrarme a ello si no quería que nuestra amistad y mi deseo de conquistarla terminasen casi antes de haber comenzado.

—Creo que es un buen momento para probar ese bizcocho de zanahoria, ¿no crees? —comenté, subiendo y bajando las cejas, tentándola justo después de que terminase la película.

—Pensaba que no ibas a proponerlo nunca —comentó Macy con una especie de gemido de placer mientras se mordía el labio.

Sabía que su intención había sido hacer una broma, pero mis ojos traicioneros se dirigieron a sus labios y sentí un tirón de deseo en la entrepierna. Joder. La situación era demasiado intensa. Con la escasa luz que nos rodeaba, la justa para que pudiera ver sus facciones, que provenía de los títulos de crédito de la película.

Me reí. No porque sintiera una gota de diversión en ese momento, sino porque era lo que tendría que haber hecho de no estar tan hipnotizado por su presencia y cercanía.

—Pues vamos —dije, levantándome de golpe del sofá, poniendo distancia entre nosotros y entre ese acercamiento al que le estaba dando mucha más importancia de la que tenía. Tener a Macy en mi casa de la infancia, entre todas mis cosas y las de mi familia, estaba resultando ser mucho más intenso de lo que había imaginado alguna vez.

Me siguió hasta la cocina. Encendí la luz y todo se volvió un poco menos íntimo. Miré a Macy de reojo. Mientras yo levantaba el trapo que protegía el bizcocho, ella miraba todo a su alrededor. Parecía contenta y desinhibida, como si no se hubiese dado cuenta de lo nervioso que estaba yo. Su actitud hizo que la espalda se me destensase. Me relajé casi de golpe. Apenas me temblaba la mano mientras cortaba el trozo de bizcocho que quedaba en dos más pequeños.

—Tienes una casa muy bonita y acogedora —me dijo con una sonrisa preciosa, agarrando el trozo de bizcocho que le tendía. Lo mordió y abrió mucho los ojos, haciéndome reír—. Madre mía, Andrew. Es el dulce más rico que he probado en la vida —comentó, maravillada, cerrando los ojos y gimiendo.

Joder, joder, joder.

¿Qué coño se suponía que tenía que responder a eso?

Como no tenía ni puta idea, opté por meterme un trozo enorme de la porción en la boca, casi todo menos el final. Sobra decir que fue una pésima idea. Me atraganté y me puse rojo como un tomate.

—Andrew —se preocupó Macy, dándome golpes en la espalda para que no me ahogase—. Toma agua —dijo, y se separó de mí para abrir el grifo. Luego se quedó parada durante unos segundos al darse cuenta de que no sabía dónde estaban los vasos, y tampoco era como si yo me encontrase en posición de explicárselo.

Dejé el pequeño trozo de bizcocho que me quedaba en el plato y, entre toses, me acerqué a ella para señalarle el armario de la derecha del fregadero. Sacó un vaso, lo llenó y me lo ofreció con cara preocupada. Me hubiese gustado decirle que no me pasaba nada, pero todavía era incapaz de hablar.

Comencé a beber y me sentí mucho mejor. La tos cesó. Justo cuando iba a esbozar una sonrisa tranquilizadora, Macy colocó su mano sobre mi pecho y me miró como si yo le importase, como si fuese especial. En ese momento me olvidé incluso de mi propio nombre. Lo único que pude hacer fue mirarla con intensidad mientras el calor de la palma de su mano atravesaba mi camiseta e iba directo a mi corazón. Hubiese dado cualquier cosa por alargar los brazos y envolver su cintura con mis brazos, por acercar su cuerpo al mío, pero, en ese instante, lo único que pude hacer fue rezar para que no notase los golpes que mi corazón daba en el centro de mi pecho. Estaba tratando de salir de mi cuerpo y entrar en el suyo. Quería alcanzar el lugar al que pertenecía.

—Gracias —dije solo para romper el momento. Sabiendo que lo más probable era que no saliese vivo de esa noche. No con tantas emociones.

—¿Has terminado ya de morirte? —me preguntó, divertida, retirando la mano de mi pecho.

—Por el momento, sí —le respondí, sintiendo la falta de su calor al instante.

—Bien, pues, ya que veo que no eres capaz de comer el bizcocho con seguridad, lo mejor será que lo haga yo —dijo, imprimiendo un aire de travesura a sus palabras. Solo cuando ya estaba abalanzándose sobre el trozo registré lo que me estaba queriendo decir, pero era demasiado tarde.

Macy había estirado la mano y tenía el trozo entre los dedos. La agarré por la cintura para que no se escapase, colocándome a su espalda. Aunque alargó el brazo para alejar el bizcocho todo lo posible de mí, no fue suficiente, yo tenía los brazos más largos que ella.

—Es mío —gritó riendo, haciendo que apenas pudiese ver de la risa.

—Era mi trozo.

—*Era*, esa es la clave.

Ambos nos reíamos con fuerza. Mientras la elevaba del suelo y ella se retorcía divertida, ninguno cejábamos en nuestro afán por comer el último trozo de bizcocho. Cuando capté por la visión periférica movimiento en la puerta de la cocina, aflojé el agarre sobre

Macy, pero todavía la tenía sujeta. Ella aprovechó el gesto para meterse el trozo en la boca. No pude ver si esbozaba una sonrisa de victoria, pero no me costó imaginármela.

—Mamá —dije cuando vi que mi progenitora estaba en la puerta, observándonos con una sonrisa complacida en la cara. Tenía la misma mirada que cuando era muy muy feliz.

Oh, Dios. Esto iba a acabar mal. Era plenamente consciente, sin necesidad de que lo pusiera en palabras, que había llegado a la conclusión de que entre Macy y yo había algo. Y, cuando decía «algo», me refería a que pensaba que estábamos liados. Oh, mierda. Por favor, que no dijese nada.

—Veo que os lo estáis pasando de maravilla —comentó, encantada—. Soy Martha, la madre de Andrew —dijo presentándose con la concentración plena puesta en Macy, y alargó la mano hacia ella.

Salí de mi estupor y le solté la cintura para que pudiera presentarse.

La situación se sentía entre surrealista y crucial.

—Hola —respondió ella con entusiasmo—. Yo soy Macy —se presentó, regalándole una sonrisa gigante. Por la forma en la que mi madre se la devolvió y luego me observó a mí guiñándome un ojo, supe que Macy le gustaba.

Me alegraba. Se lo diría, pero solo después de matarla por ser tan obvia. Lo único que me consolaba era que parecía que Macy no se había dado cuenta.

En solo unas pocas horas, la mujer que protagonizaba todos mis sueños acababa de conocer a toda mi familia. Y lo que era mejor: parecía encantada por ello. Jamás me había abierto tanto a otra persona en el mundo. Era una pena que no tuviese los huevos suficientes para confesarle lo mucho que me gustaba.

Capítulo 13

Esto no está siendo muy profesional

Lunes

Andrew

Llegaba al estadio con el tiempo justo para cambiarme antes del entrenamiento. Iba dándole vueltas a cómo volver a acercarme a Macy ahora que había recuperado su medio de transporte, igual que había estado haciéndolo el día anterior, y el anterior a ese, cuando la había dejado en su casa. Y, después de tanto pensar, seguía sin tener ni puta idea de cómo hacerlo. Dios. ¿Por qué era tan cortado? ¿Por qué siempre parecía tan sencillo cuando el resto de personas se acercaban a quienes les gustaba? ¿Por qué a mí me resultaba tan jodidamente difícil?

Me di cuenta de que estaba demasiado encerrado en mí mismo, con la música aporreando en los cascos, cuando estuve a punto de golpearme contra alguien.

—Lo siento —me disculpé, y seguí caminando sumido en mi mundo.

Lo hice hasta que una mano se agarró a mi jersey. Frené de golpe, no porque reconociese la mano, que de mirarla lo hubiera hecho, sino porque nadie me había parado de esa forma antes. Por ese mismo motivo, tendría que haber adivinado de quién se trataba antes de verla.

Macy.

—Menudo ritmo llevas. —Sus palabras llegaron a mis oídos cuando me quité los auriculares.

Su sonrisa calentó todo mi pecho, o puede que fuese su presencia. Ella lograba ese efecto en mí con solo estar cerca.

—No te había visto —expliqué, notando que mi voz salía muy seria. Estaba nervioso. No esperaba encontrármela.

—He venido a traerte algo —comunicó sonriente, alargando la mano y ofreciéndome un objeto envuelto en papel de aluminio.

Me avergüenza que mi primera reacción fuese quedarme mirado lo que me ofrecía como si no entendiese su idioma.

Odiaba ser tan raro. ¿Por qué no podía comportarme como alguien normal? Sobre todo, cuando estaba delante de una de las pocas personas con las que me gustaba estar. A la que deseaba tener más cerca. La persona de la que estaba enamorado.

Necesitaba ser más abierto.

—¿No tienes curiosidad por saber qué es? —preguntó sin perder la sonrisa. No sabía si era consciente o no, pero su forma de comportarse, de manera relajada, como si no fuese consciente de mis rarezas o no le importasen, me tranquilizaba.

—Mucha —dije, devolviéndole la sonrisa y reaccionando de una vez. Alargué la mano para tomar el paquete.

Cuando lo tuve entre mis dedos, noté que contenía algo blando y ¿esponjoso?, lo que solo aumentó mi curiosidad. Lo abrí con dedos veloces y un poco torpes, porque mi mirada viajaba entre la cara de emoción de Macy y el paquete entre mis manos.

Me quedé paralizado y sentí cómo una sonrisa tiraba de la comisura de mis labios al descubrir que se trataba de un trozo de bizcocho. Pero no era un bizcocho cualquiera, no: era un bizcocho de zanahoria, a juzgar por las inconfundibles líneas de la anaranjada hortaliza que poblaban la superficie. «Nuestro favorito», recordé con un aleteo en el corazón.

Levanté la vista y la miré fijamente, pensando que no conocía palabras suficientes para expresar lo que sentía, pero necesitando encontrar la manera de expresarle lo feliz que me hacía el detalle.

—Me encanta —dije en un tono bajo, con la voz afectada.

—Te lo debía —aseguró, feliz—. Es mi forma de disculparme porque el sábado me comí el último trozo del bizcocho de tu madre, que, por cierto, se ha convertido en mi favorito, indiscutiblemente —bromeó, haciendo un gesto con la mano para darle más fuerza a sus palabras—. No estuvo bien —afirmó.

—La verdad es que fue un gesto muy feo —aseguré, siguiéndole la corriente.

Nos quedamos observándonos en silencio con sendas sonrisas y me dije que ahí estaba mi oportunidad de volver a hacer algo con ella. El trozo de bizcocho era la excusa perfecta para invitarla a tomar un café. «Venga, Andrew, tienes que ser valiente», me motivé. Pero, justo cuando estaba a punto de abrir la boca para hacerlo, su teléfono sonó, borrando la posibilidad. Sacó el móvil y vi que en la pantalla aparecía el nombre de Dan.

Maravilloso.

Sencillamente perfecto.

Fui a casa de mi madre a comer. La idea era convencerla para que me enseñase a hacer un bizcocho de zanahoria, lo que sabía que sería difícil, ya que tenía que irse a trabajar pocas horas después. Sin embargo, cuando le comenté que quería hacerlo para llevárselo a

Macy, se mostró mucho más allá de complacida. Tanto que la sonrisa no se le borró en toda la tarde. Me acojonó un poco, la verdad; no quería que se hiciese ilusiones acerca de la naturaleza de nuestra relación, pero ese no era el mejor momento para desmentirlo.

Nos lo pasamos de maravilla, sobre todo, cuando el enano decidió que él también quería ayudarnos.

Cuando regresé a casa, decidido a dejar el postre escondido en mi cuarto para que ninguno de mis compañeros le pusiera sus manos encima y se lo zampasen de una sentada —no era que no me gustase compartir con ellos, más bien, no quería que me estropeasen la sorpresa y no tuviera nada que regalarle—, escuché su voz y la de Dan procedentes del salón. Que estuvieran en casa cambió por completo mis planes. Solucionó de golpe el problema que había rondado mi cabeza durante toda la tarde: cómo acercarme a ella. No podía presentarme en su casa bizcocho en mano, parecería un loco.

No me sentía excesivamente orgulloso de admitir que me quedé en la puerta escuchando su conversación durante unos segundos. No porque quisiera cotillear, era una de las ventajas, sino porque no tenía muy claro cómo abordar mi entrada. ¿Debía hacerme el casual? ¿Debía entrar como si meterme en su conversación fuese lo más normal del mundo? ¿Como si los tres fuésemos amigos de toda la vida?

—Quiero hacer algo divertido, algo loco. No quiero dejar de lado esta nueva etapa de mi vida. Todavía tengo mucho que experimentar —escuché decir a Macy, y el estómago se me apretó con preocupación. No quería perder la oportunidad de estar a su lado para acompañarla en lo que se había propuesto. Tenía que ponerme las pilas si no quería que Dan se me adelantase.

—¿Y qué es lo que te pasa por esa cabecita loca? —le estaba preguntando Dan cuando entré de golpe en el salón.

—Hola —saludé. Y, como un gilipollas, me quedé de pie mirándolos.

Macy estaba sentada en el suelo, sobre la alfombra, con la espalda pegada contra el sofá, y Dan estaba espatarrado sobre este. Parecían muy relajados y, a juzgar por sus expresiones, divertidos.

—Hola, Andrew —me saludó Macy con una sonrisa.

Parecía feliz de verme, lo que hizo que me relajase al segundo. Un calor delicioso se extendió por mi pecho.

—Buenas —saludó Dan.

El recuerdo de su presencia me puso de mala leche. Es que siempre estaba en el medio. Si no era de manera física, lo hacía espiritual.

—¿Ya has decidido qué te apetece hacer? —pregunté. Sabía que estaba siendo demasiado directo, que nadie me había incluido en su conversación, pero necesitaba saberlo para ofrecerme a hacerlo con ella—. No he podido evitar escucharos.

—Todavía no lo he decidido —dijo, llevándose la mano a la barbilla y elevando la vista hacia el techo, como si estuviera evaluándolo en ese mismo momento—. He estado leyendo las cosas que quería hacer, pero todo lleva mucha planificación. Ir de acampada con tiendas a lo *hippie*, emborracharme, escaparme de casa por la ventana… —explicó enumerando las opciones y levantando un dedo por cada una de ellas.

Tomé nota mental.

—No me parecen nada difíciles de cumplir —le comenté, trazando ya un plan en mi cabeza sobre cómo ayudarla—. Podemos organizarlo todo.

—La chica está demasiado ocupada dándome una paliza al *Forza* como para organizar nada —comentó Dan, fingiendo molestia.

Me reí. Saber que Macy le estaba ganando me hizo sonreír como un loco. ¿Podría ser más maravillosa y perfecta? La verdad es que lo dudaba.

—Tampoco es que sea muy difícil. Eres francamente malo —le respondió ella carcajeándose.

—No es verdad —se defendió Dan.

—Sí lo es, tío. Muy malo. Casi tanto como patinando —aseguré solo para picarle más.

—Oh, venga. Tampoco lo hago tan mal.

—Vamos a verlo —le reté, sentándome en el suelo al lado de Macy. Dejé la bolsa con el bizcocho sobre el sofá con mucho cuidado de no dañarlo.

Empezamos a jugar y, aunque pasamos un buen rato juntos, hubiese preferido estar a solas con Macy.

Cuando terminamos, después de mucho pensármelo, al ver que Macy se levantaba y se preparaba para marcharse, decidí que tenía que lanzarme a darle el bizcocho en ese momento o no lo haría nunca.

—He traído esto para ti. —Le ofrecí la bolsa y me sentí como un idiota. Estuve a punto de ponerme rojo. Este intento de acercamiento estaba siendo bastante patético, al menos, desde mi perspectiva—. Es un bizcocho de zanahoria de mi madre —le tenté subiendo y bajando las cejas, en un vago intento de meterle un poco de humor a la situación.

Mi angustia duró unos segundos, ya que, cuando Macy procesó lo que le estaba diciendo, me miró encantada y sonrió de una manera tan abierta, preciosa y gigante que solo por eso cualquier cosa que hubiera tenido que hacer para conseguir ese bizcocho habría merecido la pena. Lo que fuera.

Miércoles

Estaba tumbada en la cama leyendo cuando recibí un mensaje de Andrew.

> Asómate a la ventana.

Su texto me pilló tan por sorpresa que tardé unos segundos en reaccionar. ¿Que me asomase a la ventana? ¿A la ventana de mi cuarto? Por alguna razón, después de leerle, paseé la vista por la habitación como si fuese a encontrar la respuesta allí, escrita en algún lugar.

Cuando por fin reaccioné, me quité las sábanas de encima y, con el corazón latiéndome con fuerza contra el pecho, salté de la cama. Me acerqué a la ventana y la abrí con demasiada fuerza, teniendo en cuenta que era más tarde de la medianoche.

La imagen que vi al asomarme llenó todo mi cuerpo de una deliciosa corriente eléctrica. Andrew está allí debajo, con la cabeza inclinada hacia arriba y una mirada traviesa dibujada en la cara. En su increíblemente atractiva cara. Verlo me hizo feliz.

—¿Qué estás haciendo aquí? —le pregunté, divertida.

—¿No es obvio?

—Para nada —le respondí, mordiéndome el labio para no reírme a carcajadas, porque tenía razón. La noche anterior habíamos hablado de las locuras que me quedaban por hacer, y esta era una de ellas.

Casi no me podía creer que estuviese tan volcado a ayudarme a ponerlas en práctica. Estaba demostrando ser una persona increíble. Un candidato a amigo perfecto.

—Vengo a incitarte a que te fugues de casa —dijo riendo—. Espero no acabar en el infierno por pervertirte —comentó.

Y un calor súbito se originó en algunas zonas muy sensibles e íntimas de mi cuerpo.

Supuse que tener a un hombre tan sexi bajo tu ventana, hablando de pervertirte, tendría ese efecto en cualquier persona. Madre mía. Me moría de ganas por bajar y escaparme con él. Me gustaría hacer cualquier cosa que se le ocurriese, pero también me gustaba mucho jugar con él.

—No creo que esta sea la experiencia completa de fugarse —comenté, traviesa—. En las películas lanzan piedras a la ventana para alertar a la persona de asomarse. Me parece que mandar un mensaje es poco profesional —lo acusé.

Me complació ver un brillo de diversión y pillería en sus ojos.

—¿Eso quiere decir que vas a hacer que busque unas piedras?

—Eso es exactamente lo que quiero decir.

—¿A oscuras? ¿A medianoche?

—Por supuesto. Si lo que quieres es hacer bien las cosas, claro —lo reté. Y, aunque sonase horrible por mi parte, sentía cómo me estaba excitando por nuestro intercambio.

La conversación era muy sexi.

—Veo que eres muy exigente —dijo, y sonó como si fuese una alabanza.

—Mucho. Además, por lo que parece, tienes un móvil para alumbrarte, o no me hubieses podido mandar un mensaje —comenté, y acto seguido cerré la ventana.

Me apoyé divertida contra ella, con el estómago lleno de nervios, pero a los pocos segundos me puse a caminar por la habitación, nerviosa, incapaz de quedarme quieta. La situación era muy divertida y excitante. Todo mi cuerpo vibraba de emoción. Nunca me había planteado que Andrew, el callado, misterioso y sexi Andrew, pudiese ser tan atrevido.

Estaba tan distraída pensando en todo que me sobresalté cuando unos nudillos golpearon contra el cristal.

—No puede ser —dije.

Pero, cuando llevé la vista hacia la ventana, vi que sí que podía: Andrew estaba sujeto al borde del alféizar.

Corrí a abrirla.

—Estás loco —le acusé, apartándome para que pudiese entrar.

—Eso parece —respondió, impulsándose y metiéndose en la habitación.

—¿Cómo has subido? —pregunté, mirándole con la boca abierta y luego asomándome a la ventana para ver la pared.

—Por la celosía. Por el sitio exacto por el que vas a bajar tú ahora mismo —comentó, travieso.

—Oh, no. No pienso hacerlo. No voy a bajar por ahí.

—Sí que lo vas a hacer. Si no, ¿dónde está la gracia? —preguntó, y noté que se estaba acercando peligrosamente a mí.

—No, me niego —aseguré, y salí corriendo hacia la cama.

Antes de que pudiese ni siquiera acercarme, Andrew me estaba agarrando por la cintura y elevando en el aire como si no pesase nada.

—Ya verás como lo vas a hacer —dijo entre risas, dando zancadas hacia la ventana.

—¡Espera, espera! —le grité, pero apenas se me entendía entre las carcajadas—. Tengo que cambiarme de ropa.

La puerta de mi habitación se abrió de golpe y mis padres, ambos, se asomaron para ver qué estaba sucediendo. Andrew se dio la vuelta, conmigo en brazos, y se quedó paralizado mirándolos. No podía verle la cara, pero, a juzgar por lo quieto y recto que se había quedado, estaba segura de que tenía una mueca de horror pintada en sus facciones.

—Señor y señora Meyer —saludó con respeto, aclarándose la garganta.

Quizás el saludo hubiese resultado mucho más serio y respetuoso si no me hubiera tenido agarrada y elevada unas buenas once pulgadas del suelo.

—¿Te llevas a mi hija a algún lado, chico? —preguntó mi padre, que con su planta seria daba mucho mucho respeto, pero, a juzgar por cómo se elevaba su comisura derecha, estaba divertido con la situación.

—Esto... ¿sí? —respondió Andrew, dejándome en el suelo, como si ese gesto mejorase la escena.

—Nos vamos a ir a dar una vuelta —expliqué, saliendo en su defensa.

—¿Más tarde de la medianoche? —preguntó mi padre.

—Sí. Te recuerdo que ya tengo veintiún años, papá. Los suficientes como para irme de casa pasadas las doce.

—Bien —claudicó él—. El chico —comentó mi padre, mirándolo en busca de su nombre.

—Andrew —respondió de inmediato.

—Andrew puede acompañarme a mi despacho mientras te cambias. ¿O vas a ir en pijama por ahí?

—De eso nada, papá. Deja a Andrew en paz. —Miré a mi madre en busca de apoyo. No era ni el momento ni el lugar para semejante encerrona. Ni que fuese mi novio.

—Arthur —le llamó mi madre, apiadándose de mí—. Vamos, regresemos a la cama y dejemos a los chicos en paz. Son bastante mayores como para que no nos metamos en sus asuntos —dijo, y le agarró del brazo para sacarle de la habitación.

Mi padre nos miró como si no le hiciera gracia marcharse, pero permitió que mi madre lo arrastrase fuera.

Cuando nos quedamos solos, nos observamos durante unos segundos antes de estallar en carcajadas.

—Esto no está siendo muy profesional.

—Para nada —le di la razón—, pero eso no le quita ni un poco de diversión.

—Desde luego que no.

—¿Qué vamos a hacer? —le pregunté con los ojos brillantes de emoción.

—La idea era escabullirnos por la ventana e ir a comer un trozo de bizcocho de zanahoria. ¿Qué tal te suena? —preguntó.

—Como el mejor plan de la historia. Muy digno de una noche loca de escaparse por la ventana de mi habitación —comenté, y ambos nos reímos de nuevo.

Me metí al baño para cambiarme de ropa y, unos diez minutos después, estábamos saliendo de mi casa —por la puerta principal, después de que amenazase a Andrew con volver a traer a mi padre a la habitación— y montándonos en su moto rumbo a algún lugar en el que nos diesen de comer a esas horas.

A esas alturas estaba tan acostumbrada a ir en su moto que, segundos después de que arrancase, tenía la cabeza apoyada contra su espalda de medio lado —todo lo cerca que me permitía el casco— y estaba disfrutando del paisaje y del calor que Andrew emanaba bajo su cazadora.

—Bueno, ¿cuál es la siguiente locura que quieres que hagamos? Ya vas tachando unas cuantas —preguntó Andrew, divertido, mientras comíamos bizcocho en la cafetería de una gasolinera que estaba abierta veinticuatro horas.

El local no tenía ni gota de *glamour* y estaba lleno de desconocidos ruidosos, pero en ese momento me pareció el lugar más interesante del mundo. O puede que fuese gracias a la compañía.

—Lo siguiente que me gustaría hacer es ir de acampada. Podríamos planearlo para el fin de semana. Tiene que haber un lago. Puede que no te parezca lo suficientemente loco, pero una de las cosas que quiero hacer es bañarme desnuda de noche —admití de carrerilla para no perder el valor a mitad de la frase.

Frente a mí, Andrew se atragantó con su café. Tardó unos buenos diez minutos en recomponerse después de eso.

Solo por su forma de reaccionar, merecía la pena haberle confesado semejante barbaridad.

Capítulo 14

la delgada línea que separaba
el estar al margen de la existencia de Dan
y la de abalanzarme sobre él

Andrew

—Repíteme los nombres de la lista, porfa —me pidió Macy mientras mordía el bolígrafo que sujetaba entre los dientes y mis ojos iban irremediablemente en esa dirección.

Me obligué a apartar la vista y centrarme en el momento. Llevábamos unos cuantos días planificando la acampada y quería que todo fuese perfecto. Quería que estuviese feliz y no podía sentirme más orgulloso de que contase conmigo para lograrlo.

—Matt, Sarah, Ellen, Amy, Erik, Kent, Dan —dije el último nombre con un deje de molestia que esperaba que ella no captase— y nosotros dos.

—Bien. Parece que ya lo tenemos todo.

—¿Mañana paso a recogerte a las ocho y metemos toda la comida que hemos comprado en el coche? —le pregunté, feliz de hacer planes juntos. Se sentía como si fuésemos un equipo, como si le encantase hacer equipo conmigo.

—Eso sería perfecto. ¿Crees que todos estarán preparados a las nueve o tendré que ir a buscarlos a sus casas y matarlos? —cuestionó, distraída, mirando hacia el cuaderno donde, por cuarta vez esa tarde, estaba revisando la lista del material que íbamos a llevar para asegurarse de que no faltaba nada.

Me reí, luego dejé la lista a su lado, en el banco de las gradas donde había desplegado su base de operaciones durante la semana, y me terminé de atar el patín. O me daba prisa o el entrenador me llamaría la atención por llegar tarde. Y eso que llevaba más de dos horas allí, pero lo que se dice concentrado en el *hockey* no estaba. Aunque antes de marcharme quería picar un poco a Macy, ver por última vez en unas horas el brillo de diversión en sus ojos. La fuerza de su carácter.

—Me parece que te gusta demasiado esto de organizar —le comenté, burlón, disfrutando de verla tan encantada y atenta a todo. Se veía a leguas lo muchísimo que estaba disfrutando.

Macy levantó los ojos del cuaderno rosa con margaritas en el que estaba escribiendo y me observó con una mirada traviesa que hizo que mi entrepierna se despertase. Joder. Era increíble.

—Espero que esto quede entre tú y yo. No creo que sea bueno que el resto de la gente descubra lo controladora que soy —bromeó, haciendo que me partiese de risa y que me excitase a partes iguales por el fuego que vi arder en sus ojos.

Dios, amaba a esa mujer. Necesitaba hacer algo para que entendiese que tenía un interés romántico hacia ella. Me daba miedo quedarme atascado en este nuevo estatus de amigos. Si tenía que elegir entre no estar cerca de ella o que fuésemos amigos, no tenía la menor duda de lo que elegiría, pero siempre me quedaría la duda de dar un paso más. Si solo sentía una décima parte de la atracción que yo experimentaba por ella..., podríamos hacer cosas maravillosas juntos.

Macy

Sentí un cosquilleo maravilloso recorrer todo mi interior por la risa de Andrew. ¿Cómo era posible que unas semanas atrás me pareciese un hombre tan distante y serio? Todavía no sabía cómo ni cuándo había cambiado su forma de ser, mi percepción o su manera de comportarse a mi alrededor, lo único que tenía claro era que no quería que parase nunca.

—Voy a bajar a la pista antes de que el entrenador me lance un disco a la cabeza o, lo que es peor, que Matt venga a buscarme. No es normal lo en serio que se toma el *hockey* —comentó, poniendo los ojos en blanco y mirándome divertido.

—Disfruta del entrenamiento —le deseé. Y no me avergüenza reconocer que me quedé mirando su espalda mientras descendía las escaleras de camino a la pista.

Tenía un cuerpo de infarto. ¿Y su cara? Con esos ojos marrones, tez oscura, pelo negro, mandíbula cincelada y pómulos rosados. Era sencillamente increíble. Por no hablar de lo sexi que le quedaba el uniforme de *hockey* y lo sugerentes que eran los tatuajes que asomaban por su manga.

Estaba empezando a hacer demasiado calor en el estadio.

Cuando comprendí que me lo estaba comiendo con la mirada, me sentí un poco mal. Éramos amigos y yo no me comportaba mejor que la gente que venía a los entrenamientos y partidos a babear por él.

Tenía que centrarme en otras cosas.

No era momento para pensar en lo atractivo que me parecía y lo a gusto que estaba con él.

Aparté la vista y miré de nuevo el cuaderno para asegurarme de que todo estaba bien organizado para el día siguiente.

Me apetecía muchísimo ir de acampada, con tiendas de verdad, fuego, amigos con los que podía comportarme como quisiera, como la nueva persona con la que me sentía identificada. Con quien quería ser.

Durante las últimas semanas había logrado mantener un control sobre la delgada línea que separaba el estar al margen de la existencia de Dan y la de abalanzarme sobre él. No había dejado que el deseo de consumirlo y adorarlo me atravesase.

Sí, lo estaba haciendo moderadamente bien.

Por supuesto, no dejaba de observarlo, de preocuparme porque estuviese bien, pero lo hacía de tal manera que estaba seguro de que no tenía ni la menor idea de que estaba pendiente de él. Era lo mejor. No me sentía lo suficientemente bajo control para estar cerca de él. Tampoco era como si tuviera sentido que hiciésemos nada juntos. Él era un ayudante del equipo y yo, el entrenador. Mezclar todo lo que éramos separados era como unir dos sustancias altamente inestables y no pretender que explotasen. Imposible.

Por otro lado, también estaba el asunto de que, ahora que apenas lo conocía y me sentía tan cercano a él, no me quería ni imaginar si me permitía acercarme. No. Eso no iba a suceder. Le había visto interactuar lo suficiente con Sarah y con el resto del equipo como para saber que era un chico divertido, sarcástico, ácido y, encima, buena persona. No era una combinación a la que fuese capaz de resistirme. La mejor decisión era mantenerme alejado de él.

La cuestión era que, esa tarde en concreto, la curiosidad estaba siendo demasiado fuerte y, claro, tenía demasiado fácil la posibilidad de encontrar respuestas.

Desde que habían llegado al entrenamiento, los chicos del grupo de amigos de Sarah, mi sobrina, y Dan estaban más alterados de lo normal. Durante la práctica, había escuchado más de una conversación de lo mucho que se iban a divertir ese fin de semana y de alguna broma que estaban planificando. Lo dicho: tenía demasiada información como para que mi curiosidad no aflorase.

Cuando terminamos los ejercicios, los jugadores fueron a cambiarse a los vestuarios y Dan y Sarah se quedaron en la pista recogiendo el material que habíamos usado esa tarde. Fue entonces cuando terminé haciendo lo último que debía: indagar.

—Veo que tenéis planes para este fin de semana. —Dejé salir de mis labios la pregunta velada y, al instante, me sentí un gilipollas. No debería meterme en lo que hacían o dejaban de hacer.

¿Por qué coño daba un paso hacia delante en mi misión de mantenerme alejado y al margen de la vida privada de Dan y luego veintisiete hacia atrás?

—Nos vamos de acampada al parque East rock —me explicó Sarah con una sonrisa enorme.

—Eso suena fantástico —le dije, atrapándola y acercándola a mi cuerpo para espachurrarla—. Si alguien se porta mal, me llamas y voy volando a matarlo —le dije riendo, aunque lo cierto era que no era una broma.

—Yo la protejo, no te preocupes —me prometió Dan, parándose justo frente a nosotros y uniéndose a la conversación.

Me miró a los ojos como para asegurarme que lo haría. Su gesto hizo que el corazón se me apretase de emoción. Joder con el chico. Me alegraba que no tuviese ni idea del poder que tenía sobre mí.

—Aunque igual Dan está demasiado ocupado divirtiéndose con una chica rubia que yo me sé —comentó Sarah, subiendo y bajando las cejas mientras miraba hacia las gradas.

No pude evitar que mis ojos siguiesen la dirección hacia donde miraba ni el pellizco que sentí en el corazón. Conocía a la chica sobre la que estaba hablando. Había sido la novia de Matt durante todos los años que lo había conocido hasta que se enamoró de Sarah. No pude evitar observarla y evaluarla. Era preciosa, con una melena rubia muy frondosa y cara de ángel. ¿Estaba Dan interesado en ella y yo me estaba comportando como un idiota pensando que lo estaba en mí? Después de que esa pregunta se cruzara por mi cabeza, mi mirada se fue hacia él, que me observaba con los ojos entrecerrados, como si se estuviese esforzando mucho por descubrir qué pasaba por mi mente.

Borré mi expresión de golpe, cambiándola por una fría máscara de indiferencia.

—Podéis iros ya, seguro que tenéis muchas cosas que preparar.

—Pero todavía quedan cosas por recoger —rebatió Dan.

—Da igual, yo me encargo. Haced caso —ordené con voz de mando. Quería que se marchasen. No tenía muy claro durante cuánto tiempo sería capaz de seguir manteniendo mi careta.

—Eres el mejor —dijo Sarah, y se puso de puntillas para darme un beso antes de agarrar la mano de su amigo y tirar de él para marcharse.

Dan me lanzó una última mirada antes de irse que me desestabilizó por completo. Me mantuve firme por pura fuerza de voluntad.

Me quedé mirando cómo se marchaban y, por primera vez, deseé ir con ellos. Ir con Dan. A pesar de que era mucho mayor, a pesar de que eran los amigos de mi sobrina.

¿Estaba viendo lo que quería o ese brillo en los ojos de Mike eran celos? Fue lo primero que me pregunté cuando me escudriñó con la mirada tras la insinuación de Sarah acerca de lo que Macy y yo íbamos a hacer.

No, a juzgar por su actitud impasible, habían sido imaginaciones mías sin duda.

Me mantuve en silencio, tal y como había hecho a su alrededor las últimas semanas, y me despedí no sin antes lanzarle una mirada de anhelo que, por suerte, no vio.

Odiaba que pasar un par de días de acampada con amigos fuese una sensación agridulce, con lo divertido que podía ser, solo por el hecho de que Mike no iba a acompañarnos.

Estaba demasiado colado de él para mi salud mental.

Capítulo 15

Del uno al diez, ¿cuántas posibilidades hay de que haya bichos en ese lago?

Macy

Cuando Andrew me mandó un mensaje esa mañana, casi una hora antes de que hubiésemos quedado, y me dijo que estaba fuera, estuve a punto de salir corriendo de mi casa y lanzarme a su cuello para decirle lo mucho que le adoraba. Estaba segura de que había llegado antes por mí, porque sabía que estaría nerviosa y que la única manera en la que me tranquilizaría era poniéndome en marcha.

En pocas semanas me conocía mejor que mucha gente con la que había estado durante años. Era como si se preocupase por hacerlo, como si le interesase.

—¿Has dormido algo esta noche? —preguntó, sorprendiéndome, mientras guardábamos la comida y una tienda de campaña en el maletero de su coche, cortando mi línea de pensamiento, que estaba muy lejos de allí, organizando la disposición de las tiendas. Pensando en encontrar el mejor claro para instalarnos.

—Por lo menos, un par de horas —respondí, y no pude evitar que se me colase una sonrisa cuando él hizo un ruido de fastidio—. No te preocupes por mí, soy una tía muy dura.

—Una tía dura a la que le encanta organizar, mandar y que todo esté perfecto —respondió, estirando los dedos para contabilizar mis dudosas cualidades.

—Así dicho, suena como si no te pareciese alucinante —lo acusé, divertida.

—*Eres* alucinante —aseguró, pareciendo muy serio y convencido, lo que desató en mi interior una bandada de mariposas que me hicieron esbozar una sonrisa tonta como consecuencia. No todos los días un chico maravilloso y *muy* sexi le decía a una que era alucinante—, pero eso no quiere decir que no tengas que descansar bien para seguir teniendo energía para mandarnos a todos. Piénsalo como una inversión de futuro —comentó, estallando en carcajadas.

—Cuidado, Andrew, o voy a empezar a pensar que te preocupas mucho por mí. —Traté de pronunciar las palabras de forma divertida, pero mi cuerpo se reveló y terminé diciéndolas en un tono sexi, casi como si estuviera ligando con él.

Estaba empezando a hacer mucho calor para ser casi las ocho de la mañana.

—Si pensases eso, acertarías —compartió él en un tono también bajo que me pareció sugerente.

Y de repente estábamos muy cerca, mirándonos a los ojos, y, al menos yo, respirando con dificultad. Hubo un cruce de miradas, luego la suya se dirigió a mis labios y la mía la siguió en reflejo. Los tenía rojos, brillantes y muy apetecibles. Bum, bum, bum. El corazón estaba a punto de salírseme por la garganta. Escuché el sonido de sus labios separándose y noté cómo se inclinaba hacia mí. Cerré los ojos anhelando.

—¿Os falta mucho, chicos? —preguntó la voz fuerte de mi padre desde la puerta de la entrada.

—Joder —escuché decir a Andrew. Y, cuando abrí los ojos, estaba muy lejos de mí, como si hubiese dado un salto hacia atrás. Tenía la mano en el cuello y miraba a mi padre con los ojos muy abiertos.

No pude responder, me sentía demasiado mareada, en una nube. ¿Qué acababa de pasar?

—No, señor —escuché decir a Andrew. Y agradecí que tomase el control de la situación mientras yo aterrizaba de nuevo en la Tierra—. Cargamos el último toldo y nos vamos.

—Muy bien, esperaré aquí mientras lo hacéis.

Mi padre, fiel a su palabra, no se separó de nosotros hasta que nos montamos en el coche.

Unos cinco minutos después, salimos de mi casa en dirección a donde habíamos quedado con el resto. Como era muy pronto y todavía no estaba ninguno de ellos, decidimos acercarnos a una cafetería a tomar un café. Entre risas, compartimos un trozo de bizcocho de zanahoria, que al final se convirtieron en dos. Eso sí, dos porciones que comimos a medias, porque, por alguna razón, comerlo de esa manera hacía que el dulce fuera todavía más delicioso.

Cuando regresamos al punto de encuentro, Matt ya había llegado con su coche y se estaba besando con Sarah mientras Dan ponía cara de asco. Los gritos de que dejasen de ser tan sobones, que bastante tenía con aguantarles en casa, se escuchaban desde la entrada del aparcamiento. Hecho que hizo que Matt se esforzase por molestarle todavía más.

—Van a ser dos días muy largos —comenté, divertida.

—Y que lo digas. Tenías que haber aceptado la oferta de ir nosotros solos —me dijo Andrew en un tono confidencial que me hizo reír.

—Si me lo llegas a decir una sola vez más, hubiese aceptado —confesé.

—Me parece que no soy lo suficientemente claro contigo —dijo, y sonó más como si estuviera hablando consigo mismo.

No tuve tiempo de analizar lo que quería decir, ya que justo en ese momento Dan nos vio y corrió hacia nosotros para que le salvásemos de las sucias garras de Matt y Sarah. Sus palabras, no las mías. Por lo que a mí respectaba, eran adorables y solo podía desear tener la misma suerte y encontrar a una persona que me mirase con la mitad de amor que él la miraba a ella.

Como éramos nueve, tuvimos que ir en dos coches. Lo que nos dejó a Andrew y a mí, que iba sentada en la parte delantera de su coche, con Erik y Kent.

Al principio el viaje fue divertido, pero, a medida que las bromas entre ellos se iban volviendo cada vez más bestias y que la música de Andrew no sofocaba sus discusiones, la tensión en el habitáculo aumentó a pasos agigantados.

—Callaos, tíos. Parecéis dos niños —les pidió Andrew, molesto—. Me estáis dando dolor de cabeza.

—Es que Kent no para de moverse y golpearme todo el rato —lo acusó Erik.

—Como si tú fueras un santo —respondió Kent.

Puse los ojos en blanco. No les hacía falta más que un ínfimo motivo para lanzarse al cuello del otro. Su discurso era el de un par de niños de primaria.

—Chicos —volvió a llamarlos Andrew—, de verdad que creo que lo vuestro es tensión sexual no resuelta.

No pude evitar reírme, no solo porque en ese instante me di cuenta de que puede que tuviese razón, sino porque ambos se miraron con mala cara antes de cruzarse de brazos y girarse hacia sus respectivas ventanas. Parecía que Andrew no había estado desencaminado en su observación.

No volvieron a dar guerra en todo el trayecto.

—Veo que estás muy a gusto —comenté, colocándome detrás de Macy para poder ver por encima de su hombro todas las cosas que le quedaban por tachar de la lista.

Ella levantó la mirada y posó sus preciosos ojos verdes sobre los míos, haciendo que, de golpe, el mundo fuese un lugar mucho más bonito. No pude evitar sonreír.

—Mucho, pero, o yo soy mucho más perfeccionista de lo que debería, o esto es mucho trabajo para solo pasar un par de días —comentó con una risa carente de humor, como si estuviese azorada por ello.

—No tienes nada de lo que avergonzarte —le dije, colocando la mano bajo su barbilla y controlando por poco la necesidad de depositar un tierno beso sobre sus labios para calmarla—. Ser perfeccionista está muy bien para llegar a hacer grandes cosas, mucho mejores que las de la media de la población, pero es una mierda si te hace sufrir. ¿Qué te parece si repasamos la lista, quitamos lo que no sea necesario y repartimos el resto del trabajo entre todos para que no tengas que ser tú la que se encargue? No es justo, te mereces disfrutar de la experiencia.

Ella me miró durante unos segundos y juro que vi temblar su labio inferior como si se hubiese emocionado. Luego, se puso de puntillas y me echó los brazos alrededor del cuello. Después de los primeros segundos de sorpresa, alargué las manos y las entrelacé detrás de su espalda para apretarla contra mi cuerpo.

—Gracias, Andrew —dijo, emocionada—. A veces, tengo la sensación de que eres la persona que más me conoce en el mundo.

—Me preocupo mucho por ti —aseguré en vez de decirle que llevaba años enamorado de ella. De cada pequeño detalle, de cada rasgo de su personalidad.

El abrazo fue maravilloso, de esos que sanan y que unen, o por lo menos así lo sentí yo. No hubiese podido abrazar así a otra persona que no fuese ella. Le puse mi alma y todo mi amor. Por mucho que la postura fuese incómoda y Macy me estuviera clavando la esquina de la tabla sobre la que había puesto la lista para escribir en ella en la espalda, no hubiese cambiado ese momento por nada del mundo.

Nos separamos demasiado pronto para mi gusto y nos pusimos a tachar y repartir tareas.

Nos metimos en la vorágine de terminar de organizar todo. Luego comimos y jugamos una partida de cartas ruidosa y llena de piques. Tras eso, empezamos a dividirnos y cada uno se dedicó a hacer lo que le apetecía. Tenía pinta de que Sarah y Matt habían entrado a la tienda de campaña a darse algo más que besos. Ellen, Amy, Erik y Kent se marcharon a dar un paseo; querían subir a lo alto de la montaña. Macy y Dan siguieron jugando a las cartas. Yo, por mi parte, me senté a su lado y me puse a leer un rato, incapaz de concentrarme en el libro, pero sin ganas de jugar otra partida.

Lo estuve retrasando toda la tarde con excusas tontas sobre que no era el momento, que ella quería hacerlo por la noche o que era mejor dejarlo para el día siguiente. Al final, comprendí que no había una forma fácil de proponerle a Macy bañarnos juntos en el lago, porque me asustaba su reacción. Así que lo mejor era que fuera directo de una vez por todas. Que fuese claro. Así que, cuando Dan se marchó con Sarah y Matt, que ya habían regresado de su «siesta», me dije que tenía que hacerlo ya, antes de que los demás regresasen.

—¿Qué me dices de ese baño nocturno en el lago? —le pregunté desde mi silla, que estaba a dos pasos de distancia de la suya.

Macy levantó la vista del teléfono y la posó en mí. Los ojos se le abrieron con sorpresa y los pómulos se le tiñeron ligeramente de rosa. Le daba vergüenza. ¿Ese era el motivo por el que ella no lo había dicho? Estuve a punto de reírme por su reacción y por el alivio.

—Veo que te acuerdas.

—Desde luego que lo hago.

—No sé si ahora mismo me parece tan buena idea —comentó, poniéndose todavía más roja.

—Te propongo una cosa —le dije, girándome hacia ella—: vamos a dejar de lado lo de bañarse en pelotas —comenté, y no pude evitar reírme cuando hizo un ruido avergonzado—. Tú dijiste que querías hacerlo —le piqué solo por el placer de ver el rubor extenderse por sus mejillas.

—En mi defensa diré que fue un día que estaba demasiado emocionada por nuestra escapada y, solo por ver cómo casi mueres atragantado, mereció la pena —explicó riendo.

—Eso es muy duro por tu parte.

—No me escondo. Soy una tía muy dura. —Ambos estallamos en carcajadas y, así como así, toda la vergüenza que hasta ese momento había tenido Macy se disipó de su rostro.

—Bien. Entonces, dejamos a un lado lo de bañarse desnudos, pero vamos a acercarnos hasta el lago para que cumplas tu deseo. El anochecer está cerca —le dije para tentarla—. ¿Hay algo mejor que verlo metida en un lago?

Su cara de duda fue sustituida por una de determinación en cuestión de segundos.

—Tienes razón. Vamos a ello —dijo, y se levantó de la silla para ponerse delante de mí y tirar de mi mano para levantarme.

Me dio la risa.

—¿Crees que puedes levantarme con esos brazos?

—Con un poco de colaboración puedo hacer cualquier cosa. ¿No te lo parece? —preguntó divertida ella también.

Su frase, su sonrisa o la seguridad que emanaron sus palabras me dejaron aturdido. Alargué la mano para agarrar la suya y levantarme, aunque lo que tenía ganas de hacer de verdad era tirar de ella con suavidad para que terminase sentada sobre mis piernas y pudiese demostrarle a besos lo mucho que creía en lo que había dicho. En que era capaz de hacer cualquier cosa.

El lago no estaba lejos del sitio donde habíamos acampado. Fuimos caminando entre las ramas de árboles y suelo irregular sin necesidad de encender la linterna de los teléfonos, ya que todavía llegaba suficiente luz del sol escondiéndose por el horizonte. Después de que yo me tropezase un par de veces y Macy otras tantas, decidimos sin hablar que la mejor manera de llegar vivos hasta el lago era darnos la mano. Así fue como un paseo prometedor se convirtió en un momento mágico incluso antes de que divisásemos el agua.

—Lo veo —dijo Macy, emocionada, después de unos quince minutos de caminata. Apretó el paso y la seguí encantado—. Es precioso —dijo, hipnotizada—. Y enorme —comentó, soltándome la mano y señalándolo.

—Lo es —dije yo, mirándola a ella. No podía apartar los ojos de su cara. Tenía la auténtica belleza a tan solo un brazo de distancia.

No sabía el motivo por el cual me sentía tan intenso ese día. Quizás fuese porque pasar tiempo a su lado, que ella eligiera pasarlo conmigo, a pesar de tener a un montón de personas para hacerlo, me hacía sentir importante para ella.

Como sabía que no podía quedarme allí parado, regodeándome en el momento, decidí que tenía que actuar. Parecer una persona normal.

—¿Vamos?

Ella dudó durante unos segundos antes de asentir con la cabeza.

Me agaché para quitarme las zapatillas. Luego me deshice del pantalón y de la camiseta. Me acerqué a la orilla mientras Macy terminaba de desvestirse y, cuando estuvo en ropa interior, se colocó a mi lado. Tuve que repetir un par de veces en mi cabeza que el hecho de que estuviera en ropa interior era igual que si llevara un bañador, pero la verdad era que me costaba bastante convencerme de ello, por lo que decidí que lo mejor era no mirarla demasiado. No quería ver cómo su sujetador verde de encaje se abrazaba a sus pechos, haciendo que se desbordasen por encima, o cómo sus bragas negras se amoldaban a la curva de sus caderas.

Sabiendo que estaba a medio segundo de tener una erección, me lancé sin dedicar un solo instante a pensarlo dentro del agua. El choque del frío con mi piel puso a raya la excitación de mi cuerpo, pero solo por si acaso di un par de brazadas bajo el agua para estar del todo seguro. Salí y busqué a Macy con la mirada. No fue difícil encontrarla, ya que estaba en el mismo sitio que la última vez.

—¿Qué haces ahí parada? —le pregunté con los ojos entrecerrados mientras analizaba su comportamiento. Seguía de pie en el borde del lago, pero no hacía amago de entrar—. ¿No te vas a meter?

—Sí, sí —dudó durante unos segundos—, dentro de un momento.

—¿Qué sucede? —le pregunté, divertido, cuando vi que miraba el agua con desconfianza.

—Esto… nada. Lo único. ¿No te parece que está un poco oscura el agua?

—Un poco —le di la razón, intuyendo que lo que pasaba era que le daba miedo.

—Del uno al diez, ¿cuántas posibilidades crees que hay de que haya bichos en ese lago? —preguntó, asomándose al borde para mirar el agua, como si de esa forma pudiese ver lo que había dentro.

—Define bicho —comenté, mordiéndome el labio inferior para no estallar en carcajadas.

—No sé... Culebras, cocodrilos —comenzó a enumerar, y ahí no pude evitar que se me escapase una risotada—. Oye, que no es como para reírse —me reprochó—. No sé, Andrew, no veo claro eso de meterme.

—No pasa nada —le dije. Y luego, como era un idiota y me encantaba bromear con ella, no pude evitar seguir jugando—. ¡Ah! —grité, y me quedé muy quieto—. Espera, algo me ha tocado la pierna —le dije. Y ella abrió mucho los ojos, como si no se pudiera creer lo que estaba pasando.

—Oh, no. Definitivamente, no pienso entrar ahí —aseguró, y se dio la vuelta para huir.

Riéndome a carcajadas, salí del agua y corrí hasta ella. No se había alejado nada, ya que se estaba poniendo las zapatillas.

—Ni se te ocurra —me advirtió cuando se dio cuenta de que estaba a su lado y lo que mis ojos le decían.

—Vamos, Macy. ¿Vas a dejar escapar la oportunidad de vivir esta experiencia?

—Sí, no soy tan valiente como me creo. Solo de pensar que un bicho me pueda tocar la pierna me dan ganas de salir corriendo —explicó, estremeciéndose solo de imaginárselo.

Me reí.

—Nada va a hacer que te libres de esto —le avisé, y alargué las manos para agarrarla de la cintura y echármela sobre el hombro.

Fue una sensación increíble poner las manos sobre su suave piel, sentí una descarga eléctrica por todo el cuerpo.

—¡Andrew! —gritó ella sin parar de reírse—. No, por favor. Me va a comer una serpiente.

Me dio tal ataque de risa con su comentario que estuve muy cerca de ahogarme. Me costaba ver el camino hacia el agua por lo cerrados y húmedos que tenía los ojos de las carcajadas.

Cuando metí un pie en el agua, la actitud corporal de Macy cambió al instante. Justo cuando estaba a punto de soltarla y salir, utilizó el hueco que había dejado al relajar los brazos para terminar agarrada a mi cuello. Tragué saliva y seguí caminando por inercia, sin saber muy bien dónde colocar las manos. Había mucha piel al descubierto y me daba demasiado miedo acariciarla y excitarme de manera muy evidente, o lo que era peor, que la incomodase.

—¿Quieres que salgamos? —le pregunté en un susurro que salió más íntimo de lo que pretendía.

—No, no. Ya puestos, quiero intentarlo. Pero no dejes que se acerque ninguna serpiente —pidió, apretando con mucha fuerza los brazos alrededor de mi cuello.

Me reí.

—No se atreverán —le aseguré, siguiendo con la broma—. ¿A los cocodrilos los dejo pasar?

—Andrew, por Dios, que me va a dar algo.

—Vale. A esos tampoco. Tranquila, lo he pillado.

Seguí caminando. A los pocos pasos, el agua rozó los dedos de los pies de Macy, y ella levantó las piernas y me rodeó la cintura, haciendo que nuestros cuerpos estuviesen alineados.

Joder.

Lo siguiente que supe era que me había tropezado y que ambos caíamos al agua.

Después del miedo inicial, me sentía feliz de haberme atrevido. Puede que hubiese sido con mucha ayuda de Andrew, pero, oye, la que estaba en ese momento nadando en mitad del lago era yo. Así que lo sentía como una victoria.

Me tumbé bocarriba, con los brazos extendidos a los lados de mi cuerpo, y miré hacia el cielo. Había anochecido entre risas y, en ese momento, se veía alguna estrella.

—Esto es increíble —comenté, maravillada.

—Lo es —me dio la razón Andrew.

Giré la cabeza para mirarlo. Estaba a mi lado. Con casi todo el cuerpo metido en el agua, tan solo asomaba por la superficie sus ojos y nariz, y me miraba con un brillo malvado. Podía verlo, a pesar de que la única iluminación procedía del brillo que la luna llena proyectaba.

Le observé sumergirse del todo y, antes de que pudiese procesar lo que estaba haciendo, se había colocado debajo de mí y me estaba lanzando hacia arriba.

No me dio tiempo a reaccionar, lo único que pude hacer fue cerrar la boca y la nariz con fuerza para que no me entrase agua en las vías respiratorias.

—¡Te vas a enterar! —le advertí cuando salí a la superficie, y me lancé hacia él al segundo siguiente para no darle tiempo de prepararse.

Le derribé, pero sabía que él se había dejado llevar mucho para que pudiese lograrlo, no por nada me saca un buen palmo de altura y tenía como una tonelada de músculos más que yo.

Cuando salió del agua, lo hizo justo debajo de mí y me elevó con el impulso, pero, como me había agarrado con los brazos a su cuello y las piernas a su cintura, no pudo volver a lanzarme.

Sin saber muy bien cómo había sucedido, terminamos el uno muy cerca del otro, sin espacio entre nuestros cuerpos, con la respiración agitada y mirándonos a los ojos. Noté cómo el estómago se me llenaba de mariposas. Podía ver pequeñas gotas de agua salpicando sus pestañas. Andrew apartó sus ojos de los míos durante una fracción de segundo y miró mis labios antes de volver a observarme. Su movimiento imperceptible desató un caos dentro de mí.

Sus manos se apretaron alrededor de mi cintura. Mi estómago se tensó, lleno de anticipación, de deseo. Quería… No sabía muy bien lo que era, pero necesitaba sentir a Andrew todavía más cerca. Me incliné hacia delante, tratando de descubrirlo, hasta que mi visión periférica captó a lo lejos una luz moviéndose. Fue un jarro de agua fría. Me molestó que nos interrumpiesen. Estaba demasiado a gusto en los brazos de Andrew, demasiado consciente de la poca ropa que llevábamos y lo juntos que habíamos terminado.

—¡Macy! ¡Andrew! ¿Estáis aquí? —escuché que preguntaba la voz de Dan a lo lejos. Se encontraba en un punto cercano a la orilla.

Supe en ese instante que la burbuja en la que nos habíamos metido acababa de romperse.

«Me cago en el puñetero Dan. Siempre está en medio. Siempre», fue lo primero que pensé cuando escuché su voz llamándonos desde la orilla. ¿Cómo coño terminaba rompiendo cada puta vez los mejores momentos? No me daba ni unas horas de intimidad con Macy.

Joder.

—Estamos aquí, Dan —le contestó Macy, alejando la cara de mi oreja para no hacerme daño con su grito.

—¿Estáis mal de la cabeza, tíos? —preguntó él—. ¿No está fría el agua?

Cuando Macy se alejó de mis brazos, sentí la pérdida de su calor al instante. Me lanzó una mirada intensa que no supe interpretar y se dio la vuelta para acercarse nadando a donde estaba su amigo. La observé durante todo el camino, incapaz de ir con ella y fingir que todo estaba de maravilla y que no me había jodido que nos interrumpiesen. No, para eso necesitaba unos minutos más de rumiarlo en silencio.

—Pues no está tan fría —escuché comentar a Dan.

Había decidido quitarse una zapatilla y probar el agua con los dedos del pie. Cuando vi cómo se sentaba para quitarse la otra y luego se quitaba la camiseta, supe que nuestro momento había terminado definitivamente.

Después de eso, mi humor y la noche solo fueron a peor. Cuando salimos del lago después de un buen rato en el que Macy y Dan no pararon de jugar, tuve que ver cómo se iban juntos a la misma tienda a dormir. Todas mis ilusiones y esperanzas se estrellaron contra el suelo y se partieron en mil pedazos frente a mis ojos mientras yo les observaba impotente.

Menuda puta noche de mierda.

Capítulo 16

Te reto a que lo hagas

Andrew

Lo primero que hice cuando me desperté fue calzarme las zapatillas para salir a correr. Necesitaba quemar energía o me moriría ardiendo de rabia. Había pasado toda la santa noche pensando en cómo Dan y Macy estarían durmiendo abrazados dentro de la tienda, dándose calor el uno al otro, o lo que era peor: que estuviesen haciendo algo más que abrazarse.

Joder. Tenía que salir a correr y tenía que hacerlo *ya*.

Abrí la cremallera de la tienda con cuidado, ya que era muy pronto y no quería molestar a los demás. Ellos se habían quedado despiertos hasta más tarde, a juzgar por los gritos y risas que escuché desde mi habitáculo. Aunque hubiese estado de buen humor, no habría salido a compartirlo con ellos; prefería mil veces quedarme leyendo. Era una pena que ni siquiera hubiese disfrutado de ello la noche anterior.

Mientras atravesaba el campamento en dirección al claro que había detrás, mis ojos salieron disparados hacia la tienda que Dan y Macy compartían sin que yo les diese permiso para torturarme.

Al hacerlo, divisé una figura tumbada fuera de la tienda, envuelta en un saco y me asusté. Me dirigí corriendo hacia allí.

Cuando llegué, con el corazón acelerado y a punto de salírseme por la boca, me quedé sin palabras al descubrir que la figura era Dan y que estaba durmiendo como un tronco.

Debí de hacer algún ruido al acercarme, ya que Dan abrió los ojos y me miró con cara de sueño.

—¿Qué coño estás haciendo, tío? —le pregunté con curiosidad.

—Dormir. O, por lo menos, eso hacía hasta que me has despertado con tus pisadas de gigante furioso.

—¿Fuera de la tienda?

—Me han echado.

—Oh —fue todo lo que salió de mi boca, incapaz de preguntar qué era lo que le habría llevado a esa situación, pero muerto de la curiosidad por descubrirlo.

—Sí, oh. Ahora, si me perdonas, voy a seguir durmiendo. Estoy reventado porque he dormido como el culo frente a la tienda.

—Haberte ido a otro sitio.

—Ni de coña. Era dormir aquí fuera o ir a la tienda de campaña en la que duermen Matt y Sarah y estar metido entre ellos incluso cuando no estamos en casa. No. Muchas gracias.

Le observé darse la vuelta e ignorarme. Después de quedarme paralizado por unos segundos, me giré yo también para seguir mi camino.

Un rato después, me descubrí a mí mismo silbando. Sí, estaba de mucho mejor humor. Incluso me di cuenta durante mi carrera de que el sol estaba precioso brillando en lo alto del cielo.

Antes de que se hiciese de noche, hicimos un fuego. Fue muy divertido buscar palos durante el día e ir acumulándolos cerca de las tiendas. Cuando tuvimos todo el material reunido, me encantó ver cómo Sarah se hacía cargo de encenderlo y cómo convencía a todo el mundo para que le ayudase. Tenía mucho carisma y mala leche. Me encantaba. En más de una ocasión pensé que me habría encantado parecerme a ella. Era muy gracioso ver a cuatro tíos enormes siguiendo al pie de la letra cada una de sus órdenes por miedo a que cumpliese su amenaza de no volver a cocinar en su casa nunca más. Por lo que después de un tiempo me acomodé junto a Amy, que veía divertida desde su silla cómo trabajaba el resto.

A la noche, después de cenar, nos sentamos todos alrededor de la hoguera. Esto era lo que quería. Esta era la experiencia que tanto había deseado. Comenzamos a hablar sobre un millón de cosas, como la fiesta de Halloween que celebraríamos y que terminamos decidiendo que se haría en mi casa. Me hizo muy feliz que Andrew se ofreciese a ayudarme a organizar todo. También charlamos sobre cómo se presentaba la temporada de *hockey* de este año; notaba que Matt le daba menos importancia, como si ahora el deporte no fuese el epicentro de su vida. Me alegraba que hubiese encontrado a una persona que hiciera su vida mucho más plena y feliz. Incluso hablamos de los estudios y, a medida que el número de cervezas empezaba a disminuir, se volvían más atrevidos.

—Vamos a jugar a la botella —propuso Erik.

—Oh, vamos —se quejó Kent—. ¿Qué somos?, ¿niños?

—¿Es que tienes miedo de tener que besar a alguien que no quieras? —le preguntó él. Y todos los presentes sabíamos que, tras semejante declaración, terminaríamos jugando al dichoso juego.

—Por supuesto que no —le respondió Kent a la defensiva, hinchando el pecho como si quisiera demostrar lo duro que era—. Pero aquí todo son parejas. ¿A quién coño vas a besar si te toca?

No podía dejar de mirar entre ellos mientras se lanzaban pullas el uno al otro. Analizándolos. Siempre estaban juntos, pero constantemente discutiendo. Había una especie de tensión entre ellos.

—¿Tienes curiosidad? —preguntó con una sonrisa traviesa que solo molestó más a Kent.

—Te reto a que lo hagas —dijo, apretando la mandíbula, molesto—. Venga, va —sentenció mientras terminaba de beberse de un trago su botella de cerveza, la ponía sobre la tierra entre todos y la movía con la mano para que apuntase directamente a Erik.

Durante una fracción de segundo este le miró con reticencia, pero después se levantó y se dirigió hasta donde Kent acababa de dejar la botella. Antes de que pudiese procesar lo que estaba sucediendo, se había agachado para situarse a la misma altura que él y le estaba besando con pasión. Como si necesitase sus labios para tomar su siguiente aliento.

Guau.

Joder.

Al principio, en el claro, se extendió un silencio sepulcral fruto de la sorpresa. Después, tras unos segundos en los que nuestros aturdidos cerebros analizaban todo —su forma de actuar el uno con el otro, sus piques constantes, ese ni contigo ni sin ti que se traían desde siempre—, fue como si todo encajase en el sitio que debería haber estado siempre. Lo tercero que pasó fue que hubo aplausos y chillidos de felicidad mientras ellos parecían no tener ni ojos ni oídos para nada que no fuera el otro.

El día había sido como otro de fin de semana cualquiera. Me levanté pronto y salí a correr. Luego, me di una ducha antes de desayunar y, por último, me marché a hacer la compra semanal.

O, por lo menos, me hubiese gustado que hubiera sido otro fin de semana cualquiera.

Habría deseado no pasar todo el puto día, cada jodido instante, pensando en qué coño estaría haciendo Dan.

Me sentía el peor tipo de persona. No le dejaba acercarse a mí, pero tampoco era capaz de alejarme de él ni de dejar de estar celoso como un auténtico gilipollas. En serio, ¿qué estaba mal conmigo?

Que no dejasen de reproducirse en mi cabeza pensamientos autodestructivos en los que preguntaba a mi sobrina dónde estaban acampados y me colaba en la tienda de Dan a demostrarle toda la pasión que podía darle, todo lo que le deseaba, habían hecho que me encontrase en un *pub* del centro de la ciudad tomando una copa con mis amigos.

La noche no estaba siendo una maravilla. En parte, porque tenía una actitud de mierda; en parte, porque no conseguía interesarme en el chico que llevaba un rato ligando conmigo. Estaba seguro de que, si aceptaba, tendría una buena noche de sexo sin compromiso y sin complicaciones. No era joven, no era el mejor amigo de mi sobrina y, encima, estaba bueno.

Entonces, ¿por qué cojones no aceptaba? ¿Por qué me sentía cero seducido por la tentación cuando en otro momento lo habría aceptado gustoso y luego me habría ido a casa a dormir tan feliz?

La respuesta era una puta mierda.

Porque no era Dan.

Me llevé el vaso de *whisky* que tenía en la mano a la boca y vacié todo el contenido de un trago. Me ardió la garganta, pero me calmó en cierta manera.

—Si me disculpas —comenté, y me levanté del asiento para ir al baño a ver si con agua fría y un paseo encontraba un poco de sentido común.

El chico me miró como si no comprendiese muy bien por qué era tan raro y me pregunté si seguiría sentado esperándome cuando volviese o ya se habría dado cuenta de que era un idiota integral.

De camino al baño, comenzó a sonar mi teléfono. Lo saqué con rapidez, ya que Sarah estaba acampando y no estaba seguro de si podía necesitarme. Cuando vi el nombre de Dan en el identificador de llamadas, lo observé durante unos segundos mientras decidía si debía contestar o no. Me jode decir que dudé durante menos tiempo del que me habría gustado, porque sabía perfectamente que no existía ningún escenario posible en el que no hubiese contestado.

En vez de entrar en el baño, seguí recto por el pasillo y salí a la calle por la puerta de emergencia.

Incluso antes de escuchar su voz ya sabía que no iba a regresar a ese *pub* después de colgar.

Para cuando me quise dar cuenta de lo que estaba sucediendo, Erik se había lanzado encima de Kent y le estaba besando con pasión. O, más bien, se lo estaba comiendo. Joder. Menudo beso. No dejaban de morderse el uno al otro, se agarraban del pelo, y juro que los podía escuchar incluso gemir desde la distancia.

A juzgar por las caras de sorpresa del resto, ninguno había esperado este desenlace, pero ahora, viéndolos mientras se besaban con pasión, era imposible no notar las ganas que se tenían el uno al otro.

Me moría de envidia.

No podía apartar los ojos de ellos.

Tomé otro trago de mi cubata y casi gemí cuando vi cómo sus lenguas asomaban por los laterales de sus bocas entrelazándose. Me estaba excitando, pero no solo por la escena que se estaba desarrollando delante de mí, que también, sino porque sus besos me recordaron a la noche que pasamos Mike y yo juntos.

Necesitaba salir de allí.

Me levanté del tronco y me tambaleé hacia los lados. Había bebido más de la cuenta.

—¿Estás bien? —preguntó Sarah, que se había levantado cuando me había visto hacerlo a mí.

—Sí, pero voy a ir a tumbarme —le dije sin querer pasar mucho tiempo frente a ella, ya que me sentía muy culpable por no estar hablándole de mis sentimientos. La verdad era que no estaba preparado para hacerlo, porque ni siquiera yo estaba seguro de lo que quería. Me sentía mal por ocultárselo, aunque no lo suficiente como para dejar de pensar en Mike.

Tardé mucho rato en llegar a la tienda; caminaba muy lento. Como no estaba en las mejores condiciones —digamos que mis reflejos estaban comprometidos por el alcohol—, tenía miedo de tropezarme con alguna rama o piedra y abrirme la cabeza. Cuando llegué, me peleé con la cremallera durante unos buenos cinco minutos, ya que no estaba por la labor de colaborar y ayudarme a abrirla con facilidad. Fue mucho más sencillo cerrarla. Con todo ese trabajo realizado y con el máximo de privacidad que podía alcanzar en esas condiciones, me lancé sobre el saco de dormir.

Miré el techo de tela azul durante unos segundos hasta que todo dejó de dar vueltas. Luego, saqué el móvil del bolsillo y marqué su número seguido por un impulso.

Estaba lo suficientemente borracho como para ser consciente de que lo estaba, pero también para que no me importasen las consecuencias que mi llamada tendría al día siguiente. Me sentía valiente y desinhibido como para hablar abiertamente de mis sentimientos con Mike. En ese momento quería encontrar respuestas o, por lo menos, sacar de dentro todo lo que llevaba martirizándome desde hacía meses. Estar con Mike había cambiado mi concepto de la sexualidad, había hecho que me replantease mil cosas, y necesitaba decírselo. No teníamos confianza, pero el lazo que había creado con él esa noche hacía que tuviese la tonta sensación de que éramos algo más íntimos que el resto de las personas; me hacía sentir que él, a diferencia de todos los demás, podría llegar a entenderme. Algo tenía que significar que hubiera estado al otro lado de la misma situación, tan cerca de mi piel, corazón con corazón.

Escuché con la respiración acelerada los tonos de la llamada.

—¿Está todo bien? —preguntó con voz autoritaria cuando descolgó el teléfono.

—Buenas noches para ti también —ironicé sin poder evitar que la sonrisa que se había dibujado en mi cara al escuchar su voz se reflejase en mi tono.

—Dan —me advirtió—. ¿Está todo bien?

—De maravilla.

—Perfecto —dijo.

Y noté que se había relajado, lo que me hizo preguntarme si me colgaría una vez que supiese que no pasaba nada. ¿La preocupación era el único motivo por el que me había contestado?

—¿Qué estás haciendo? —pregunté rápido, tropezándome con las palabras. No era la mejor pregunta del mundo, desde luego nada interesante, pero era lo único que se me había ocurrido con el cerebro más lento por el alcohol de lo normal y tan poco tiempo.

—¿Estás borracho? —cuestionó, sorprendido.

—Digamos que un poco achispado —respondí, riendo divertido como un idiota.

—No me parece muy buena idea que hablemos —dijo.

Pero no le hice caso, no quería escuchárselo decir ni una vez más.

—Esto es una mierda, ¿sabes? —le comenté, notando cómo arrastraba las palabras.

Hubo silencio al otro lado de la línea.

—¿El qué? —preguntó Mike después de unos segundos.

Me sorprendió mucho que entrase en el juego de contestarme cuando era obvio que estaba reacio.

—No poder estar contigo ahora mismo. Haber descubierto lo que se siente estando entre tus brazos y no poder repetirlo cuando quiera. Cuando lo necesite. ¿Sabes? Has sido el primer hombre con el que he estado y me ha gustado mucho más de lo que quisiera. Ha hecho que todo lo que había experimentado antes pierda brillo.

—Dan —dijo mi nombre como una advertencia, pero sentí que no me había imaginado la excitación en su voz.

—¿Sabes qué creo, Mike? —pregunté, juguetón, sintiéndome azuzado por su excitación.

—¿Qué?

—Creo que te gustaría estar aquí conmigo. No se puede fingir la manera en la que te comportaste esa noche —expliqué con voz sugerente, como si lo tuviera en ese momento a mi lado y estuviera tratando de tentarle—. Creo que te gustaría pasar la mano por mi abdomen, de camino hacia mis pantalones, para comprobar si estoy tan duro como piensas.

Escuché su respiración acelerada al otro lado de la línea seguida de una especie de gemido.

—¿Estoy en lo cierto, Mike? —pinché de nuevo, cerrando los ojos e imaginando la escena en mi cabeza.

—¿No te está entreteniendo Macy lo suficiente? —acusó. Y no me perdí la dureza en su voz.

De mi boca escapó un sonido de sorpresa. Su respuesta me hizo volver a pensar en el viernes en la pista, cuando había parecido celoso por el comentario de Sarah acerca de Macy y de mí. Una corriente de felicidad me recorrió de arriba abajo. Si le molestaba, difícilmente sentía indiferencia hacia mí.

—¿Estás celoso, Mike? —le pregunté en un tono encantado.

—Creo que deberías irte a dormir, Dan. —La forma en la que dijo mi nombre hizo que mi interior se revolucionase—. Estás desvariando.

—No lo creo —le rebatí, dispuesto a estirar la conversación tanto como hiciese falta hasta que terminase confesando.

—Buenas noches, Dan —se despidió. Supe por el tono de su voz que no estaba dispuesto a hablar durante un segundo más.

—Hasta mañana. Espero que tú también pienses en mí cuando te toques esta noche en la cama.

—Joder —fue lo último que le escuché decir antes de que la llamada se cortase.

Me había colgado, pero no pude contener la sonrisa de felicidad que se dibujó en mi rostro. Esa llamada implicaba un paso hacia delante en nuestra relación. No sabía cómo estarían las cosas cuando nos viésemos en el entrenamiento, pero sospechaba que iba a ser capaz de sobreponerme a su frialdad solo con el recuerdo de esa conversación. De su voz excitada viajando a través del teléfono.

La verdad era que, cuando le había llamado, dudaba que contestase, pero lo había hecho. Era otra muestra más de que no era tan indiferente hacia mí como quería hacer ver.

Tal y como le había prometido, metí la mano en mi pantalón. Pensé en él durante todo el rato que me acaricié, deseando que a unas cuantas millas de distancia él estuviese haciendo lo mismo.

Andrew

Llevaba un buen rato leyendo la misma puta página una y otra vez sin poder concentrarme cuando escuché cómo se abría la cremallera. Estaba demasiado preocupado por lo que estaría pasando en la tienda de Dan y Macy como para concentrarme en el libro. Pacería que nunca iba a dejar de desagradarme la idea de que durmiesen juntos.

—¿Estás despierto? —preguntó Macy en voz baja.

—Sí —respondí, incorporándome de golpe con el corazón a toda pastilla—. ¿Estás bien? —pregunté. Y, antes de que me contestase, estaba de rodillas pasando las manos por sus brazos para asegurarme de que lo estaba.

Se rio.

—Sí, estoy perfecta. Es solo que Dan tiene un pedo de cuidado y me ha parecido que quería estar solo. Está hablando por teléfono.

—Ah, bien —comenté, escueto, porque no tenía ni idea de qué más decir.

—¿Te importa si paso la noche contigo? —preguntó. Y en ese momento el cerebro se me paralizó—. Si tienes otros planes, está bien. Puedo ir a otra tienda —añadió, supuse que por lo rígido que me había puesto por su pregunta.

Joder.

La hostia.

¿Estaba soñando?

—No, puedes quedarte aquí. Sí. Sería maravilloso. Quiero decir —comencé a explicarme mientras me llevaba la mano al cuello en un pésimo intento por tranquilizarme—, la tienda es muy grande y yo solo estaba leyendo. Podemos compartir con tranquilidad.

—Maravilloso —dijo ella, dándose la vuelta para cerrar la cremallera—. Estoy muy cansada. Ayer no pegué ojo con Dan. —Me puse tenso por sus palabras. Si habían hecho algo, no quería oírlo. Pero, si era así, ¿por qué motivo había terminado él durmiendo en la calle? Esa mañana me había parecido obvio que había sido porque no estaban muy cómodos juntos, pero en ese momento ya no tenía absolutamente nada claro—. Se mueve tanto durmiendo que tuve que decirle que, o se iba fuera él, o lo hacía yo, pero que no podía aguantar sus bailes un segundo más.

—No me lo puedo creer —dije, muy divertido y aliviado; no sonaba como si hubiesen pasado la mejor noche de su vida.

—Y tú, ¿te mueves mucho o eres un ser humano normal? —me preguntó, estrechando los ojos en fingida sospecha mientras colocaba el saco en el suelo a mi lado y se tumbaba encima.

—Una vez que me duerma, vas a tener dudas de si estoy vivo o muerto —dije, y me hizo feliz cuando Macy estalló en carcajadas.

—Mi clase de hombre.

Su comentario, pese a estar formulado para ser una broma, hizo que mi estómago diese un triple salto mortal. Joder. Era como un sueño dormir con ella, pero sabía que también iba a ser muy duro.

Sabía que me costaría dormirme. Por una parte, porque estaba preocupado de que en sueños no fuese capaz de controlar mis impulsos y terminase envolviéndola entre mis brazos y, por otra, porque, una vez que se tumbó a mi lado, fui incapaz de apartar los ojos de su figura.

¿Sabía lo diferente que era a su lado? ¿Cuánto me abría? ¿Se daba cuenta de lo mucho que me gustaba compartirlo todo con ella?

El fin de semana había resultado maravilloso pese a no parecerse en nada a lo que tenía en mente. A esas alturas, estaba acostumbrado a que Macy me sorprendiese y convirtiese una pequeña mirada en un gesto mágico, un baño en el lago en un momento increíble, una simple noche en un momento perfecto. Ni en mis mejores sueños habría vaticinado que terminaría durmiendo a su lado, con el calor de su cuerpo penetrando en el mío. Ni que a mitad de la noche se movería y terminaría colocando la cabeza sobre mi brazo y podría agarrarla de la cintura para que se acomodase sobre mi pecho.

Mágica.

Fue una noche mágica.

Capítulo 17

Estoy ardiendo

Sarah acababa de irse de casa de Mike.

Habíamos estado cenando junto a Matt y Macy en la peor cena de amigos de la historia, aunque, a decir verdad, yo me lo había pasado bomba molestando al capitán del equipo de *hockey*. Todavía no tenía muy claro cómo ninguno de los presentes se daba cuenta de que Matt estaba colado por Sarah, me parecía imposible no verlo. Además, sospechaba muy fuertemente que mi mejor amiga también lo estaba por él. Sentía un poco de lástima por Macy, la cual se notaba a leguas que estaba tratando de mantener a flote una relación que llevaba tiempo más que hundida.

—¿Te apetecen unas palomitas? —me preguntó Mike, abriendo un armario de la cocina a mi lado y devolviéndome a la realidad de golpe.

—Me encantaría —le respondí con una sonrisa.

Al principio, había estado un poco preocupado por quedarme en la casa del tío de Sarah; apenas le había visto un par de veces a lo largo de los años y me daba palo molestarle. Me incomodaba que se hubiese ofrecido a acogerme solo por Sarah y que en realidad no quisiese, pero la verdad era que parecía contento. Desenfadado. Me gustaba estar con él. Puede que fuese porque era joven o quizás simplemente porque habíamos conectado desde el principio. A veces, eso pasaba con algunas personas. No sabía el motivo, pero me daba igual. Estaba demasiado a gusto con él como para preocuparme por ello.

Hicimos las palomitas, cogimos un par de refrescos entre risas y nos acomodamos en el sofá frente a la enorme televisión. Hacía mucho calor y, cuando Mike se quitó la camiseta, estuve a punto de imitarle, pero por algún motivo me sentí cohibido, quizás por la cantidad de músculos que tenía y que me hicieron sentir ridículo en comparación, y me la dejé puesta.

Después de una media hora de película, llamaron al timbre y Mike se levantó a abrir. Seguí cada uno de sus movimientos sin despegar la vista de su espalda muy bien formada.

—¿Quién era? —le pregunté cuando regresó a mi lado, tratando de no mirar fijamente su pecho, que me había hipnotizado.

—Era Matt.

—¿Matt? —pregunté, extrañado—. ¿Qué quería?

—Hablar con Sarah —respondió. Y no hizo falta que dijese que le preocupaba un poco la relación que tenían. No era para menos.

Que se gustasen era una situación que iba a acabar con un corazón roto de todas las formas. Alguno de los tres saldría herido. No dije nada, ya que no quería preocuparle. Bastante tenía yo con la electricidad que había comenzado a recorrer mi cuerpo y que hacía que me costase un esfuerzo titánico mantenerme pegado al sofá.

Traté de centrarme en la película, pero me resultó imposible. Cada vez que me relajaba, mi mirada iba a parar una y otra vez a Mike. Para ser exactos, a su pecho. Joder.

¿Qué coño me pasaba? Iba a creer que era un pervertido. Pero nunca antes había visto unos pectorales tan bien formados como los suyos. Estaba muy bueno. Cuando ese pensamiento se coló en mi cabeza, me sorprendí. Era la primera vez que pensaba así de un hombre. Pero, cuando lo maduré, me pareció que era exactamente lo que me sucedía. Mike me atraía.

Después de llegar a esa conclusión, todo fue a peor. Tanto mi atracción como la forma demasiado obvia en la que le miraba. Traté de nuevo de concentrarme en la película. Lo último que quería hacer era molestarlo.

Me había abierto su casa para visitar a Sarah ese fin de semana y yo se lo pagaba comiéndomelo con los ojos.

Fantástico.

Simplemente fantástico.

La forma en la que los ojos de Dan no dejaban de caer una y otra vez sobre mi pecho desnudo era embriagadora. Si hubiera sabido que su reacción a mi falta de ropa iba a ser esa, me habría quitado la camiseta antes.

En el ambiente, mientras veíamos la película con solo la luz de la pantalla iluminando la sala, se había creado una tensión deliciosa. Una tensión de esa que retorcía las entrañas y que hacía vibrar mi entrepierna.

—¿No tienes calor? —le pregunté, deseoso de que su respuesta fuese afirmativa y él también se desprendiese de su ropa.

—Estoy ardiendo —respondió, elevando un punto más la tensión del ambiente.

No sabía si era consciente de que estaba lanzando un mensaje muy fuerte de excitación y deseo, pero algo dentro de mí —quizás la forma en que sus ojos me miraban, como si estuvieran sorprendidos por encontrarme atractivo; quizás la fuerte atracción que había sentido por él cuando lo había visto— hizo que todo lo que estaba fuera de esa habitación desapareciese y solo quisiese vivir el momento. Alargué las manos hacia su camiseta, pendiente de su cara y de su cuerpo, para no perderme la más mínima reacción, para ser consciente en todo momento de si lo que iba a hacer estaba mal y no lo deseaba.

Dan abrió mucho los ojos ante mi atrevimiento, pero, antes de que pudiese detenerme, estos comenzaron a brillar llenos de deseo. Sus pupilas se dilataron hasta tragarse el color miel y se desenfocaron claramente en un signo de excitación. La anticipación se hizo más pesada. Llevé las manos al dobladillo de su camiseta y, cuando comencé a levantarla, su boca se abrió y dejó escapar un pequeño jadeo que fue directo a mi entrepierna. El sonido logró que el hormigueo que sentía hasta ese momento se volviese fuego. Levantar su camiseta se había convertido en lo más erótico que había hecho alguna vez.

Acariciando la línea de sus abdominales y el surco entre sus pectorales, comencé a quitársela. Alternaba la mirada entre su expresión y su cuerpo sin querer perderme ni un solo de segundo de ninguna de las dos. Tenía una piel hermosa, blanca y perfecta, llena de formas, pero sin unos músculos exagerados. Era exactamente el tipo de hombre que me volvía loco. Cuando llegué a la parte superior de su cuerpo, elevó los brazos y le saqué la camiseta por la cabeza. Le miré y vi que temblaba, pero no era un temblor de miedo; era uno de deseo, estaba seguro.

—¿Así estás mejor? —pregunté en voz baja y ronca sin dejar de observarle.

Cerró los ojos durante un segundo. Cuando los abrió de nuevo, eran dos pozos oscuros.

—Estoy ardiendo —repitió las mismas palabras de antes, como si no fuese capaz de explicar de otra manera lo que estaba sintiendo.

Tomé la decisión en una fracción de segundo. Mi cerebro y mi mundo se redujeron a nosotros dos. Mi misión en la vida se convirtió en la de darle placer al hombre que temblaba en mi sofá.

—No te preocupes, que te voy a aliviar. —Me incliné para poder susurrárselo al oído. De su boca se escapó un jadeo dolorido que solo me incitó a seguir adelante.

No hizo falta que me dijese que era la primera vez que estaba con un hombre, su inexperiencia lo gritaba muy fuerte. Estaba quieto frente a mí, sin saber muy bien lo que debía hacer, pero pidiendo con la mirada que aliviase su dolor. Su estado, en vez de conseguir asustarme, solo hizo que quisiera esforzarme un poco más. Quería darle placer, que comprendiese lo maravilloso que podía ser esto. Todo se trataba de Dan. De él, de su placer y de que estuviese cómodo. A mí me bastaba con complacerle, con sentir la dulce tortura de mi excitación insatisfecha.

Deslicé la boca desde su oreja a su barbilla, depositando besos húmedos a mi paso. Cuando llegué a su cuello, los gemidos se intensificaron, haciendo que me comenzase a resultar difícil hilar pensamientos coherentes. Para cuando llegué al borde de sus pantalones, con Dan levantando las caderas para frotar su erección contra mi cara y dejando escapar gemidos que inundaban la habitación, toda cordura había abandonado mi cuerpo.

Me dejé caer de rodillas frente a él y deslicé los pantalones por sus caderas. Me metí su erección en la boca y él llevó sus manos ansiosas a mi pelo mientras se retorcía debajo de mí.

—Joder, Mike —gritó entre jadeos.

Perdió la cabeza, comenzó a moverse para encontrarse con mi boca cada vez que bajaba. Estaba ansioso y muy cerca del final. Me volvía loco sentir que le estaba dando tanto placer. No dejaba de gemir una y otra vez, de proferir palabras ininteligibles. Después de unas cuantas estocadas, se quedó quieto y gritó su liberación.

Dan terminó en mi boca y me quedé quieto durante unos segundos para que disfrutase de su orgasmo. Luego, me levanté para ir al baño. Necesitaba encontrar mi propio alivio, estaba a punto de reventar. No recordaba haber estado más excitado en la vida. Cuando me puse de pie, él pareció bajar de su nube de placer y me observó. Alargó la mano para pararme al comprender que me estaba marchando.

—¿Te vas? —preguntó, luciendo muy vulnerable.

Si hubiese estado menos excitado, quizás su estado me hubiese preocupado, pero en ese momento me costaba un esfuerzo titánico hilar dos pensamientos. Necesitaba aliviarme. Necesitaba volver a mi estado normal.

—Necesito resolver esto —dije, señalando el bulto de mi entrepierna, que era obscenamente evidente en mis pantalones sueltos de chándal.

—Quiero hacerlo —se ofreció él de inmediato.

—No hace falta —dije, e incluso a mis oídos les resultó evidente lo vacía que había resultado mi contestación. No había pensado ni por un segundo que él deseara hacerlo, pero, ahora que se había ofrecido, no podía pensar en otra cosa.

—Quiero hacerlo —repitió sin dejar de mirar mi erección.

Tiró de mi brazo para que me sentase a su lado, luego se arrodilló frente a mí y me miró con deseo, regalándome una imagen que acudiría a mi imaginación durante el resto de mi vida. Alargó las manos y, de forma torpe y ansiosa, tiró de mis pantalones para quitármelos. Le ayudé gustoso, sin poder creer que estuviera sucediendo de verdad.

Lo primero que hizo cuando mi erección saltó libre y erecta frente a él fue agarrarla con ambas manos. Dio un par de tirones con los ojos abiertos y llenos de deseo.

—Nunca he hecho esto antes —confesó.

Pero no hubiera hecho falta que lo hiciera. Me había dado cuenta yo solo.

Antes de que pudiese decirle que estuviera tranquilo, que no podía hacer nada mal, se la llevó a la boca, haciendo que todo pensamiento coherente me abandonase. Joder.

Su boca era ansiosa e inexperta alrededor de mi erección y, por algún puto motivo, eso me excitó todavía más. No dejaba de subir y bajar, lamer y chupar como si necesitase darme placer. No era un experto, ni era la mejor felación que me habían hecho, pero sí la más placentera. Una que no olvidaría en la vida.

—Estoy muy cerca —le advertí entre jadeos, acariciando su cabeza.

Él respondió de forma ininteligible alrededor de mi erección, pero no hizo amago de apartarse. Bien. Si quería vivir esa sensación, no era quién para negársela.

Notando que estaba demasiado cerca del abismo, me dejé caer hacia atrás en el sofá para verle mejor y disfrutar al máximo del orgasmo. Cuando el final me golpeó, vergonzosamente pronto, mis ojos rodaron hacia la parte trasera de mi cabeza y se me enroscaron los dedos de los pies en un orgasmo sin precedentes.

Casi un minuto después de haber terminado, todavía seguía jadeando como si acabase de correr una maratón.

Fue en ese momento, con Dan arrodillado entre mis piernas y la evidencia de mi liberación brillando en su cara, que fui realmente consciente de lo que había hecho. De lo mucho que me había dejado llevar por la atracción y el deseo. Fue cuando comprendí la magnitud de la equivocación que había cometido.

Era un puto gilipollas.

Capítulo 18

Me quiero morir

Macy

—Dime la verdad. ¿Cómo ha quedado? —le pregunté a Sarah al borde del ataque de pánico. Aunque quizás decir que estaba al borde era un eufemismo por mi parte; a juzgar por cómo había sonado mi voz, estaba en medio de una crisis nerviosa—. ¡No! No me lo digas, lo he pensado mejor. No quiero saberlo —le corté, alargando la mano, justo cuando estaba a punto de contestar—. Creo que he hecho esto de forma demasiado apresurada, sin pensar en las consecuencias.

—De eso se trata lo de hacer locuras —nos interrumpió Dan, entrando al baño de la habitación que compartía con Matt como si en su interior no hubiese ya dos personas, una de ellas en medio de un ataque de pánico.

—Estás muy guapa. No te agobies —aseguró Sarah con voz y sonrisa amable. Parecía sincera.

—Estás… diferente —dijo a su vez Dan, girando la cabeza de medio lado. Estudiándome.

—Me quiero morir.

—Puedes ir con un gorro —ofreció sin poder aguantar la risa.

—Serás mamón —le reprochó Sarah—. Retira ahora mismo eso o me voy a ver en la obligación de pegarte.

—¿He oído que hay que pegar al niño bonito? —preguntó Matt, asomándose por la puerta del baño.

Me llevé las manos a la cara y me lamenté. La situación se estaba descontrolando muy rápido. ¿Iban a venir al servicio todos los habitantes de la casa?

—Pues no estaría mal —le contestó Sarah—. El muy cazurro está vacilando a Macy por haberse teñido el pelo, como si estuviera fea en vez de decirle lo bien que le queda —explicó Sarah.

Matt se giró como un resorte para mirarme con los ojos desorbitados, como si no se pudiese creer lo que había dicho su novia. «Sí, amigo —pensé—. Estoy desatada. Ni yo misma doy crédito a todas las locuras que se me están ocurriendo hacer».

—La hostia —dijo, luciendo alucinado.

—Dios, no tenía que haberte pedido que me tiñeses. Ahora te ves en la obligación de decirme que estoy bien —me lamenté, entendiendo de golpe la situación en la que había metido a Sarah.

—No digas tonterías —respondió ella.

—Ni puto caso, Macy —comentó Matt a su vez—. No te queda mal, te lo juro. Es solo que me ha sorprendido. Eres la última persona que esperaba que se tiñese el pelo de rosa.

Cerré los ojos y me armé de valor. Solté el aire y lentamente me di la vuelta para mirarme en el espejo. Justo cuando estaba a punto de hacerlo, un sonido me distrajo.

—Joder —se escuchó la voz de Andrew en el baño, y mis ojos salieron disparados en su busca.

Me estaba mirando con la boca abierta, alucinado. Nuestros ojos se cruzaron y la cerró de golpe. Juro que le vi tragar y quedarse callado. Dios mío, estaba horrible. Por algún motivo, que él me mirase me puso más nerviosa de lo que lo había hecho que lo hicieran los demás.

—Tío, dile a Macy que está guapa. El idiota del niño bonito se ha dedicado a vacilarla y ahora no se lo cree —le pidió Matt.

Al segundo siguiente, todas las miradas del servicio se posaron sobre Andrew.

Durante unos segundos se quedó paralizado, como si no entendiese muy bien cómo se había metido en semejante lío. Luego, se aclaró la garganta antes de hablar. Dos veces.

Estaba al borde del infarto.

—Estás... —comenzó a decir con voz baja y temblorosa—. Estás preciosa. Increíble —dijo, y cuando vi que se ruborizaba, algo que nunca le había visto hacer y que tampoco había pensado que fuese capaz, fue mi turno de quedarme con la boca abierta.

No tenía ni idea de qué contestarle. ¿Solo era cosa mía o la temperatura había subido cuarenta grados de golpe? Andrew, el dios de la belleza, ¿acababa de decir que estaba preciosa? ¿Increíble?

Guau. Ahora sí que iba a desmayarme.

—Tío, ¿para qué le dices la verdad? —se quejó Dan, rompiendo el momento, lo que agradecí enormemente. Había tenido demasiadas emociones fuertes en un pequeño periodo de tiempo—. Estaba siendo la leche de divertido molestarla.

—Lo sería para ti —le recriminó Sarah—. Casi le da un espasmo.

Dejé de prestarles atención y me di la vuelta para mirarme en el espejo. Cuando me encontré con mi propio reflejo, me vi rara, diferente, pero para nada horrenda, lo cual me alivió. Tampoco era como si no pudiese volver otra vez a mi color normal, pero prefería no tener que hacerlo. Teñirme el pelo de rosa era algo que siempre había querido en secreto y que nunca me había atrevido a hacer. Algo que había pensado que jamás me atrevería.

Pues bien. Sí que lo había hecho.

Sonreí feliz. Me daría un tiempo viéndome con esa imagen para ver si me acostumbraba. Estaba contenta de haberlo hecho. Lo sentía como un logro.

Noté cómo en mis labios se formaba una sonrisa y, sin poder evitarlo, mis ojos buscaron los de Andrew en el espejo. Me dio un vuelco el estómago cuando descubrí que me estaba mirando de forma intensa. Lo que hubiera dado porque esa mirada significara que le gustaba. Cuando le vi esbozar una sonrisa enorme mirándome, todo pensamiento lógico abandonó mi cabeza.

Andrew era increíble. Él sí que lo era.

Capítulo 19

Somos un gran equipo

Macy

No podía negarme a mí misma durante más tiempo lo mucho que me gustaba Andrew, lo mucho que me atraía. No cuando no podía dejar de mirar sus manos mientras colgaban los adornos de Halloween ni la forma en que los músculos de su espalda ondulaban bajo la camiseta blanca y pegada que llevaba. No cuando no podía apartar la vista de los tatuajes de sus brazos y desear estar sentada a horcajadas sobre sus piernas mientras me explicaba el significado de cada uno de ellos.

Puf. Lo tenía mal.

No tenía muy claro cuándo había sucedido, pero lo que sí que sabía con certeza era que me había colado por Andrew.

Fantástico.

«Buen trabajo, Macy. El chico se acerca a ti para ayudarte a cumplir tus deseos y tú, como pago, te enamoras de él. Gran trabajo», pensé.

Por lo que sabía, él ni quería ni nunca había tenido novia.

—Me parece que ese era el último adorno que nos quedaba por colgar —le expliqué cuando terminó de colocar la telaraña gigante que había que atravesar para acceder al comedor, tratando de no quedarme mirando su espalda como si fuese una pervertida.

—Tampoco nos ha costado tanto —comentó, ajeno a mi drama personal. Ajeno a mi interés por él—. Me lo he pasado muy bien.

—Yo también. Mucho —le respondí con una sonrisa tonta, como si fuese una adolescente y el chico más guapo del instituto me hubiese dicho que quería ir al baile de fin de curso conmigo. Sí, así de mal lo tenía—. Quiero decir —rectifiqué para no parecer demasiado ansiosa— que ha sido muy divertido. Siempre es maravilloso decorar para Halloween, es una de mis fiestas favoritas. —Me callé de golpe y sonreí porque ciertamente no estaba solucionando nada. Lejos de parecer tranquila y poco impresionada por su presencia, daba la sensación de que tenía incontinencia verbal.

Sin embargo, a Andrew no parecía importarle. De hecho, me miraba de una forma que me hacía sentir como si le pareciese la chica más tierna de la historia o un cachorrillo adorable. No tenía muy claro cuál de las dos opciones era la correcta.

Me estaba volviendo loca.

Cuando regresé a casa de Macy, después de haber pasado por mi apartamento para ponerme el disfraz de Harry Potter, entré orgulloso y feliz en la mansión. El lugar había quedado impresionante. Estaba feo que lo pensase yo, pero habíamos hecho un trabajo de la hostia. La mansión estaba ambientada desde la entrada, donde un montón de lápidas, esqueletos y vampiros daban una terrorífica bienvenida a los asistentes. En la entrada había un caldero gigante lleno de ojos, orejas y partes del cuerpo variadas desde el que salía un humo blanco que se extendía por las escaleras y que le daba a la casa un aire único. El interior era un conjunto de telarañas, monstruos y lápidas repartidas por todos los lados. Me encantaba la ambientación, pero lo que más me gustaba era que la habíamos montado en gran medida Macy y yo, quitando algunos retoques con los que nos habían ayudado el resto de amigos.

Cuando llegué, todavía era pronto, lo que me tranquilizó mucho; nunca había sido amigo de las multitudes. Por norma general, huía de las fiestas. Solía tomar un par de cervezas y luego me marchaba a casa a estar tranquilo. A leer o ver una serie.

Ese día era diferente. Quería quedarme toda la noche, quería estar al lado de Macy, disfrutar de la preciosa y enorme sonrisa de satisfacción y felicidad que tenía mientras organizábamos la fiesta de Halloween. Habíamos trabajado en ello durante semanas.

Macy había decidido que quería beber esa noche y yo iba a estar cuidándola para que pudiese hacerlo sin ningún peligro. Iba a estar para ella en la medida que lo quisiera y necesitase. Incluso si lo que tenía que hacer era sujetarle el pelo mientras vomitaba. Aunque dudaba que se fuese a pasar tanto, ella era responsable hasta cuando tenía la necesidad de desmelenarse.

Lo primero que pensé, cuando entré a la cocina y la vi vestida con su disfraz de Hermione, fue que era una jodida diosa. Se había caracterizado de maravilla. La única diferencia entre las dos era que Macy llevaba el pelo rosa en vez de castaño, pero ese hecho solo sumaba atractivo a su ya de por sí hermosura.

La saludé y pronto caímos en una agradable charla mientras terminábamos los pequeños detalles que nos faltaban.

—Hemos hecho un gran trabajo —comentó feliz, levantando la mano y ofreciéndomela para que se la chocase.

—Somos un gran equipo —afirmé con una sonrisa enorme mientras golpeaba nuestras palmas. En el último segundo, antes de que las separásemos, actué por instinto y entrelacé sus dedos con los míos.

Ella aceptó el gesto como si fuese lo más normal del mundo mientras en mi estómago comenzaba una explosión de fuegos artificiales. Si agarrarle la mano era tan increíble, no quería ni imaginarme lo que sentiría si alguna vez podía acariciar su cuerpo.

Estábamos muy unidos y me encantaba. Lo que antes me había parecido del todo imposible, estar alguna vez físicamente con ella, en ese momento me resultaba más que probable.

Me pregunté si se había dado cuenta de que parecíamos una pareja. Incluso habíamos combinado los disfraces. Me sentía en una burbuja de felicidad hasta que toda mi efusividad y alegría se fueron a la mierda cuando Dan entró en la cocina y vi que él iba vestido de Ron Weasley. Separamos nuestras manos y el momento se rompió por completo.

«No me jodas, me cago en la puta leche», pensé. Íbamos combinados los tres.

Por un momento, me consoló pensar que yo por lo menos no iba vestido de amigo tonto del protagonista. Después, recordé que al final de la película era Ron el que se juntaba con Hermione y quise darme de cabezazos contra la pared.

Moví la cabeza, molesto, y me obligué a apartar de mi mente esos pensamientos, ya que lo único que iba a conseguir, si me regodeaba en ellos, era estar de mala hostia y amargado. Si quería que Macy estuviese a gusto conmigo, lo menos que podía hacer era lograr que pasase buenos ratos a mi lado.

La fiesta estaba siendo perfecta. A medida que pasaba la noche, me iba relajando.

Quizás demasiado.

Puede que fuese porque ya estaba segura de que todo estaba organizado o porque los combinados que estaba bebiendo habían logrado que mi carácter tenso y perfeccionista se evaporase. Sea como fuere, estaba disfrutando mucho de la noche.

Paseé la vista por la casa.

En la cocina estaban jugando una partida de póquer, en la sala de estar habían desplegado un absurdo concurso de pulsos en el que bebía la persona que perdía y en la pista de baile, en ese momento, sonaba una música lenta que invitaba a pegarse a tu pareja. La fiesta era perfecta, todo lo que había deseado que fuese.

Digamos que la noche iba *in crescendo*. Al principio habíamos estado todos los amigos juntos en la cocina tomando algo y riéndonos. Había atendido a los asistentes y me había preocupado de que a nadie le faltase nada. Andrew había estado a mi lado en todo momento, menos un rato que se había ido con los chicos a jugar al baloncesto a la cancha cerca del garaje después de que le asegurase que estaba perfectamente. Digamos que fue a medianoche cuando me relajé lo suficiente como para plantearme beber. Pero ¿qué narices? Quería vivir la experiencia y sabía que estaba segura con Andrew. En el momento en el que comencé a tomar alcohol, sabía que nada ni nadie lo separaría de mí, y justamente ese conocimiento fue el que hizo que terminase por relajarme del todo.

Desde entonces, todo se había vuelto más intenso.

En ese instante, los dos nos encontrábamos en la pista improvisada.

Estaba bailando muy cerca de Andrew. Muy muy cerca. Lo sabía. Incluso mi cerebro, un poco brumoso por el alcohol, conseguía apreciar pequeñas marcas en su cara que no había visto nunca hasta entonces. También veía una diminuta peca cerca de la oreja izquierda, lo largas que tenía las pestañas e incluso una fina cicatriz cerca del lado derecho de su barbilla que no podía parar de mirar y que deseaba lamer.

Me sentía demasiado desinhibida, mareada y feliz estando en sus brazos, disfrutando del calor que emanaba su cuerpo. Me encantaba la delicadeza y, a la vez, la fuerza con la que sus manos agarraban mi cintura. Estaba en el paraíso. No quería preocuparme de las palabras que salían de mi boca. No quería retener mis pensamientos. En mi interior se había formado una bola de necesidad que había ido creciendo durante toda la noche. Sentía el cuerpo lleno de una corriente eléctrica que tensaba mi abdomen y me hacía arder de necesidad.

Estaba excitada. Me volvía loca estar en los brazos de Andrew. Tener toda su atención sobre mí. Por todas esas circunstancias, no era capaz de encontrar ningún motivo por el cual no debía decírselo.

—¿Sabes que nunca me lo han hecho con pasión? —pregunté, dejándome llevar por la magia del momento. Sabía que lo que le estaba diciendo no era del todo correcto, pero no encontré nada en mi interior que me hiciese avergonzarme—. ¿Que no sé lo que es sentirse deseada? Y no te imaginas lo mucho que me gustaría descubrirlo.

La boca de Andrew estaba tan cerca de mi oído que escuché cómo tragaba incluso con la música sonando a nuestro alrededor. Bajo mis manos sentí su espalda y hombros tensarse. Perdió el ritmo y, durante unos segundos, pensé que dejaría de bailar, pero, tan rápido como se había desequilibrado, volvió a actuar como si no hubiese sucedido nada. Como si no acabase de confesarle una barbaridad.

—Macy, yo... —comenzó a decir, pero no terminó la frase.

¿Acaso no sabía qué decir a mi confesión? ¿Lo había asustado? ¿No sentía la misma química que yo notaba entre nosotros?

—Me gustas mucho, Andrew —añadí para que entendiese que me estaba insinuando, que quería que fuese él el que lo hiciese.

—Joder, Macy —le escuché gemir mientras apartaba el tren inferior de mi cuerpo.

Durante unos segundos me sentí ofendida, hasta que caí en la cuenta de que quizás lo hizo porque se había excitado. Pensar que existía esa posibilidad logró que me volviese todavía más valiente; o temeraria, según la perspectiva con la que se mirase.

—Llevo pensando toda la noche en morder este punto de aquí —susurré con la voz entrecortada antes de acercar mis labios a su barbilla. Justo sobre la cicatriz que tanto había deseado.

Podía notar el latido fuerte del corazón de Andrew. Pum, pum, pum. Latía al mismo ritmo frenético que el mío. Coloqué mis labios sobre su piel y los abrí para probarlo. Sus brazos se cerraron con más fuerza alrededor de mi cintura y sentí cómo los músculos de sus brazos se hinchaban contra los costados de mi cuerpo. Estaba encerrada entre sus bíceps y no podía estar más excitada.

—No deberíamos hacer esto —sentenció. Pero, a pesar de estar diciendo que no, su boca comenzó a besar mi oreja. Fue un pequeño roce, el suficiente para que me volviese todavía más valiente y girase la cara para que nuestros labios quedasen a unos centímetros de distancia—. Joder —dijo con una queja en su voz. O quizás fuese un gemido.

No sabría decirlo, ni fui capaz de averiguarlo, ya que al segundo siguiente sus labios estaban sobre los míos y mi cuerpo explosionó. Me lamió el labio inferior y luego, el superior, saboreándome. Mordió, chupó y besó unos segundos durante los cuales apenas era capaz de hilar un pensamiento. Deslizó sus manos a lo largo de mi espalda, acercándome contra su cuerpo, mientras yo solo podía desear más. Más cerca, más fuerte, más tiempo.

Sin embargo, tan rápido como me había besado, se separó de mí y la conexión entre nosotros se perdió.

—No podemos hacer esto —explicó con la voz ronca.

Tenía los ojos negros, completamente tragados por las pupilas, y su mirada era dura. Miró mis labios durante unos segundos y, cuando regresaron a mis ojos, vi que su gesto se volvía más determinado. En ese mismo instante, comprendí que no podría hacer nada para que volviese a hacerlo. Daba igual lo mucho que me hubiera hecho sentir, daba igual que no fuese capaz de apartar la mirada de su cara ni de sus labios brillantes por el beso. Nada le haría cambiar de opinión.

No sabía muy bien cómo había conseguido sobrevivir a la noche después de que Macy me dijese que le gustaba, después de que me confesase que nunca lo había hecho con pasión. Desde luego, había tenido que hacer uso de toda mi fuerza de voluntad y autocontrol para no terminar sucumbiendo a lo que mi cuerpo y mi mente me pedían. El beso… Joder con el beso. Podría vivir el puto resto de mi vida feliz solo con su recuerdo.

Lo único que evitó que me abalanzase sobre ella y le diese lo que me pedía fue que había bebido y no tenía muy claro si al día siguiente se arrepentiría. Por otro lado, tampoco quería que la primera vez que lo hiciéramos juntos, si es que eso llegaba a suceder alguna vez, fuese un polvo con la casa llena de gente, sin nada de romanticismo de por medio y ella sin estar en plenas facultades. Sonaba como la peor puta idea sobre la faz de la Tierra.

Por eso, cuando terminó la noche, la acompañé escaleras arriba, dándole la mano y agarrándola de la cintura para que se mantuviese estable. La ayudé a tumbarse en la cama y me quedé mirándola de lejos mientras se dormía. Me avergüenza decir que, cuando se durmió, la observé durante un tiempo más. Pero ¿quién podía culparme por ello? Era preciosa.

Ahora la pregunta era si, al día siguiente, con el sol de un nuevo día y las ideas claras, seguiría queriendo lo mismo de mí.

Capítulo 20

No eres la única que tiene problemas, amiga

Macy

Los primeros segundos tras despertar lo único en lo que pude pensar fue en el hecho de que me dolía todo el cuerpo. Sentía como si tuviese la cabeza metida dentro de una piscina y la presión me la estuviese apretando por todos los lados. Casi como si quisiera plegarse sobre sí misma. Desaparecer cual supernova.

Habría dado cualquier cosa para que aquella fuese la peor consecuencia de haber bebido. Juro que lo habría aguantado gustosa. Durante días o semanas, de ser necesario. Pero lo que pasó, cuando mi pobre cerebro despertó, fue que todos y cada uno de los hechos acontecidos la noche anterior regresaron a mí de golpe. Como si hubiese abierto un tapón con la bañera llena.

Oh, no. No. No. No.

No podía ser verdad.

Pero lo era.

Odiaba que, por mucho que tratase de negarlo o aunque me tapase la cara con la manta, eso no fuese a cambiar lo que le había dicho a Andrew. Que me atraía y que me gustaría acostarme con él.

—Aaaaaahhhhh —grité, tumbándome bocabajo sobre la almohada, sintiendo las mejillas calientes, en un estúpido intento por desahogarme.

Me daba vergüenza incluso pensarlo. Dios. ¿Cómo iba a volver a mirarle a la cara? ¿Cómo iba a estar a su lado como si no hubiese pasado nada?

Me quería morir.

Desesperada, me di la vuelta y me quedé mirando el techo de mi habitación durante unos segundos, en pánico. No me avergüenza reconocer que lo primero que hice fue plantearme la posibilidad de hacer como si no recordase nada de la noche anterior. Luché muy fuerte contra mí misma para no tomar ese fácil atajo. Le di vueltas a la cabeza hasta que comprendí que la mejor opción era evitar a Andrew durante el resto de mi vida. ¿Cómo de difícil podía ser?

Ni siquiera me molesté en responder a esa estúpida pregunta. Llevada por el pánico y la desesperación, cogí el teléfono para hablar con la única persona en la que confiaba lo suficiente como para desahogarme y contarle mis penas. Necesitaba que alguien me ayudase a decidir qué hacer.

Dan.

—Buenos días, señorita Hermione —contestó tras tres tonos de llamada.

—La he liado mucho.

—¿Cómo de mucho? Pero, antes de que respondas, estoy seguro de que estás exagerando en tu cabeza. Menuda borrachera más divertida que te pillaste ayer.

Tomé aire para armarme de valor. Tenía que sacarlo de dentro.

—Ayer le dije a Andrew que me atraía mucho y que quería que me follase —confesé de carrerilla. Las palabras sonaron vulgares y horribles incluso a mis propios oídos—. No he vuelto a saber nada de él. Ayer me dejó en mi habitación y supongo que se marchó cuando me quedé dormida.

—Ouch —dijo la voz de Dan al otro lado de la línea.

—¿Cómo que «ouch»? ¿Qué quieres decir con eso, Dan?

—Pues que estoy buscando la mejor manera de decirte que la has liado bien gorda. Pero olvídalo, no hay manera de suavizar esto.

—No me puedo creer que haya pensado que llamarte me ayudaría a relajarme —me lamenté.

—A ver, es que me lo estás poniendo difícil. Te juro que mi intención es consolarte, pero no sé cómo hacerlo —dijo, y contuve el aliento, preocupada, hasta que le escuché reír.

—Te odio.

—No lo haces, o si no, no me hubieses llamado.

—Puf, tienes razón. Pues, entonces, me odio a mí misma. ¿Cómo he podido hacer semejante locura en mi primera y juro que última borrachera? ¿Por qué pensé que era una buena idea?

—Emborracharse suele ser divertido. Nunca inteligente.

—Lo he notado.

Nos quedamos en silencio durante unos segundos. Me di cuenta de que poco se podía añadir a lo que ya habíamos dicho. Tenía que levantarme de la cama, ducharme y tratar de serenarme.

Justo cuando estaba a punto de despedirme de él, habló.

—Si te sirve de consuelo, no eres la única que hace locuras cuando ha bebido.

—No mucho, la verdad. Pero buen intento.

—¿Recuerdas la noche, mientras estábamos de acampada, en que bebí más de la cuenta?

—Sí —respondí, interesada. Dan había captado todo mi interés con su pregunta.

—Buf —le escuché resoplar al otro lado de la línea—. No sé si debería contarte esto, no lo sabe nadie y, como se lo digas a Sarah, juro que no vuelvo a hablarte en la vida. Todavía estoy pensando en la mejor manera de comentárselo.

—Dan, te estás yendo por las ramas y me estás poniendo nerviosa. ¿Qué pasó esa noche?

—Que llamé a Mike.

—¿A Mike? ¿Qué Mike?

—Al entrenador.

—¿Y por qué lo llamaste? —le pregunté, sinceramente perdida.

—Ya, pues esa es la cosa. Le llamé para hablar de otra noche.

—Estoy muy perdida aquí.

—Me imagino —respondió.

Y noté en su tono de voz que estaba reacio a añadir nada más.

—Me vendría bien un poco de contexto.

—Puede que esté colado por el entrenador y que hiciéramos algo más que hablar el año pasado, cuando vine a visitar a Sarah y me quedé en su casa. Ya sabes, la noche que tuvimos la cita doble contigo y con Matt.

—Joder.

—Sí, joder. No eres la única que tiene problemas, amiga.

Habría agradecido mucho que ese fuese otro día corriente. De hecho, puede que valorase demasiado poco la tranquilidad y la cotidianidad, pero, después de esa mañana, iba a aprender a hacerlo.

Lo bueno de vivir con deportistas era que, como no solían beber, incluso después de una fiesta de Halloween, el ambiente en la casa por la mañana era el de otro domingo cualquiera. Se podía hacer un buen desayuno sin importar el ruido que hicieses, ya que nadie venía con un cuchillo en la mano, decidido a matarte por haberles despertado. De hecho, solías llevarte una ristra de halagos por hacer una deliciosa comida que, por supuesto, todos engullían.

—¿Te he dicho alguna vez que tus tortillas son las mejores del mundo? —preguntó Erik, tendiéndome el plato para que le sirviese.

—De hecho, creo que esta es la tercera vez que lo haces —le acusé con el ceño fruncido—. Tío, te estás comiendo todo el alijo de comida de la nevera.

Él se encogió de hombros como si no pudiese hacer nada para evitarlo.

—Es lo que tiene tener que alimentar semejante cuerpazo, Harrington —comentó, levantándose la camiseta para que le viese los abdominales insultantemente bien cincelados.

La verdad es que no se podía negar que tenía un cuerpazo de la leche.

—No es atractivo que te lo tengas tan creído, Erik —le respondí, esbozando una sonrisa cuando se rio a carcajadas. Le serví su tercera tortilla y cerré el fuego antes de sentarme a la mesa a desayunar con todos.

—Toma. —Sarah me ofreció un par de tostadas untadas con mantequilla y mermelada, justo como a mí me gustaban—. Te he guardado esto para que no te quedes sin nada.

—Eres la mejor —le agradecí, dándole un beso en la mejilla.

Cuando todos tuvimos nuestro desayuno delante, caímos en una conversación relajada y divertida. Me gustaba estar con ellos. Disfrutaba de su compañía y me alegraba habérmelos encontrado en el camino de la vida.

—Me voy a dar un paseo por la ciudad para despejarme —le comenté a Sarah cuando terminamos de desayunar.

—¿Quieres que te acompañe? —me ofreció.

—*Nop*. Subo a ponerme las zapatillas y me piro.

Matt y ella me acompañaron escaleras arriba y se tumbaron a ver una serie. Le di un beso a Sarah antes de irme.

Justo cuando estaba saliendo por la puerta de casa, me sonó el teléfono. Era Macy. Sonreí encantado y comencé a vacilarla.

La verdad era que habíamos forjado una amistad muy bonita a lo largo de los meses y me sentía cómodo con ella. Que fuésemos amigos desde hacía poco tiempo tenía algo mágico, ya que no me sentía obligado a cubrir ciertas expectativas que sí sentía que tenía que cubrir con Sarah, por mucho que la quisiera con locura.

Era sencillo estar, hablar y comentarle locuras a Macy. Quizás fuera ese el motivo por el que terminé hablándole de mi extraña no-relación con Mike. O quizás fuera por el hecho de que ella estaba también bastante jodida sentimentalmente que no me sentí como un gilipollas al confesárselo. Quizás también fuese porque no era su tío o que Sarah sabía que nunca antes había mostrado interés por un hombre. En lo que a Macy respectaba, podía ser un bisexual superconvencido desde hacía años, no una persona que no tenía nada clara su sexualidad. No tenía por qué explicarle que jamás había sentido tanta química con alguien como con Mike. Esos fuegos artificiales.

La cuestión fue que, después de desahogarme con ella, de confesarme como si fuese un cura, me sentía mucho mejor. Más aliviado de lo que me había sentido en meses.

Decidí que, en vez de ir a dar ese paseo que antes había necesitado para oxigenarme, lo que de verdad quería hacer era pasar por la pista de hielo para ver si por un casual me encontraba con Mike y había decidido sacarse la cara del culo y se permitía acercarse un poco más a mí.

Ese fue mi error. Olvidar que no estaba solo en la casa. Olvidar que no era el único que vivía en mi habitación.

Juro que estaba tan metido en mis propios pensamientos que incluso subí las escaleras silbando. Por supuesto, no llamé. ¿Por qué iba a hacerlo en mi propia habitación?

Y sucedió lo que llevaba un tiempo asustado de que ocurriese.

Fue la profecía cumplida.

Ya que frente a mí encontré a Matt y Sarah acostándose.

Yo los miré a ellos con pánico.

Ellos me miraron a mí con los ojos abiertos por el horror y la sorpresa. Se movieron para taparse, pero el daño ya estaba hecho.

—Está decidido. Voy a buscar una casa propia —les comuniqué.

Y ninguno de los dos se atrevió a decir lo contrario, a perseguirme diciendo que era una mala idea.

No.

Todos sabíamos que esta manera de vivir había terminado.

También sabíamos que tendría pesadillas durante meses.

Capítulo 21

¿Qué te pasa en la cara?

Andrew

Esa mañana me levanté más feliz, motivado y con energía de lo que me había sentido en la vida. Bajé las escaleras de casa y entré a la cocina para desayunar antes de ir al entrenamiento.

—¿Qué te pasa en la cara? —preguntó Matt.

—Sonrío —contesté, encogiéndome de hombros al tiempo que colocaba una cápsula en la cafetera.

El ruido de la máquina calentándose era el único sonido de la cocina mientras ambos nos observábamos.

—Ya, sé cómo se llama, pero quiero saber por qué estás tú sonriendo —volvió a intentar.

—Soy feliz.

—Me alegro mucho, pero no estaría de más que lo desarrollases un poquito. Estoy feliz porque me ha tocado la lotería. Estoy feliz porque he conseguido cagar después de tres días de atasco. No sé, me podrías dar alguna pista para que me pueda alegrar contigo, tío.

—La verdad es que, ahora que lo dices, creo que es posible que me haya tocado la lotería —le dije, notando cómo la cara se me ensanchaba en una enorme sonrisa—. Pero todavía no he podido confirmarlo.

—Me alegro mucho —repitió, sabiendo después de varios años de amistad que, por mucho que tratase de sonsacarme, no conseguiría nada si yo no quería decírselo.

—Gracias.

Seguimos cada uno desayunando en silencio mientras él veía unos vídeos en el móvil y yo leía una entrevista de un grupo de *heavy* que me encantaba.

—Supongo que tampoco me vas a decir qué haces despierto tan temprano —comentó, mirándome con los ojos entrecerrados, tratando de leerme.

Una vez que me había despertado, no había sido capaz de seguir durmiendo durante un segundo más. Estaba ansioso por ver a Macy y confirmar si lo que me había dicho la noche de la fiesta de Halloween era verdad o si solo había sido fruto del momento y el alcohol. Puede que, si era muy muy afortunado, ella se sintiese atraída por mí. No era amor, pero podía trabajar con la atracción. Poco a poco, podía ir acercándome a ella para ver si conseguía que se diese cuenta de que juntos éramos perfectos, de lo mucho que la amaba y que pensaba que podía hacerla feliz. El día anterior, después de mucho pensar en lo que había pasado, me dije que tenía que lanzarme o me arrepentiría durante el resto de mi vida.

—*Nop* —respondí.

Y él se encogió de hombros, dejándome por imposible.

Esa mañana no pude desayunar. Me obligué a meter en mi cuerpo una dosis de café, ya que, con lo poco que había dormido esa noche debido a las vueltas que le había dado a mi patética y vergonzosa confesión, no iba a ser capaz de sobrevivir al día. Al menos, no sin parecer una muerta viviente.

Cuando llegué a la universidad, parecía que hubiese sido testigo de un crimen y tuviese miedo de que la mafia viniese a matarme o algo así. No podía dejar de mirar a todos los lados, asustada de cruzarme con Andrew en cualquier lugar. Era una estupidez, porque los edificios de nuestras carreras estaban muy lejos y el único sitio en el que habíamos coincidido antes era la cafetería. Y, por supuesto, no pensaba volver a ir allí en todo el curso. Ni en el siguiente. Así hasta que me hiciese anciana y ya no existiese la posibilidad de tener que enfrentarme a él después de lo que le había dicho borracha. Había sido muy bonito ir a estudiar al estadio mientras ellos entrenaban, pero eso también había terminado.

Cuando entré al edificio de mi primera clase, me sentí algo más tranquila. Saqué el ordenador y la libreta que llevaba para tomar apuntes y traté de centrarme en lo que decía el profesor. Era mucho mejor estudiar que dejar que mi cerebro hiperactivo y malvado me repitiese una y otra vez las imágenes de mi vergüenza. O peor aún: que me hiciese recordar cómo se sentían los labios de Andrew, los cuales recordaba vagamente y sabía que no iba a volver a probar.

Aunque me esforcé mucho, no conseguí concentrarme. La mañana se me hizo eterna. Cuando yo hubiese dicho que llevaba siete días seguidos en clase, descubrí que tan solo habían pasado tres horas.

Genial. No parecía que se me estuviese dando demasiado bien la mañana.

Recogí todo y salí del aula. Después de esa clase, tenía un tiempo de descanso. Me acerqué al baño, me lavé la cara y me dije un par de frases para motivarme en el espejo. Sabía que era una locura, pero ese día lo necesitaba mucho.

Después de unos diez minutos observando mi reflejo, me dije a mí misma que no debía alargarlo más, que por muchas vueltas que le diese a la cabeza eso no iba a cambiar la noche del sábado y que lo mejor que podía hacer era emplear el tiempo en estudiar. Estaba convencida de que así los minutos dejarían de arrastrarse como serpientes y comenzarían a correr con normalidad.

Abrí la puerta, salí del baño y mi mirada se topó de golpe con la espalda de Andrew. Me quedé paralizada solo unos segundos, pero fue el tiempo suficiente para ver cómo se daba la vuelta. Hasta hacía unos segundos estaba asomado dentro del aula en la que había dado mi última clase. El cruce de miradas fue inevitable. Yo estaba quieta observándolo y él buscaba por todos los lados. Cuando nuestras miradas se encontraron, dejé de respirar y no fui capaz de apartar los ojos de él. Casi como si fuese un cervatillo deslumbrado por la luz de un coche. Lo que hizo que no me perdiese cómo él aminoraba el paso al verme para luego continuar caminando en mi dirección, con mucha más seguridad, como si hubiese encontrado lo que buscaba.

Oh, Dios. No podía estar sucediendo de verdad.

No quería tener *la conversación*.

La realidad es que no pensé, solo actué. Me dejé llevar por mi cerebro reptiliano al sentirme acorralada. Ante mí, mucho más pronto de lo que hubiese deseado, estaba lo que me había propuesto evitar: un viaje hacia la vergüenza. No quería tener la charla de «somos solo amigos». Dios, no. Iba a hacer cualquier cosa por no tener que enfrentarme a eso. Me di la vuelta y deshice los pocos pasos que había dado alejándome del baño. Agarré el pomo de la puerta y me metí dentro.

—¿Qué voy a hacer? —pregunté al aire, llevándome las manos a la cara, horrorizada.

Me estaba comportando como una niña. Lo sabía. Pero no era para menos. Me había metido yo solita en una situación muy embarazosa que solo acababa de empeorar. ¿Qué le iba a decir a Andrew cuando lo viese de nuevo? Porque eso estaba a punto de suceder. No pensaba salir del baño hasta que no estuviese absolutamente segura de que se había ido. Si eso significaba que tenía que quedarme allí dentro hasta la hora en la que empezaba su entrenamiento, lo haría.

Justo cuando comenzaba a planificarlo todo en mi cerebro, la puerta se abrió, cortando mi hilo de pensamiento.

Me di la vuelta para ver quién era y abrí los ojos como platos cuando registré que la persona era Andrew.

—¿Qué estás haciendo? —le pregunté, notando cómo me trababa con las palabras, resultado de estar sumida en un torrente de vergüenza y sorpresa.

—Entro al baño —contestó él, como si su respuesta fuese la más lógica del mundo.

—Es el baño de chicas —comenté con la esperanza de que se hubiese equivocado y pudiera evitar la conversación. Pensaba aferrarme a la esperanza hasta el último segundo—. El tuyo está en la pared de enfrente.

Él se rio. El sonido de su diversión hizo que el estómago se me llenase de nervios. Eso y que cada vez estaba más cerca. Él daba un paso en mi dirección y yo retrocedía.

—Lo he visto, pero resulta que lo que quiero está dentro de este —explicó, pareciendo muy seguro, sexi y grande.

—¿Lo está? —pregunté en apenas un susurro justo cuando mi culo golpeaba la encimera de los lavabos.

—Así es —aseguró sin apartar sus ojos de los míos ni un segundo.

Cuando estuvo a unos centímetros, apoyó una mano a cada lado de mi cuerpo y se inclinó hacia delante mientras yo solo era capaz de escuchar el sonido de mi corazón, que latía desbocado en mi pecho.

Bum, bum, bum. Su olor masculino inundó mis fosas nasales y, cuando su barbilla rozó mi mejilla, cerré los ojos, incapaz de pensar. Solo podía sentir. Notaba las piernas flojas y el estómago iba a explotarme de nervios.

—Quiero saber una cosa, Macy —dijo en un tono sexi que era puro pecado.

—¿El qué? —pregunté, notando cómo el cerebro se me ralentizaba. Me costaba hilar pensamientos, solo era capaz de sentir.

—¿Lo que me dijiste la noche del sábado es verdad? ¿Sigues queriendo que suceda? —preguntó. Y me sorprendió notar que la seguridad demoledora que había esgrimido hasta el momento se tambaleaba un poco.

Durante una fracción de segundo, mi pobre cerebro aturdido sopesó qué debía hacer. ¿Decir la verdad y arriesgarse a quedar en ridículo? ¿O mentir y escurrir el bulto? Ambas opciones me parecían atractivas y llevaban consigo un cambio en nuestra relación, lo sabía. La manera en la que habíamos sido amigos hasta el momento, de forma desenfadada y con el contador limpio de tensión, se había esfumado. Yo lo había hecho. Antes de que pudiese elegir cuál de las dos opciones quería tomar, Andrew separó la cabeza de mi oído para que pudiese mirarle a los ojos y dijo:

—Solo dime la verdad, por favor —pidió con intensidad, inclinando la balanza hacia la única opción posible, como si él supiera que estaba inmersa hasta el cuello en un mar de dudas.

—Todo lo que dije es cierto —respondí en un susurro tan bajo y tembloroso que apenas se escuchó en el silencio del baño. Lo confesé con el corazón apretado, asustada por lo que mi respuesta podría significar. Asustada por su reacción.

Andrew abrió la boca, pero no dijo nada; se quedó mirándome con intensidad, con un ligero halo de inseguridad y sorpresa. Sus ojos se tornaron oscuros, la pupila fue tragándose el color marrón, mientras yo me sentía incapaz de apartar la vista de aquel espectáculo. Me miraba como si desease devorarme. Comenzó a inclinarse hacia delante, despacio. Mortalmente despacio. Mientras, yo luchaba por no marearme. Por mantener el control. Cuando sus labios rozaron los míos con cuidado, casi con reverencia, se me escapó un gemido. Andrew aprovechó la apertura de mi boca para meter la lengua. Me sentí en el paraíso. Me inundó una explosión de sensaciones. Sus labios eran carnosos y suaves. Dominantes. Se hacía cargo del beso, que iba subiendo en intensidad. Chupaba mi labio inferior, luego el superior y después mi lengua. Lo hacía una y otra vez, como si no supiera con cuál de las tres quedarse. Como si quisiera saborearme por completo. Sus manos abandonaron la encimera para posarse en mis caderas. Me levantó sin dejar de besarme y me colocó sobre el lavabo. Abrí las piernas para acunar su cuerpo entre ellas. No tuvo que pedirlo, simplemente reaccioné. Lo quería tener más cerca. Dentro de mí, ocupando cada milímetro de mi espacio.

Tan rápido como se había lanzado a besarme, se separó de mí, dejándome desorientada y fría.

Apoyó su frente contra la mía y cerró los ojos. Respiraba de forma entrecortada. Me pregunté si se sentiría tan alterado como yo lo estaba.

—Lo siento —dijo. Y, antes de que le pudiese preguntar lo que quería decir, continuó hablando—: No quiero que esto sea así.

—¿El qué?

—La primera vez que nos acostemos. La primera vez que te demuestre lo mucho que me gustas. Lo perfecta y deseable que eres —dijo.

Y cada una de sus palabras solo lograron excitarme y calentarme el corazón más. Era como si supiera lo que necesitaba oír. Lo que necesitaba sentir.

—Andrew. —Su nombre se escapó de mis labios y apreté las piernas a su alrededor.

—Esto está siendo muy difícil —comentó como si estuviera dolorido, echando su pelvis hacia atrás.

Antes de que pudiese decir o hacer algo, la puerta del baño se abrió y entró una chica. Se quedó paralizada cuando vio la situación en la que estábamos.

—Oh. Lo siento. Lo siento —se disculpó, moviendo la mano delante de su cabeza como si estuviera tratando de borrar lo que había visto—. Me marcho.

—No, tranquila —le interrumpió Andrew, separándose de mí, haciendo que por fin lograse reaccionar. Me bajé del lavabo y noté cómo la sangre acudía a mis mejillas tiñendo mi cara de vergüenza—. Ya me voy. Te escribo luego, ¿quieres? —preguntó.

Y todo lo que pude hacer fue asentir.

Él sonrió con un gesto claro de tensión y se dio la vuelta para marcharse.

Cuando le vi irse, me llevé las manos a los labios, que sentía hinchados de sus besos, mientras comprendía que había sentido más pasión y deseo en ese beso de lo que había sentido nunca teniendo sexo. No podía ni siquiera imaginarme lo increíble que sería acostarme con él.

Esa noche, mientras estaba tumbada en la cama mirando Instagram antes de dormir, recibí un mensaje de Andrew. El dedo me tembló sobre la notificación. Me daba vergüenza, emoción y miedo abrirlo. Todo junto. El estómago, que no se me había tranquilizado ni un solo segundo desde nuestro encuentro en el baño esa mañana, volvió a ponerse a funcionar a toda pastilla. Todas las mariposas que lo habitaban y que en los últimos meses se habían incrementado en millones comenzaron a volar a la vez.

Estaba siendo ridícula. Me armé de valor y bajé la pestaña de la notificación para acceder al mensaje.

> Buenas noches. Espero que hayas pasado un buen día.

> Muy bueno. ¿Y tú?

Tecleé con el corazón acelerado.

> La mañana ha sido una de las mejores de mi vida.

Me llevé el teléfono a la cara, emocionada, y grité sin emitir sonido. Dios, ¿se podía ser más maravilloso? Lo dudaba.

> Pienso lo mismo.

Escribí notando cómo se me enrojecían las mejillas y el corazón dejaba de latirme mientras esperaba asustada su siguiente mensaje. Tenía miedo de escribir algo equivocado. Algo que le asustase. Durante unos segundos, no salió nada en la pantalla de nuestra conversación, hasta que poco después aparecieron tres puntos. Tres puntos que me volvieron loca. Tres puntos que iban y venían constantemente, quitándome años de vida cada vez. Tres puntos que me dieron la sensación de que tardaban una eternidad en convertirse en texto.

> ¿Quieres que quedemos el sábado para cenar y luego veamos si te apetece que continuemos adelante con nuestro plan?

Sí, joder. Lo deseaba. Lo deseaba mucho.

> Me gustaría muchísimo.

Respondí y luego dudé con el dedo sobre el icono de un beso, pero, antes de que tomase la decisión, Andrew mandó otro mensaje.

Tenemos una cita. Dulces sueños.

Leí su mensaje y me llevé el teléfono al pecho, extasiada. Nerviosa y muy emocionada. Sabía, antes de intentarlo, que no iba a pegar ojo en toda la noche.

Capítulo 22

Me parece una idea maravillosa

—Recapacita, Dan. Te lo pido por favor —me suplicó Sarah por enésima vez frente a la pista de hielo. Llevaba todo el día persiguiéndome para hacerme cambiar de idea. No iba a lograrlo.

—Sabes que esto no es por ti. Te adoro más que a nadie en el mundo, pero la situación es insostenible. Lo era desde el principio y a lo largo de los meses lo único que ha hecho ha sido empeorar. —Mientras trataba de hacérselo comprender por décima vez, su cara no dejaba de ponerse más triste. Me partía el alma, pero ni por ello podía aguantar seguir viviendo con la tensión de estar siempre en el medio, de vivir como un gorrón.

—No nos molestas.

—De forma consciente no, pero tenéis que estar todo el rato pensando en si podéis echar un polvo. Es superviolento. No quiero vivir así. Es muy incómodo.

—Te juro que no se va a repetir —se excusó ella, luciendo martirizada.

Me estremecí de manera inconsciente cuando mi cerebro decidió proyectarme la imagen de los dos acostándose. La verdad era que hubiese muerto feliz si me ahorraba haber visto esa situación. Era antinatural.

—Oh, no lo va a hacer. Ni de coña. Voy a tener pesadillas durante años —dije, tratando de aliviar la tensión con un toque de humor. Pero las facciones de Sarah no se relajaron lo más mínimo.

—Sabes que lo siento.

—Lo sé, y no pasa nada. El problema es que no debería de haber alargado estar viviendo allí.

—Pero no te puedes permitir pagar una casa y estudiar.

—Puedo y lo haré —le repetí, cabezón.

—Tener que buscar un segundo trabajo y estudiar no es una opción. No puedes hacerlo, Dan —me rebatió Sarah, muy enfadada. Estaba al borde de la desesperación.

Sabía que me quería mucho, era consciente, la adoraba por ello. Pero era yo el que tenía que decidir y no pensaba dar marcha atrás. Haría lo que hiciese falta para tener un lugar tranquilo en el que vivir sin molestar a nadie.

—La decisión está tomada y no hay nada que puedas hacer, Sarah. Te apoyé y no dije nada cuando quisiste venir aquí. Solo te pido que hagas lo mismo por mí ahora. —Sabía que estaba jugando sucio, pero estaba cansado de discutir.

—Dan —se quejó ella, luciendo un gesto compungido, como si acabase de darle un golpe bajo.

Si hubiese sido alguien menos entrometido o las dos personas que discutían al borde de la pista de hielo antes de que empezase el entrenamiento no se hubiera tratado de Dan y Sarah, no me habría quedado escuchando. Hablaban lo suficientemente alto como para que no tuviese que esforzarme demasiado para entender a la perfección lo que decían.

«No lo digas, no lo digas», me repetí una y otra vez mientras los observaba discutir. Pero, por mucho que me lo repetí, las palabras terminaron saliendo de mi boca. Sabía que era la peor idea del mundo. La peor. Solo superada por la noche en la que había decidido que hacerle una mamada a Dan era una gran idea.

—No tienes que buscar casa. Puedes quedarte en la mía —ofrecí.

Y ambos se giraron en mi dirección, como si en ese mismo instante se hubieran dado cuenta de que estaba parado a su lado.

—¿Qué? —preguntó en un grito Dan, abriendo de forma exagerada la boca y los ojos. Parecía que acabase de darle un ictus por la impresión.

Podía comprenderlo. Le estaba volviendo loco. Le decía que no podíamos estar cerca, me alejaba de él todo lo posible, luego ligaba con él por teléfono y, cuando volvíamos a estar juntos, venía otro poco de distancia. Era lo más normal del mundo que no comprendiera qué coño estaba sucediendo. Sobre todo, porque ni yo mismo tenía ni puta idea.

—Eres el mejor del mundo —dijo Sarah, y me saltó al cuello, feliz por resolver todos los problemas de su mejor amigo.

Pero yo sabía que lo único que estaba haciendo era empeorar las cosas.

Entonces, ¿por qué no podía hacerlas bien?

La apreté contra mi cuerpo, sintiéndome una mala persona. Sarah permanecía ajena al drama que era nuestra relación. Me sentía culpable por ello, por no decirle nada, pero la idea era mantenerme lejos de él para que no hubiera nada que contar.

No iba excesivamente bien.

Sin embargo, ver a los dos preocupados y conocer el escenario tan complicado que se le presentaba a Dan no era algo que fuese capaz de ignorar. No podría soportar que estuviera mal, a esas alturas no iba a engañar a nadie.

—Es perfecto, tío. ¿Qué dices, Dan? ¿No te parece la mejor idea del mundo? —le preguntó Sarah con una emoción tan grande dibujada en cara que hasta a la persona más insensible del mundo le hubiese costado no entusiasmarse.

El silencio llenó el espacio entre los tres tras esa pregunta. El silencio y la incertidumbre.

Antes de responder, Dan me miró con los ojos entrecerrados, tratando de decidir si de verdad quería que aceptase mi oferta o solo la había lanzado para contentar a Sarah. Ver la sombra de la duda en su mirada me enterneció y quise que no le quedase la menor duda de que quería hacerlo.

—Es la mejor idea, sí. Lo tendríamos que haber pensado antes —añadí, mirando a Dan fijamente para asegurarme de que no se perdía ni una sola palabra.

A pesar de mi afirmación, dudó durante unos segundos más que se me hicieron eternos. Contuve el aliento a la espera de su respuesta, como si la vida me fuese en ello. ¿Cómo era tan gilipollas?

—Me parece una idea maravillosa. Gracias, Mike —dijo esbozando una sonrisa que llegó a sus ojos.

—Bien. Si te parece, después del entrenamiento vamos a por tus cosas.

—Perfecto —contestó, mucho más tranquilo. Parecía que el estupor había dejado paso al alivio.

Nos observamos y odié darme cuenta de que me sentía como si fuésemos las únicas dos personas en el estadio cuando tenía su atención puesta en mí. Aparté los ojos de golpe cuando unas sirenas de advertencia comenzaron a sonar.

Sabía que no tardaría en pagar las consecuencias de esa decisión.

Mientras terminaba de recoger mis cosas con la ayuda de Sarah, que se debatía entre estar feliz porque hubiese encontrado, a su parecer, el mejor lugar posible para vivir y triste porque sentía que Matt y ella me estaban echando de la casa, todavía no me podía creer que fuese a vivir con Mike. No daba crédito a que se hubiese ofrecido. Todavía no había conseguido cerrar la boca de la sorpresa, a pesar de las horas que habían transcurrido. Cuando abracé a Sarah, y bromeé con Matt y los chicos después de guardar las maletas y montarme en el coche, todavía seguía sin poder creérmelo. Tenía la sensación de que en algún momento iba a decirme que me había gastado una broma y que iba a llevarme a un hotel para que me quedase allí solo. Era la mejor opción de las que había barajado, ya que la otra posibilidad era que se deshiciera de mí matándome porque no podía estar a mi lado.

Me removí un poco en el asiento y giré la cabeza para mirarlo. Estaba serio, concentrado en la carretera, y, aunque quería agradecerle lo que había hecho, no encontré las palabras. No me atreví a romper el silencio en el que estábamos sumidos. Un silencio que parecía cargado de tensión y que estaba haciendo que mi estómago se llenase de hormigueos.

Cuando llegamos a casa, Mike abrió la puerta del garaje y metió el coche dentro. El gesto me enterneció, ya que las veces que había venido, su coche siempre estaba aparcado fuera, lo que quería decir que lo había metido para que nos resultase más fácil meter las maletas.

Una vez dentro del garaje, salimos del coche y descargamos todo.

Le seguí cuando atravesó la puerta y comenzó a subir las escaleras sin pararse en ningún sitio para explicarme dónde estaban la cocina, el salón, el baño... Ambos sabíamos que los conocía de antes.

Seguíamos en silencio, pero me sentía algo más tranquilo dentro de la casa, viendo que sí que parecía consciente de que vivir con él implicaba que entrase en su casa. Me reí de la pura tensión como un gilipollas cuando me di cuenta del pensamiento tan absurdo que acababa de tener.

Mike giró la cabeza para observarme cuando me escuchó, con la curiosidad pintada en su cara, pero continuó caminando sin decir nada. Se me borró la sonrisa de golpe y me sentí un poco más cohibido. Poco tiempo después, llegamos a lo alto de las escaleras y se paró frente a una puerta entreabierta. Miré a mi alrededor y comprobé que la habitación frente a la que estábamos era diferente a la de la vez anterior. No dije nada, pero me quedé con las ganas de saber por qué había cambiado. No pregunté, no quería escuchar la respuesta de sus labios cuando estaba claro que el motivo era que no quería que nada le recordase al año anterior. Esa visita que fue corta pero muy intensa. Esa visita que lo cambió todo y que me transformó a mí.

—Esta va a ser tu habitación —dijo, señalando el interior desde la puerta, pero sin entrar—. Las sábanas, toallas y mantas están en el armario —explicó—. Si ves que falta algo o hay algo que puedas necesitar, me dices y mañana lo compro.

Asentí con la cabeza para que supiera que le había escuchado, pero estaba tan abrumado por el momento y la situación que no sabía muy bien qué decir. Y eso en mí era muy raro. Pocas veces me quedaba sin palabras.

—Perfecto —comentó, haciendo un gesto afirmativo con la cabeza—. Buenas noches —se despidió antes de comenzar a dar la vuelta para irse, instante en el cual decidí reaccionar. Alargué la mano para impedir que se fuera y le agarré del brazo.

Mike llevó la mirada hasta el lugar donde mi mano rozaba su piel y, acto seguido, levantó los ojos y me miró como si fuese peligroso.

—Gracias —conseguí decir por fin—. Gracias por dejar que me quede aquí. Has hecho que mi vida sea mucho más fácil. No tenías por qué hacerlo —añadí para sacar de dentro lo que llevaba rondándome la cabeza desde que se había ofrecido.

—No hay de qué —comentó después de un rato, aclarándose la garganta antes de hablar.

Acto seguido, y sin que me diese tiempo a añadir nada, se soltó de mi agarre y se marchó de la habitación. Algo en la determinación de sus movimientos me dijo que, aunque en ese momento hubiese tratado de impedir que se fuese, no habría podido pararle.

Genial. Nos esperaba una convivencia llena de tensión. El sueño de toda persona.

Capítulo 23

Estábamos hablando del tiempo

Macy

Como castigo por parte del universo por ir a acostarme con el hombre más sexi y maravilloso de la universidad, la semana transcurrió a paso de tortuga.

Las horas me parecieron semanas y los días, meses mientras yo apenas era capaz de concentrarme en absolutamente nada. Mi madre se rio de mí durante toda la semana, ya que cada mañana me olvidaba de algo esencial en casa —como por ejemplo, el martes de la mochila— y luego me tocaba regresar a casa para cogerlo. En la tutoría del jueves mi profesora me llamó la atención después de estar más de cinco minutos sentada en su despacho sin decir nada.

Terrible.

Por no hablar de lo tensa que se había vuelto la relación entre Andrew y yo desde el lunes.

Todo ello hizo que no me extrañase demasiado la conversación que mantuve con Dan el viernes.

—He decidido que quiero empezar a matar.

Aquella frase se coló en mi cerebro, haciendo que conectase con el mundo de golpe.

—¿Qué? —le pregunté a Dan, que estaba sentado a mi lado en ese momento.

—Oh, ¿eso sí que lo has oído?, pero nada de lo que te llevo diciendo los últimos cinco minutos.

—Lo siento —me disculpé con una sonrisa que pretendía ser adorable para quitarle las ganas de asesinarme.

—¿Qué es lo que te pasa? —preguntó entonces entrecerrando los ojos, tratando de leerme.

—Nada, es solo que he tenido una semana un poco intensa — respondí, intentando ser todo lo vaga posible.

No quería compartir con nadie lo que Andrew y yo teníamos pensado hacer al día siguiente. No es que pensase que estaba mal. No era eso. Ninguno de los dos teníamos nadie a quien darle explicaciones. La verdad era que quería atesorarlo en mi interior. Tenía miedo de que, si lo verbalizaba, si al final no sucedía, fuera devastador. Eso y que me parecía algo muy íntimo y privado, por mucho que fuese una petición por mi parte a la que él había accedido. Me aterraba que solo lo estuviese haciendo por mí, pero cuando lo pensaba a conciencia me daba cuenta de que, si no hubiera querido, podría haberse hecho el loco y no venir a preguntarme.

Lo dicho, le estaba dando demasiadas vueltas a la cabeza, lo que hacía que fuese incapaz de estar centrada en nada.

—Sabes que no me creo ni una palabra de lo que me acabas de decir, ¿verdad? —comentó Dan, mirándome con ojos acusadores que hicieron que me revolviese nerviosa en las gradas—. Pero, bueno, si no quieres decírmelo, te dejaré en paz —dijo, haciendo que me relajase de golpe—. Por ahora —añadió con una sonrisa malvada.

Antes de que pudiese quejarme, Andrew se paró a nuestro lado de camino al vestuario.

—Hola —saludó, quitándose el casco y esbozando una sonrisa.

Me abstuve de suspirar; se le habían humedecido los laterales del pelo por el sudor y sus pómulos estaban rojos, mezcla del frío de la pista y del esfuerzo. Aquella combinación hacía que los ojos se le viesen todavía más brillantes y hermosos. Que el marrón fuera más intenso. Dios. ¿Cómo era posible que cada día estuviese más guapo?

Salí del trance cuando Dan se aclaró la garganta a mi lado. Desvié la mirada hacia él y empezó a gesticular con la boca. Me esforcé por entenderle. Cuando comprendí que me estaba diciendo que saludase, me puse de un color rojo cereza. Mierda.

—Hola —dije, pero sonó más como una pregunta.

Andrew esperaba frente a mí, paciente. Como si no le importase mi comportamiento extraño. Nos quedamos en silencio observándonos durante unos segundos que se me hicieron eternos mientras luchaba para encontrar algo divertido que decir, o por lo menos algo. Cualquier cosa. Sin embargo, parecía que toda mi inteligencia se había esfumado con su presencia. ¿Qué me pasaba? Yo no era así de cortada. No lo había sido nunca.

Agradecí muchísimo cuando Andrew fue el primero en hablar.

—¿Quieres que te lleve a casa cuando me duche? —preguntó, lanzando una mirada a Dan antes de volver a concentrarse en mí.

—No, gracias, he traído a Linda —le expliqué.

—Oh, vale. En ese caso, si le da por no querer arrancar, me llamas —bromeó.

—Por supuesto, pero está muy formal últimamente, desde su último paso por el mecánico.

Nos reímos y, después de unos segundos, volvimos a quedarnos en silencio de nuevo.

Oh, Dios.

Todo se había vuelto raro entre nosotros. Casi como si una tensión invisible pero palpable envolviese todas nuestras interacciones.

—Voy a ducharme —comunicó Andrew, señalando hacia el interior del estadio.

—Perfecto. Disfruta —le deseé, intentando mantener una sonrisa que no pareciese demasiado forzada. ¿Por qué tenía que haberle dicho esa tontería? Oh, Dios. ¿Por qué me tenía que comportar de una forma tan extraña?

—Gracias —respondió y nos observó durante unos instantes antes de darse la vuelta y marcharse.

Me quería morir.

—Vale —comentó Dan cuando Andrew desapareció por el pasillo hacia los vestuarios—. No hace falta que me digas quién te tiene tan ausente —aseguró, riéndose a carcajadas.

—Eres un amigo de mierda —lo acusé—. Por cierto, ¿cómo van las cosas con el tío de Sarah? —pregunté, poniendo cara de malvada.

—Eso es jugar sucio —me devolvió.

—Entonces, hasta que ninguno de los dos lo necesite, vamos a meternos en nuestros propios asuntos.

—Estoy dentro.

Decir que me pasé todo el día con el estómago apretado por los nervios sería el eufemismo del siglo. Me sentía en una nube. Incapaz de borrar la sonrisa estúpida de mi cara.

Nunca había estado tan histérica. Por supuesto, no había podido tomar nada más que café en todo el día, lo que no ayudaba precisamente a mis nervios. Estaba segura de que estaba al borde, por no decir metida hasta las rodillas, de una crisis nerviosa. No hacía falta más que echar un vistazo a mi habitación para darse cuenta.

Toda la ropa de mi armario estaba tendida sobre la cama, manteniendo un equilibrio precario, tanto que, si lanzaba una sola tela más, toda la montaña se caería y se desparramaría por el suelo de la habitación. Me había probado todo. Y, cuando digo «todo», quería decir cada prenda. Incluida la ropa interior. Era la primera vez en mi vida que me vestía para una cita planeando también la lencería que me pondría. Oh, Dios. Estaba siendo muy difícil.

Quería gustarle a Andrew. Quería que, cuando me desnudase frente a él, me desease. No había querido darle muchas vueltas al pensamiento tóxico que me repetía una y otra vez que no tenía suficiente atractivo como para encenderle. Odiaba pensar así, lo odiaba porque sabía que, si no sucedía con él, lo haría con otra persona. Mi lado racional me decía que el problema no era yo, pero mi subconsciente y mis sentimientos me estaban haciendo pasar un momento muy complicado.

Tenía que relajarme, concentrarme en pasar un buen rato y dejar que las cosas fluyesen por sí solas. A fin de cuentas, me gustaba mucho estar con Andrew. Ese era el problema y la solución.

Debía centrarme en estar tranquila y en disfrutar. Por mucho que la inquietud me estuviese comiendo por dentro.

Me había pasado toda la semana planificando la cita. Quería que fuese la mejor en la que había estado. Que le gustase. Que se diese cuenta de que me importaba. Había cuidado hasta el más mínimo detalle. Quería que supiese que era muy valiosa y deseada. Que mi prioridad y mi placer era estar con ella.

Cuando me monté en el coche para ir a buscarla, no pude evitar sonreír como un tonto. Estaba a punto de vivir uno de los momentos con los que más había soñado durante toda mi vida. Iba de camino a casa de Macy para tener una cita con ella. Joder. Casi sentía como si todo fuese un sueño. Un sueño del que no quería despertarme jamás. No habría cambiado por nada del mundo ese momento ni la complicidad que habíamos desarrollado en los últimos tiempos.

Por mucho que lo intenté, nada me ayudó a poner mis nervios bajo control. Ni poner las canciones más salvajes que conocía, con el doble bombo resonando a tope por los altavoces.

Cuando llegué a la entrada de su casa, me bajé del coche y subí las escaleras para llamar al timbre. Cuando la puerta se abrió, me encontré con su padre.

Maravilloso.

No hacía falta ser la persona más inteligente del mundo para darse cuenta de que no le gustaba en exceso.

—Señor —le saludé, haciendo un ligero gesto de respeto con la cabeza. Me hubiese gustado agradarle.

—Andrew —pronunció mi nombre, y se quedó mirándome como si quisiera aplastarme con sus manos y hacer que me evaporase.

Sí, fue superdivertido. No iba por el buen camino con eso de gustarle.

Nos quedamos mirándonos en silencio durante unos segundos y empezó a entrarme el pánico. Tenía que decir algo. Tenía que parecer una persona sociable. Una persona a la altura de su hija. Pero me costaba horrores despegar los labios y obligar a las palabras a salir de mi boca. Empecé a notar cómo el sudor, fruto de la tensión, brotaba en mi frente.

—Hace una buena noche —dije.

Y su padre abrió los ojos con sorpresa, como si se le acabase de ocurrir la idea de que era corto de mente.

—¿Crees que he salido a abrirte la puerta para hablar contigo del tiempo, chico? —preguntó con incredulidad.

—No, señor —respondí con firmeza, avergonzado. No quería que pensase que era un tonto.

—He salido a advertirte —aclaró con tono duro—. Como le hagas daño a mi hija, vas a desear no haber aparecido nunca en la puerta de esta casa.

Antes de que pudiese decir nada, salió Macy, robando toda mi atención. Llevaba un vestido negro que se ajustaba a las curvas de su cuerpo y que hizo que me resultase realmente difícil no quedarme mirándola con la boca abierta. Estaba espectacular. *Era* espectacular. Su pelo rosa suelto en cascada a los lados de su cara, cayendo sobre sus hombros, era el broche de oro. Dios mío. ¿Cómo podía ser tan afortunado de que fuese mi cita?

—Buenas noches —saludó, mirando entre nosotros con los ojos entrecerrados—. Papá, ¿estabas molestando a Andrew?

—No, para nada. ¿A que no, chico? —me lanzó la pelota.

—Qué va, estábamos hablando del tiempo —le expliqué a Macy, que me observó extrañada.

—Exacto —apoyó su padre.

Siguió mirando entre ambos, dejando claro que no le estábamos engañando, pero a pesar de ello lo dejó correr.

Lo que no sabía Macy, no todavía al menos, era que ni todas las amenazas del mundo por parte de su padre —ni de nadie— me harían dudar un segundo sobre querer estar con ella. La única que tenía el poder de alejarme de su lado era ella misma. Por el resto, estaba dispuesto a hacer lo que hiciera falta para lograrlo.

—¿Nos vamos? —preguntó, mirándome con una sonrisa.

—Claro.

—No vengas tarde —pidió su padre mientras bajábamos las escaleras hacia mi coche.

—Papá —se quejó ella. Pero, a pesar de eso, subió el par de peldaños que habíamos descendido para darle un beso—. No te preocupes. Voy a estar muy bien —le dijo en bajo, pero pude escucharla.

Se me dibujó tal sonrisa en la cara que casi me la partió en dos. No me hacía falta distanciarme de la situación para saber que estaba viviendo un momento mágico. Toda la noche lo iba a ser, tanto si terminábamos en la cama como si no.

Conduje hasta el centro de la ciudad. El camino estuvo cargado de tensión, pero no era una tensión mala, no como las veces que nos habíamos visto a lo largo de la semana en la que ninguno de los dos parecía ser capaz de encontrar las palabras adecuadas para iniciar una conversación con el otro. No. La tensión que se respiraba en el coche estaba cargada de anticipación y de esperanza. Había un deseo de estar bien. De disfrutar del otro y de hacer que estuviese a gusto. La posibilidad de acostarnos estaba presente en cada paso que dábamos.

Dejamos el coche en un aparcamiento entre el restaurante donde había reservado y el hotel. Solo pensar en ello llenaba mi cuerpo de un cosquilleo delicioso. Cuando llegamos al local, Macy giró la cabeza para mirarme.

—No es una coincidencia que hayas cogido mesa en el restaurante que sirven mi tarta de zanahoria favorita, ¿verdad? —preguntó, emocionada, con los ojos brillándole.

—No lo es. Quería que todo fuese perfecto —confesé en un tono de voz bajo que pretendía ser íntimo.

—Gracias —respondió ella después de unos segundos en los que pareció buscar la palabra adecuada para decir.

Entramos al restaurante. Paramos frente al atril y esperamos a que fuese nuestro turno. Le di mi nombre al camarero y, tras comprobar la reserva en el libro, nos acompañó a nuestra mesa.

—Me encanta este restaurante —comentó Macy, acercándose a mí. Su brazo desnudo rozó el costado de mi camisa y logró que la mitad de mi cuerpo se estremeciese de placer—. Que todo esté lleno de plantas verdes y muebles de madera le da un aire rústico maravilloso —señaló, entusiasmada, mirando a todos los lados.

La hubiese imitado, pero me sentía incapaz de apartar los ojos de ella. Aun así, hice un esfuerzo tratando de ver el local desde su prisma.

—Parece que estamos en medio de la selva —comenté riendo.

—Sí, es casi como si estuviésemos otra vez de acampada. Eso sí, mucho más sofisticado —añadió en un tono jocoso que hizo que se me relajasen un poco los hombros.

Nos sentamos el uno frente al otro y miramos la carta. Si por mí hubiese sido, no habríamos comido nada. Estaba demasiado nervioso como para hacerlo, y eso que era difícil quitarme el hambre, pero el momento que estaba viviendo me tenía demasiado alterado. Aunque en el buen sentido.

Durante la cena nos acompañó una especie de tensión cargada de anticipación que apenas me permitía respirar. Podía notar que Macy había cambiado la forma en la que me veía; yo siempre la había visto igual. Como la mujer de la que estaba enamorado y que tanto deseaba. Como la mujer maravillosa e inalcanzable que era.

Estaba en medio del mejor sueño de mi vida y no quería despertar jamás.

—Madre mía, Andrew —comentó Macy gimiendo por el sabor del bizcocho de zanahoria que se había metido a la boca, haciendo que mi entrepierna se tensase y yo me removiese incómodo en la silla—. No recordaba que estuviese tan bueno. Tienes que probarlo —dijo, y llevó la cuchara que acababa de sacarse de la boca al postre para coger un trozo y después acercarlo a la mía.

Tuve que morderme la lengua literalmente para no gemir ante el gesto. Acababa de ver la realidad. No iba a sobrevivir a la noche. Iba a morir de un ataque de nervios, de un infarto o por una gangrena en los genitales. Cualquiera de las tres posibilidades.

Me metí la cuchara en la boca bajo la atenta mirada de Macy, que esperaba impaciente mi reacción. El sabor delicioso del bizcocho, que ciertamente era el mejor que había probado, estalló en mis papilas gustativas y fue mi turno de gemir. Macy abrió ligeramente la boca y noté, por su forma de mirarme, por el brillo de deseo que vi en sus ojos, que se había dado la vuelta a la situación. Ahora era ella la que estaba afectada por mi gemido. Sentí un calor delicioso recorriendo mi cuerpo al comprender que yo también le afectaba a ella. No veía el momento de que nos quedásemos solos.

—Está delicioso —le dije tratando de sonar seductor.

Parecía que desde el lunes no pudiésemos hacer nada que no elevase la tensión que existía entre nosotros.

Poco después de terminar con el postre, salimos del restaurante. Una vez fuera, nos quedamos parados en mitad de la calle. No hacía falta que Macy verbalizase que no sabía qué hacer. Su postura corporal lo decía por ella. Así que decidí tomar la iniciativa. Después de todo, había sido yo el que se había encargado de preparar la cita, ya era hora de que me pusiera los pantalones de niño grande y encarase la situación.

—He reservado una habitación de hotel para que podamos estar más tranquilos —dije, y sentí que me ponía rojo. Joder, había sido demasiado directo. No sé, haberle propuesto dar un paseo antes habría sido mucho más decoroso. Era un gilipollas—. Si te apetece, claro. Si no, podemos ir a dar una vuelta.

—Quiero ir al hotel —me cortó ella, agarrándome del brazo y sonriendo como si le hubiese hecho gracia mi apuro.

Menos mal.

—Perfecto. Está muy cerca de aquí —expliqué, señalando al otro lado de la calle, a un edificio grande que había al final—. ¿Quieres ir dando un paseo?

—Me encantaría.

Comenzamos a andar en silencio mientras yo trataba de recordar cómo se respiraba. Mientras, luchaba con todas mis fuerzas por no alargar la mano y tirar del cuello de mi camisa, que, por algún motivo que se escapaba a mi comprensión, había decidido estrangularme.

El hotel era muy lujoso. Nos acercamos al mostrador y traté de no moverme nerviosa sobre mis pies mientras esperábamos a que nos atendiesen. No nos hicieron esperar demasiado, lo que agradecí sobremanera. Poco tiempo después de haber entrado, teníamos la llave de nuestra habitación. Solo pensar en ello hacía que todo el cuerpo me llamease, y aún estábamos parados frente al ascensor. Cuando llegó, entramos y observé cómo Andrew pulsaba el botón del séptimo piso. Agradecí que fuese él quien lo hiciese, porque sabía que yo no habría podido hacerlo sin temblar. Estaba muy nerviosa. Cada centímetro de mi cuerpo estaba atravesado por una corriente eléctrica que me impedía concentrarme en otra cosa que no fuese él. Tragué saliva cuando se dio la vuelta y se acercó a mí. Mucho. Hasta que las puntas de nuestros calzados se rozaron.

—¿Estás segura de esto? —preguntó, sorprendiéndome.

Asentí con la cabeza, incapaz de verbalizarlo.

—Casi no puedo creérmelo —dijo segundos antes de bajar la cabeza con decisión y besarme.

Sus labios eran tan suaves y deliciosos como los recordaba. Empezaron depositando pequeños picos suaves sobre mi boca que cada vez se volvían más prolongados. Su pasión me sorprendió y me encendió. Sus manos acunaron mi cara para luego ir a la parte trasera de mi cabeza y apretarme el pelo. Comenzó a devorarme y me estaba perdiendo en sus besos justo cuando se apartó.

—Hemos llegado —anunció con una risilla, apoyando su frente en la mía.

—Vale —dije, separándome de él mientras la cabeza me daba vueltas de la excitación.

Bajó la mano de mi pelo y entrelazó sus dedos con los míos. Comenzamos a caminar, y no me perdí cómo se acomodaba su excitación. El gesto hecho con cuidado, sin ser para nada obsceno, subió mi calor un grado más hacia la locura. Me volvía loca ver que nuestros besos, la cercanía de nuestros cuerpos, le habían afectado.

Llegamos a la puerta de la habitación. Todo el proceso se me estaba haciendo demasiado largo, el tiempo que las manos de Andrew no permanecían sobre mi cuerpo, el tiempo durante el cual yo tampoco podía tocarle. Una vez que había empezado, no quería parar. Quería más. Acariciarle, sentir su pasión; era adictivo.

Para cuando mi cerebro registró el sonido de la puerta cerrándose, Andrew ya estaba sobre mí. Sus labios se habían vuelto más exigentes y sus manos se movían insaciables sobre mi cuerpo. La cabeza me daba vueltas.

—Y tú, ¿deseas esto? —le pregunté entre gemidos mientras él besaba mi cuello. Me costaba hablar, pero necesitaba saber si lo quería tanto como yo. Necesitaba saberlo para perderme en el momento. Para disfrutar sabiendo que no se sentía obligado.

—No te puedes hacer una puta idea de cuánto —aseguró sin apartar su boca de la columna de mi cuello, con una voz tan ronca que apenas reconocía como suya.

La excitación era palpable en su tono. Parecía... Parecía dolorido.

—Andrew —dejé escapar su nombre con un jadeo.

—Me vuelves loco —dijo, bajando el tirante de mi vestido mientras depositaba besos en la piel que dejaba expuesta—. No puedo dejar de pensar en ti. —Sus manos fueron a mi culo y me elevó en el aire. Mis piernas rodearon su cintura y comencé a acariciar los músculos de sus brazos. Su fuerza me excitaba—. Es un honor poder acariciarte. Poder besarte.

—Andrew —volví a decir, porque parecía ser la única palabra que mi cerebro lento y lleno de deseo era capaz de pronunciar.

Las piernas de Andrew golpearon el borde de la cama. Me desenredé de su cintura para ponerme de pie sobre el colchón. De esa manera, estábamos casi a la misma altura. Nos miramos a los ojos con deseo, sin pronunciar palabra, y sentí una conexión con él como nunca había experimentado con nadie.

Esa vez fui yo la que se inclinó hacia delante para reanudar el beso. No pude resistirme a la visión de sus labios húmedos entreabiertos. A la forma en la que me miraba casi con devoción. Mis manos fueron a los botones de su camisa para abrirlos. Las suyas buscaron la cremallera de mi vestido y, sin separar nuestros labios del cuerpo del otro, comenzamos a desnudarnos. En pocos segundos yo estaba en ropa interior, temblando de deseo, y Andrew estaba sin la camisa, con los pantalones vaqueros abiertos. Deslicé la mirada por su pecho enorme, lleno de músculos dorados, salpicados por algunos parches de vello y me mordí el labio para evitar gemir. Tenía un cuerpo impresionante, digno de estar tallado en alguna escultura. Mirarle me dejaba sin aliento y me volvía loca de deseo.

—Madre mía, Macy —se maravilló, mirándome de arriba abajo. No me hacía falta preguntarle si le gustaba lo que estaba viendo. Sus pupilas dilatadas y el brillo de deseo en sus ojos lo gritaban por él—. Eres lo más precioso que he visto en mi vida. Me muero por ti.

Después de esas palabras, nos perdimos el uno en el otro. No hubo más conversación. Solo podíamos sentir. Desear. Disfrutar.

Andrew se deshizo de mi ropa interior. Acarició con reverencia mis pechos, mi estómago, y luego su mano se hundió entre mis muslos mientras yo me perdía en el deleite.

Me encontré tendida sobre la cama, con Andrew entre mis piernas dándome placer con su boca, desdibujando todo a mi alrededor. Solo existía él, su lengua, sus manos implacables que se morían por satisfacerme. Y yo solo lo podía tomar. Grité mi orgasmo mientras él exprimía hasta la última gota. Le sentí moverse, pero estaba demasiado sumida en mi alivio como para registrar lo que hacía. Lo siguiente que supe fue que se había subido a la cama y que esta vez no había nada de tela entre nosotros. Se había quitado el pantalón.

Se tumbó sobre mí y noté su erección cubierta por un preservativo antes de que depositase un beso en mi boca.

—Macy —dijo mi nombre con reverencia—. Me muero por entrar en ti. ¿Me dejarás hacerlo? —preguntó.

Noté que cada palabra que pronunciaba le costaba un mundo. Su erección se rozaba contra mi pierna ligeramente, casi como si no pudiese controlarlo. Como si no pudiese evitar acariciarme.

—Si no lo haces, te mato —le amenacé, llevando los talones a su culo y apretándolo contra mí.

No tenía ni idea de dónde venía esa necesidad, ese atrevimiento por mi parte, solo sabía que no quería pararme a analizarlo. Quería disfrutarlo.

—Sí, joder.

Se separó un poco de mí, tan solo unos centímetros, los justos para meter la mano entre nuestros cuerpos. Le sentí agarrar su erección y un segundo más tarde estaba colocándola en mi entrada. Empujó ligeramente y sacó la mano. La apoyó al lado de mi cara y me miró. Sentí como si quisiera ver mi reacción mientras se metía dentro de mi cuerpo. Mientras nos uníamos de la forma más íntima en la que podían hacerlo dos personas. Me dio la sensación de que, en vez de estar teniendo sexo, estábamos haciendo el amor, y se me encogió el estómago. Lo quería. Pero no quería pedir más de lo que él estaba interesado en dar. Ya me estaba dando mucho. Sus caricias habían sido firmes, exigentes y, a la vez, delicadas, como si estuviera tocando una pieza muy valiosa.

Me volvió loca ver la cara de disfrute y asombro que ponía mientras empujaba en mi interior. Sus ojos se volvieron vidriosos y, a pesar de que acababa de tener un orgasmo, volvía a estar al borde.

—Dios, Macy. Eres perfecta —dijo con la voz ronca y entrecortada.

Apoyó su frente sobre la mía cuando entró por completo en mi interior. Nos observamos en silencio mientras todo lo que había a nuestro alrededor desaparecía, solo quedamos nosotros. Solo podía sentir cada parte de mi cuerpo que estaba en contacto con el suyo.

Nunca había tenido un sexo como aquel. Estaba siendo la mejor experiencia de mi vida y la sentía como la primera vez.

Como si todo lo que había hecho antes no hubiera contado.

Como si hasta ese momento no hubiera tenido ni idea de lo que era acostarse con alguien.

Como si hasta ese momento no hubiera sabido lo que era abandonarse a otra persona.

Como si hasta ese momento no hubiera comprendido lo que era el deseo.

Estaba mareada por el placer, la habitación daba vueltas a mi alrededor y solo podía escuchar los gemidos que Andrew profería, gemidos que se parecían mucho a gruñidos. Noté el momento exacto en el que se soltó la cuerda que hasta ese instante le había retenido, porque sus estocadas se volvieron más fuertes, más profundas, y empezó a darme placer con abandono.

—Estoy al borde, preciosa. Me vuelves loco. Nunca he sentido nada tan maravilloso como tú— me dijo de forma desordenada entre estocadas y jadeos.

—Voy a explotar —logré decir segundos antes de gemir su nombre y alcanzar el orgasmo.

Después, noté que Andrew se tensaba sobre mí y llegaba al éxtasis. Me agarré a su espalda con fuerza. No quería separarme de él nunca más. Quería prolongar ese momento para siempre. Esa conexión, ese placer.

Cuando terminamos, Andrew se quedó tendido sobre mí, pero apoyando casi todo su peso en los codos. La verdad era que no quería que se quitase de encima. No quería que saliese de mi interior. Por lo que, cuando se apartó después de unos segundos, agarrando el condón con la mano para que no se le quitase, tuve que esforzarme para no emitir un sonido de queja. Le observé cuando se levantó y caminó hacia el baño, alternando entre mirarle el culo —uno muy estupendo, por cierto— y la espalda interminable y llena de músculos, que servirían de maravilla para dar una clase de anatomía en la universidad.

Cuando desapareció en el baño, se me encogió el estómago. Me sentía blanda, cálida y preocupada. Preocupada por perderle. Quería que regresase a la cama y me abrazase. Oh, Dios. Esto pintaba mal. El momento de darnos placer había terminado y yo quería más de él. Sentí un nudo en la garganta al comprender que me estaba enamorando y que lo que acabábamos de hacer me había confundido todavía más.

Cuando regresó a la habitación y caminó hasta la cama, tendiéndose frente a mí, me esforcé por serenarme. Por parecer entera. Por que mi rostro no reflejase lo asustada que estaba. Sin embargo, me di cuenta de que, si yo apenas era capaz de distinguir sus facciones, él tampoco podría hacerlo con las mías. No sin que tuviera un superpoder más allá de ser un dios del sexo. Estuve a punto de soltar una carcajada y comprendí que estaba demasiado emocional. En una montaña rusa de sentimientos. Lo mejor era que mantuviese la boca cerrada y el cerebro frío. No quería hacer nada que afectase a la relación que habíamos desarrollado. Más de lo que ya lo habíamos hecho, quería decir.

—¿Estás bien? —preguntó en un tono bajo, paseando su vista por toda mi cara. Lo supe porque podía ver el blanco de sus ojos destellar cuando los movía. Levantó la mano que no estaba bajo su cabeza y, antes de que sus dedos llegasen a tocarme, se quedó parado.

—Sí —respondí casi en un susurro, deseando que la mano me tocase, cuando comprendí que quizás él también estaba preocupado por lo que habíamos hecho. No quería que se sintiera así.

—Quiero decir si has estado a gusto —insistió. Su voz se había tornado preocupada, insegura.

—No sabía que eras de los que necesitan cumplidos. ¿Es eso lo que estás buscando? —le pregunté, divertida.

No había forma humana de que no hubiese notado lo mucho que me había hecho disfrutar. Era un milagro que la habitación no hubiera ardido con las chispas que salían de nuestros cuerpos. Había sido mágico.

Andrew se rio y su carcajada llegó hasta mi boca. Me hizo sonreír como una tonta. Me apretó el corazón.

—Supongo que eso significa que te lo has pasado bien —comentó, más tranquilo, pero sin parecer seguro del todo.

—Me ha gustado mucho, la verdad —confesé, y me sentí enrojecer. Por lo visto, podía seguir haciéndolo incluso después de acostarnos. Aun así, no me importaba ser tan sincera en ese aspecto. Quería que no tuviese ninguna duda.

Mis ojos se desviaron a su boca, y sentí el impulso que apenas pude contener de echarme hacia delante para posar mis labios sobre los suyos.

Quería besarle. Quería tener el derecho de hacerlo. Eso me hizo comprender que tenía que cortar de raíz. Había confundido demasiado las cosas. Más de lo que era sano para mi corazón.

—No sabes lo que me alegro —comentó, aliviado.

—No quiero que esto vuelva las cosas raras entre nosotros —dije, sabiendo que estaba siendo demasiado directa.

Pero estaba asustada de perderlo. No quería salir de esa habitación sin la seguridad de que todo estaba bien. De que nosotros estábamos bien. De que al día siguiente iba a seguir contando con él.

—Claro —respondió después de unos segundos de silencio—. Entiendo que esto no cambia nada. Tranquila.

Su respuesta me desconcertó, pero decidí que no quería continuar dando vueltas al tema. Quería actuar como si no acabásemos de acostarnos juntos y me acabase de dar el mejor sexo de mi vida. Quería actuar como si no quisiera con todas mis fuerzas repetirlo en ese mismo instante.

Estaba asustada y con los sentimientos demasiado en la superficie como para sentirme cómoda analizándolos. Lo único que tenía claro era que no quería perder a Andrew. Eso se puso en el primer puesto de mis prioridades.

Después de un rato, noté que su respiración se estabilizaba. Fue entonces cuando me dejé caer en el sueño. A su lado, envuelta por sus brazos, fue sencillo sucumbir.

A la mañana siguiente nos vestimos sin hablar mucho y comprendí que la Macy que salía ese día de la habitación de hotel no era la misma que había entrado.

Tenía demasiadas cosas en las que pensar. Ahora tenía miedo de que todo se hubiese complicado entre nosotros. Tenía pánico de perderlo.

Capítulo 24

Tierra llamando a Macy

Andrew

Cualquier pensaría que, después de acostarte con alguien, las cosas deberían volverse más claras entre vosotros. Pues bien, eso era exactamente lo que *no* había pasado con Macy y conmigo. Desde que el sábado pasamos la noche juntos y tuve el mejor sexo de mi vida, cosa que ya había tenido claro antes de que sucediese, nuestra relación se había enrevesado todavía más.

Yo tenía buena culpa de ello.

Si antes ya no podía sacármela de la cabeza, ahora todavía menos. Mi necesidad de ella se había multiplicado por mil; lo que, si me hubiesen preguntado hacía unos días, habría dicho que era imposible.

Tenía la sensación de que ambos estábamos tratando de mantener una sensación de normalidad, pero, por lo menos por mi parte, aunque a simple vista pareciera que lo estaba logrando, fallaba estrepitosamente. Como, por ejemplo, en ese momento.

Acababa de terminar de ducharme después del entrenamiento e iba directo hacia Macy, que estaba fuera del estadio junto a Dan y Sarah, para invitarla a que nos acompañase a tomar unas cervezas antes de ir a casa. Los chicos habían dado por hecho que se lo tenía que decir yo, ya que nos habíamos vuelto muy cercanos. Si solo supieran lo poco amigo que me sentía de ella...

—Hola —saludé cuando llegué frente a ellos.

Las piernas me temblaban. No podía dejar de pensar en que quería ser algo más para Macy. En que quería volver a sentirla tan íntimamente como el sábado.

—¿Ya habéis acabado? —preguntó Sarah, poniéndose de puntillas para ver detrás de mí y fallando.

Era demasiado alto para que pudiera hacerlo. Me hizo sonreír.

—Ahora mismo vienen —le expliqué—. Me he adelantado para deciros que vamos a tomar unas cervezas.

—Ah, vale.

—Pienso machacar a Ashford jugando al billar —comentó Dan, frotándose las manos, emocionado.

—Allí vienen —dijo Sarah, y se marchó a su encuentro.

Los vi alejarse y luego tan solo quedamos Macy y yo.

Hablé antes de que el pánico me paralizase.

—¿Te vienes? —le pregunté, y me sentí bastante orgulloso de que mi voz sonase tranquila. Era un comentario lo suficientemente desenfadado como para que no se me notasen las ganas locas que tenía de pasar tiempo con ella.

—Claro —asintió, y me sonrió.

Algo dentro de mí se calmó un poco. Parecía que éramos capaces de hablar de forma normal. Solo habíamos cruzado un par de palabras, pero no habían resultado demasiado forzadas. Por lo menos, su respuesta rápida y alegre no lo había parecido.

Me senté en el reservado del bar y la observé desde el sofá. Kent y Matt estaban a mi lado. Este último acababa de tirar de la mano de Sarah para que cayese sobre sus piernas y estaba besándola en el cuello mientras ella fingía resistirse, pero para cualquier espectador quedaba claro que estaba encantada.

Nunca jamás había sentido más envidia en la vida. Quería lo que ellos tenían, pero con Macy. Quería que fuésemos nosotros las dos personas que estaban teniendo muestras públicas de cariño en ese sofá.

Aparté la mirada de la escena y la posé sobre Macy. No me costó encontrarla. Si ella estaba en una habitación, yo siempre sabía dónde. Siempre era lo primero que veían mis ojos. Lo que más les gustaba apreciar.

Cuando la observé, el corazón se me apretó. La miraba y deseaba estar con ella, darle la mano delante de nuestros amigos. Quería pasar la mano por su pelo cada vez que decía algo gracioso. Quería besarla. Quería tener el derecho de hacerlo. Era muy difícil mantenerme distante. Las líneas que separaban nuestra amistad se habían desdibujado completamente para mí. Quería que fuese mi pareja.

Necesitaba hacer algo para que se diese cuenta de que yo sí que quería tener una relación con ella. La cuestión era si sabría hacerlo. Si ella estaría dispuesta a ir más lejos conmigo. Y, sobre todo, ¿cómo iba a lograrlo?

Dudaba que alguien pudiese parecer más sexi sentado en el sofá de un bar. Andrew estaba bromeando con los chicos, con una postura relajada y los brazos echados sobre el respaldo, rezumando fuerza y sensualidad por cada poro de su cuerpo. Dios, si es que, aunque llevaba una camiseta de manga larga, era imposible no ver esos músculos enormes. Esos músculos que el sábado me habían envuelto y me habían apretado contra sí. Esos brazos que me habían dado placer.

Puf. Estaba fatal. No podía quitarme de la cabeza la manera en la que me había hecho sentir. La pasión y el deseo. Parecía una mujer con un pensamiento unicelular. Yo, que nunca le había dado demasiada importancia al sexo. No lo había hecho hasta que me di cuenta de que no había disfrutado nunca. Luego vino la curiosidad. Después de Andrew…, digamos que toda mi percepción del sexo había cambiado.

—Tierra llamando a Macy —dijo la voz de Dan cerca de mi oído.

Aparté la vista de Andrew y la posé sobre él, avergonzada.

—Del uno a diez, ¿cuánto se nota que no puedo dejar de mirar a Andrew? —pregunté, directa.

Ambos sabíamos de qué iba el asunto. Necesitaba saber la respuesta de verdad y Dan era mortalmente sincero.

—Un doce.

Gemí horrorizada.

—Tranquila. Creo que, aparte de mí, ninguno de estos tarugos se ha dado cuenta. Están demasiado centrados en sus propios asuntos —comentó riéndose.

—Y tú, ¿cómo están tus *asuntos*? —quise saber. No era la única que lo estaba pasando regular.

—Mis *asuntos* ahora mismo están pasando de mí como si no existiera.

—Eso es una mierda.

—Y que lo digas —comentó, y dio un suspiro resignado—. Pero vamos a cambiar de tema. ¿Qué opinas de una partida de billar? —propuso.

—Te voy a machacar —le respondí, divertida.

Era muy sencillo estar con Dan y sabía que para él también lo era estar conmigo.

Durante unos buenos veinte minutos, me sirvió de distracción, pero pasado ese tiempo mis ojos siguieron cayendo sobre Andrew, anhelando más de lo que les correspondía. Gemí para mis adentros. Esto era un desastre.

Necesitaba averiguar pronto, antes de quedar en ridículo, cómo se volvía a ser amiga de alguien del que estabas bastante segura de que te habías enamorado.

Era lo bastante inteligente para saber que la respuesta a esa pregunta era muy jodida.

Capítulo 25

Me haces perder la cabeza

Si algo tenía claro desde el momento en el que realmente fui consciente de que viviría con Mike era que no iba a ser fácil. Pero, joder, estaba siendo complicado de la hostia. Lo que no sabía era hasta qué punto sería difícil mantener una convivencia que no terminase conmigo tarado.

El lunes, cuando me levanté, entré al baño medio dormido y, siendo un gran retrasado mental, ni siquiera comprobé si había alguien primero. A mi favor diría que Mike nunca solía usar el baño de esa planta —tenía uno propio en su habitación—, pero, por cuestiones que solo el destino y mi mala suerte conocían, ese día estaba allí.

Duchándose.

—Joder —casi grité cuando le vi de espaldas, completamente desnudo, con el jabón corriendo sobre los músculos de su espalda y terminando en su culo. Lugar donde mis ojos se paralizaron.

Era un culo digno de estar en un museo. Redondo y elevado. *Madremiadelamorhermoso.*

Debí de hacer algún ruido fuerte que delatara mi presencia, más fuerte que mi juramento, ya que justo en ese instante Mike se dio la vuelta para mirarme. Tardé unos buenos diez segundos en comprender que parecía un completo acosador. Un mirón. Tenía la mano en la delantera de mis pantalones, ya que mi intención había sido la de entrar al baño para mear, y estaba mirando su cuerpo como si fuese el filete más delicioso del mercado y yo llevase diez años sin comer.

Joder.

No dije una sola palabra. ¿Qué coño iba a decir en esa situación? Solo me di la vuelta y salí pitando de allí. ¿Qué posibilidades había de que el universo fuese magnánimo conmigo y me hiciera el favor de matarme en los próximos minutos?

A pesar de lo mucho que me estaba esforzando por comportarme como si Dan no estuviera, ¡demonios!, también quería que me diese igual, pero no era capaz. Mis ojos fueron a parar sobre él cuando entró a la cocina. Tenía el pelo mojado y revuelto, quedó claro que acababa de salir de la ducha. Hecho que hizo que recordase de golpe el momento exacto en el que le había visto en el baño casi con tanta fuerza como cuando lo había vivido. Daba gracias al cielo porque se hubiese ido corriendo, porque la forma en la que estaba mirándome, con el deseo que proyectaban sus ojos, me tuvo duro en menos de diez segundos. Sí. No hacía falta que nadie me recordase lo jodido que estaba.

—Buenos días —saludó cuando entró. Corrió hacia el armario donde estaban los cereales y sacó un par de galletas.

—Buenas —le devolví el gesto.

Me obligué a apartar la vista cuando puso una cápsula a toda prisa en la cafetera y se metió una de las galletas en la boca. ¿Ese iba a ser su desayuno? No parecía nada saludable. Fruncí el ceño y me di la vuelta. No era mi problema. Y, sobre todo, no podía ser mi problema.

—Esto… —comenzó a hablar, pero decidí no girarme para mirarlo. Quería hacerle creer que me resultaba indiferente. Eso era lo mejor para los dos—. No sabía que estabas en el baño —se disculpó, pero no hacía falta.

—Ha sido mi culpa —expliqué. Sobre todo, porque era verdad. No quería que se sintiese culpable por algo que no había hecho con mala intención. No se podía imaginar que iba a estar duchándome en el baño de la primera planta en vez de en el mío—. He llegado de correr y, como venía lleno de barro, no he querido entrar a mi habitación y ensuciarlo todo. Tenía que haber cerrado el pestillo —dije.

Y, por la forma en que sus ojos perdieron un poco su brillo, supe que le había hecho daño con mi comentario. Sentí una punzada en el corazón que solo logró hacerme sentir todavía peor.

—Oh, vale —respondió.

Le di el último trago al café y me acerqué al fregadero para pasar la taza por agua antes de meterla al lavavajillas. Luego cogí la mochila, que había dejado preparada sobre la mesa, mientras fingía que no sentía la mirada de Dan sobre mí durante todo el proceso.

—Nos vemos en el entrenamiento —me despedí escuetamente.

—Si esperas unos segundos, vamos juntos.

La voz de Dan me llegó con claridad cuando atravesé la puerta de la cocina, pero decidí que lo mejor era fingir que no le había escuchado.

Martes

Dan

Parecía una broma de mal gusto.

¿Cómo era posible que fuese tan cerrado conmigo?

—¿No es un poco ridículo que un hombre adulto cambie de acera para no ir al lado de un chico con el que vive y ha tenido un encuentro sexual muy placentero? —pregunté, colocándome junto a Mike.

Sabía que lo mejor que podía haber hecho era quedarme callado y alejado, tal y como él quería, pero si algo me caracterizaba es que era demasiado descarado y sincero. Ya no podía más con esta tontería. ¿Qué había de malo en que pasásemos tiempo juntos? Y, sobre todo, ¿por qué coño estábamos fingiendo que no existía una química brutal entre nosotros que ya habíamos experimentado con anterioridad?

—No me he cambiado de acera —comentó con voz dura. E imaginé que, si se hubiese dignado a mirarme, me habría fulminado con ella. Sin embargo, lo que hizo fue apretar todavía más el paso, dejando claro que no tenía la menor intención de conversar conmigo.

Era ridículo.

Su actitud infantil e incomprensible solo me hacía enfurecer más. Yo también sabía comportarme como un niño. Sentía un deseo muy fuerte de tocarle los huevos. Tanto física como metafóricamente hablando. Estuve a punto de reírme de mi propia ocurrencia. Si no hubiera estado tan molesto, lo más seguro era que lo hubiera hecho.

—Oh, en ese caso, no te importará que vaya contigo hasta el estadio.

Noté que se ponía tenso a mi lado, pero, a pesar de ello, solo asintió con la cabeza.

Genial entonces. No pensaba rendirme. No hasta que le demostrase lo ridículo que estaba siendo.

Miércoles

Cuando llamaron al timbre, fui corriendo a la entrada, feliz por la distracción.

—Cariño —saludé a Sarah cuando abrí la puerta de casa.

—Buenos días —respondió ella, poniéndose de puntillas para darme un beso en la mejilla.

—¿Quieres un café?

—Sabes que sí.

Sonreí.

Entramos a la cocina y se lo preparé tal y como le gustaba.

—Mmm… Está delicioso —alabó después de dar un sorbo enorme, apretando la taza de café con las manos.

Me parecía tan adorable que no pude evitar estrujarla con un brazo contra mi cuerpo.

—Te mereces todo lo mejor del mundo. Ya lo sabes.

—Creo que eres un exagerado.

—¿Exagerado yo? Si no me dejas consentirte nada.

—Lo haces y lo sabes.

—Puede ser —le concedí, dándole un beso en la frente—. ¿Cómo llevas el trabajo para la clase de anatomía? —le pregunté; llevaba unos días agobiada con ello.

—Pues, después de pasar tres días a base de café en vena y cuatro horas de sueño, ayer por la noche por fin lo terminé.

—No me puedo creer que seas tan burra. No sé si admirar tu capacidad de esfuerzo o llevarte al psicólogo.

—Yo también te quiero, tío.

—Te lo digo en serio. Tienes que cuidarte.

—Lo haaaago —dijo alargando la palabra y poniendo los ojos en blanco—. Llevo toda la semana aguantando a Matt diciéndome lo mismo. Por favor, no me eches tú también el sermón.

—Bueno... Solo por eso, le permitiré a Ashford vivir un año más.

—Sois tal para cual.

—Buenos días —saludó Dan, haciendo que me tensase de golpe.

Cuando apareció, toda mi atención se posó en él. Les observé interactuar entre ellos. Tenían una amistad muy bonita en la que tenía claro que no quería interferir. ¿Qué pensaría mi sobrina si se enterase de que me volvía loco su mejor amigo? Parecía carne de una novela romántica. Demasiado difícil para llevarlo a la realidad.

Mientras hablaban de lo que iban a hacer esa tarde, Dan volvió a comer unas galletas. ¿Es que no era capaz de desayunar en condiciones? Saqué el teléfono del bolsillo y lo encendí para ver unos vídeos y distraerme. Cualquier cosa antes que abrir la boca para decirle nada a Dan. No era asunto mío.

Estaba esforzándome tanto por distraerme que, al final, perdí la noción del tiempo. Me di cuenta de que, si quería haberme ido solo de casa, tendría que haber salido hacía un rato. Me quedó claro cuando Sarah se ofreció a que los acompañase. A Dan podía darle largas, pero con mi sobrina necesitaba buscar un pretexto.

—¿Vienes? —me preguntó.

—No, cielo. Id yendo vosotros. Tengo algunas cosas que hacer —me excusé sonando poco convincente hasta para mis oídos. Me molestaba muchísimo mentirle—. Enseguida nos vemos en el estadio.

Dicho eso, me di la vuelta y salí de la cocina como si mi culo estuviera ardiendo.

—¿Crees que le pasa algo? —escuché que le preguntaba Sarah a Dan con voz curiosa—. Últimamente está un poco raro.

—¿Raro cómo? —le preguntó él, atragantándose con la galleta.

—No sé. Raro como distraído y tenso.

Ante esas palabras, Dan se rio y decidí apretar el paso. No quería saber lo que le contestaba. No me podía creer que hasta Sarah se hubiese dado cuenta de mi actitud. Me estaba comportando como un infante.

Subí las escaleras a toda leche y me senté encima de la cama a hacer tiempo como un idiota. No estaba preparado para estar a solas con los dos. No cuando tenía los sentimientos tan liados. No cuando parecía evidente que estaba fuera de mi mente.

—¿Qué es esto? —fue lo primero que pregunté cuando Mike puso delante de mí un delicioso plato de huevos revueltos, tostadas y aguacate cuando entré a la cocina a desayunar.

—Comida.

—Oh, ¿de verdad? Nunca lo hubiera adivinado —contesté con toda la ironía que era capaz de manejar, que era mucha.

—No sé qué es lo que necesitas saber exactamente —comentó, moviéndose un poco en el sitio.

Ese gesto me hizo comprender que estaba incómodo con la situación. Me extrañó ver una manifestación física tan evidente de su inquietud. Normalmente se esforzaba en parecer indiferente y nada afectado por mi presencia.

—El motivo por el que tratas de alimentarme.

—Porque comes fatal. Le hace daño al entrenador que llevo dentro. Es necesario estar bien alimentado.

—Creo que al entrenador que llevas dentro lo que de verdad le gusta es mandar.

—Se me da bien. Lo mismo que a ti se te da discutir todo lo que cualquier persona te dice —dijo. Y no pudo ocultar del todo la sonrisa que se formó en sus labios.

Ese gesto me dio alas. Eso y su forma tan rara de demostrar que se preocupaba por mí. Así que decidí ir un poco más allá. Sabía que tarde o temprano iba a explotar. Mejor hacerlo en ese momento, que tenía sentido, y no en otro en el que estuviese fuera de contexto.

—¿Sabes? Creo que te sorprenderías de lo agradable que soy si tuvieses el detalle de conocerme mejor en vez de tratar de poner toda la distancia posible entre nosotros como si fuese un ser horrible que ha venido aquí para matarte. Si tanto te molesta que esté en tu casa, no deberías haberte ofrecido para que viviese aquí.

—Sabes que no es eso, Dan. No me jodas.

—Pero ¿qué hay de malo en estar bien? ¿En conocernos mejor? —pregunté, porque la verdad era que no tenía ni idea.

—Lo sabes de sobra.

—¿El qué?

—Que no vamos a saber estar cerca, conocernos mejor, como dices, sin terminar el uno encima del otro. Creo que ya lo hemos demostrado más que de sobra —explicó, molesto, muy molesto, mirándome con el ceño fruncido como si odiase haber tenido que verbalizar ese pensamiento en alto.

—Sigo sin verle el lado malo, la verdad.

Los dos sabíamos ser unos cabezones.

—Hay muchos motivos. Es un error.

—Lo que es un error es no darnos una oportunidad de conocernos mejor. No darnos la oportunidad de ser.

Sus ojos se ablandaron durante unos segundos, pero luego la barrera que siempre mantenía alzada volvió a colocarse en su sitio.

—No es una buena idea. Me haces perder la cabeza.

—Eso es bueno.

—Oh, no. No lo es para nada. Llega un momento en la vida en el que tienes que pensar más con la cabeza que con el corazón. Un momento en el que tienes que sopesar las consecuencias que tendrán tus actos —sentenció, como si aquello fuese el argumento final. Como si lo que acababa de decir fuese impepinable y tuviese muchísimo sentido.

—Creo que llega un momento en la vida, Mike, en el que te tienes que dar cuenta de que lo importante es lo que sientes, no lo que crees que deberías sentir. Sobre todo, si lo que te pide el cuerpo y el corazón no es malo para ti.

Mike me fulminó con la mirada y frunció los labios como si se estuviera conteniendo de decir más. Bien, si él no quería hacerlo, resultaba que yo sí.

—Te importo —dije, señalando el plato de desayuno que me había preparado—. Si no, no habrías hecho esto.

No apartó la vista de mis ojos en ningún momento. Su única reacción fue ponerse todavía más tenso, pero no lo negó.

—No debería hacerlo.

Dicho aquello, se dio la vuelta y se marchó.

Fantástico.

Sencillamente genial.

No dejábamos de discutir y no éramos ni siquiera una pareja. Esto iba todavía peor de lo que pensaba. En la vida había conocido a alguien más cerrado y cabezota que Mike. Era una lástima que eso no me impidiese desearlo y querer mucho más de él.

Si me hubiesen dado la oportunidad de modificar algo de mi vida, ese día habría elegido cambiar las palabras que Dan me había dicho en el desayuno la mañana anterior. Lo que era jodido por demasiadas cosas. Lo primero, porque ni siquiera era capaz de fantasear con que nuestro encuentro sexual no hubiese ocurrido; era lo suficiente adulto como para reconocérmelo a mí mismo aunque no quisiera. Lo segundo, porque sabía que, aunque no las hubiese dicho, Dan habría conseguido que me ablandase de otra forma. La realidad era que nunca había tenido la oportunidad de pasar de él. Había algo en su forma de ser, en su sonrisa o en la puta forma en la que se movía que cantaba a mi espíritu.

Dan era el culpable de que se me ocurriesen semejantes cursilerías.

—Venga —dije, dando una palmada al aire que no se escuchó muy alta, ya que llevaba guantes, pero fue igual de efectiva para llamar la atención de mis chicos—, es suficiente por hoy. Todo el mundo a ducharse.

Abandonaron la pista entre gritos y vaciles. Observé cómo Matt le daba un beso a Sarah antes de marcharse al vestuario. Me alegraba que se estuviese portando bien con ella. Era afortunado, de hecho, porque si le hubiese hecho daño a Sarah no me habría importado matarlo. Lo habría disfrutado.

Cuando todos se marcharon, mis ojos se posaron sobre Dan. Fantástico. No era nada nuevo, pero aun así, me jodía estar tan necesitado.

Me largué a cerrar mi despacho y les dejé recogiendo. No les quedaba mucho trabajo, ya que apenas habíamos utilizado material para la sesión de ese día.

Cuando salí del estadio, vi que Sarah se estaba despidiendo de Dan. Como estaban en mitad del camino por el que tenía que ir, me parecía demasiado fuerte volver a cambiar de acera como me había acusado de hacer unos días atrás, así que terminé caminando unos pasos por detrás de él. Dudando todo el rato de si debía acercarme o no. Desde que le conocía, mantenía una lucha interna conmigo mismo que me estaba llevando a la locura. Le deseaba y odiaba hacerlo, pero tampoco podía dejar de sentirme así. A veces, pensaba que ni siquiera quería.

Todas mis dudas se disiparon cuando le vi estremecerse un par de veces para luego abrazarse a sí mismo. Estaba helado de frío. Lo que era normal, ya que solo llevaba puesto un fino jersey de lana. Este chico era un desastre...

No lo pensé. Solo actué. Ese era mi mayor problema alrededor de Dan.

—Toma —le dije, poniéndome a su lado y colocando la cazadora que me había quitado sobre sus hombros.

Él se sobresaltó, hasta que unos segundos después procesó que era yo.

—Oh —dijo, y me miró sorprendido, como si fuera la primera vez que me veía en la vida—. Gracias, pero no quiero. Si la cojo, vas a ser tú el que se quede helado.

—No lo voy a hacer. He sido lo bastante previsor como para ponerme un jersey de invierno; no como tú, que has decidido ponerte esa tela fina.

—No tengo muy claro si debo darte las gracias u ofenderme —comentó, serio, como si lo estuviese sopesando de verdad.

Su reacción, muy a mi pesar, me hizo sonreír.

—Deberíamos caminar de nuevo. Cuanto antes lo hagamos, antes llegaremos a casa —dije, evitando la conversación. No quería que se le volviese a ocurrir acusarme de preocuparme por él.

—Bueno, me la quedo porque está calentita.

No pude borrar la sonrisa estúpida que se formó en mi cara durante todo el camino.

Capítulo 26

Un gilipollas con cero habilidades sociales

Andrew

—Este sábado hay un concierto de un grupo que me gusta —comenté con el puto corazón alojado en la garganta—. ¿Te apetece venir conmigo? —pregunté casi de carrerilla.

Sabía que, si no lo hacía de esa manera, no me atrevería. Llevaba días queriendo preguntárselo y las palabras se habían negado a salir.

Macy me miró durante unos segundos, desconcertada, quizás porque acababa de ponerme frente a ella y no la había saludado. Joder. ¿Podía alguien venir y matarme para salir de esta situación tan embarazosa en la que me había metido yo solito? Tal vez, en lugar de estar repasando mentalmente una y otra vez durante el camino que separaba su edificio de la universidad del mío la manera de invitarla al concierto, lo que tendría que haber hecho era planear toda la conversación. Era un gilipollas. Un gilipollas con cero habilidades sociales. Genial. Esta era mi carta de presentación para Macy, que era la perfección hecha persona en todos los aspectos.

—Me encantaría —aceptó una vez que la sorpresa inicial desapareció de su cara.

—Oh, ¿sí? Genial entonces —comenté, y me quedé mirándola sin saber qué más decir. Fantástico. Necesitaba que el cerebro se me despertase de una vez.

—¿Te apetece, no sé, decirme qué grupo vamos a ver? —preguntó, divertida.

—Puedo hacer mucho más que eso.

—Oh, ¿sí? —dijo, poniéndose roja por alguna razón, lo que me dejó un poco desconcertado, pero tenía que centrarme en la conversación.

—Sí. Si quieres, te puedo mandar unas canciones para que las escuches.

—Eso sería perfecto —agradeció con una sonrisa preciosa que me atravesó el corazón.

—O también puedes venir conmigo a casa después del entrenamiento y te pongo unos vídeos.

—Me encantaría.

Mi corazón dio un triple mortal, emocionado, ante su respuesta.

Así fue como ese día terminé con una cita para el sábado con Macy y, además, cenando *pizza* sentados en la cama de mi habitación mientras veíamos vídeos del concierto del sábado.

No podía ser más feliz. Ahora solo tenía que atreverme a decirle que quería algo más con ella que una simple amistad.

La invitación de Andrew me había sorprendido mucho, sin embargo, desde que me lo había propuesto a principios de semana, no podía pensar en otra cosa. Quería que fuese sábado. Sobre todo, me había sorprendido porque parecía que últimamente nuestra relación era demasiado tensa. Deseaba estar con él. Lo deseaba más que nada en el mundo, pero no tenía ni idea de qué éramos. ¿Solo amigos? ¿Amigos que se acostaban? ¿Amigos que se habían acostado una vez? Iba a explotarme la cabeza.

Lo único que tenía claro era que yo quería ser más. Lo otro que tenía muy claro era que no pensaba sacar esas palabras de mi boca. No quería complicar las cosas. Estaba segura de que, si le dábamos tiempo, la relación volvería a su sitio. El único problema para que mi plan surtiese efecto era que me gustaba demasiado estar con Andrew, también que pasaba una cantidad de tiempo obscena recordando cómo se sentían sus manos sobre mi cuerpo. Cómo se sentía él sobre mí, dentro de mí.

El tono de un mensaje me salvó de mis pensamientos enredados.

Acabo de llegar.

Como siempre, sus palabras dibujaron una sonrisa en mi cara.

Bajo.

Mi padre salió de la nada cuando cerré la puerta de mi habitación.

Puse los ojos en blanco.

Estaba claro que, aunque parecía distraído durante la comida, sí que se había enterado de lo que había estado hablando con mi madre.

—Vas a un concierto, ¿verdad?

—Sí, papá —contesté, tratando de que no se me notase demasiado lo aburrida que me tenía últimamente con su preocupación extrema.

—¿Con Andrew? —indagó.

—Sí. Y ya me está esperando abajo. Así que hasta luego —me despedí, acercándome a él para darle un beso.

Descendí las escaleras corriendo y no le di tiempo a preguntarme nada más.

Toda molestia se esfumó de mi cuerpo cuando salí de casa y me encontré con los ojos de Andrew. Estaba tan guapo que quitaba el aliento. Apoyado en su coche, con las manos metidas en los bolsillos de los pantalones vaqueros negros. Sus brazos estaban hinchados por la postura y era imposible no mirar esos músculos que daba la sensación de que te estaban saludando. Hacía como ochenta grados. ¡Qué calor! Era tan atractivo que parecía comestible.

—Estás preciosa —me halagó cuando llegué frente a él.

Me di cuenta, por cómo se abrieron sus ojos, de que estaba sorprendido por haberme dicho eso.

—Gracias —le dije, esbozando una sonrisa que esperaba que no se viera tan tonta como la sentía.

Puede que a él no le convenciese habérmelo dicho, pero a mí me había complacido sobremanera.

—¿Estás preparada para el mejor concierto de tu vida? —preguntó en un tono bromista.

—Ah, ¿al final vamos a ver a otro grupo? —le devolví la broma, disfrutando del brillo que vi aparecer en sus ojos.

—Tienes talento para el mal.

—Gracias.

—¿Vamos? —preguntó, separándose del coche para abrirme la puerta.

—Claro —respondí.

Y, cuando pasé por su lado, el olor masculino de su colonia acarició mis sentidos, haciendo que mis ojos se cerrasen de golpe por el placer.

Sabía sin necesidad de que empezase que me esperaba una noche maravillosa. Ahora solo necesitaba recordarme a mí misma que no era una cita. Nadie quería que me colgase todavía más de Andrew. Eso sería un puñetero desastre para todos.

—Es un lugar muy agradable —comentó Macy cuando entramos en el pequeño local, que todavía estaba bastante vacío.

—No tengo muy claro si debería ofenderme por tu claro tono de sorpresa.

—Por supuesto que no, es solo que me imaginaba un entorno más hostil para un concierto —comentó riendo, haciendo que me distrajese con ese sonido melodioso.

—Nunca te llevaría a un sitio hostil —confesé, tratando de no darle demasiada importancia a la frase, ya que no quería que se diese cuenta de lo enamorado que estaba y que las cosas se volviesen demasiado tensas. No ahora que parecía que empezaban a fluir. Esta no-cita parecía un buen principio—. Es un concierto pequeño. El local no tiene mucho aforo y se podría decir que es un poco exclusivo.

—Qué bien te lo montas.

—Lo intento.

Llegamos a la barra y pedimos unas bebidas. Macy tomó un refresco de naranja y yo, uno de cola. No pensaba beber si ella no lo hacía. No quería estar achispado y que mi filtro cerebro-boca se viese afectado. No si encima no estábamos en las mismas condiciones. Cualquiera sabía lo que sería capaz de decir. Daba gracias al señor por no haberme desmayado cuando la había visto bajar con esa falda plisada, medias de rejillas y botas. Parecía sacada de una de mis fantasías. Estaba perfecta para ir a un concierto y para devorarla. Me sentía agradecido de no estar en un charco de babas. No quería ser patético.

Nos sentamos en una mesa cerca de la parte derecha del escenario. Me gustaba mucho ese sitio; lo bastante cerca para escuchar y ver bien, pero no tanto como para que la música resultase molesta. Desde el mismo segundo en el que nos sentamos, caímos en una charla muy agradable que hizo que el tiempo de espera hasta el inicio del evento se me pasase en un parpadeo.

El concierto fue mágico, a pesar de que me costase apartar la vista de Macy para mirar al grupo. Con las canciones que había escuchado un millón de veces, solos, a su lado. Disfrutando de lo más parecido a una cita que se podía tener sin poner etiquetas a un acto. Supe que quería infinitas noches así con ella. Era feliz. Muy feliz. Pero, sobre todo, lo más importante era que ella también lo parecía.

Cuando llegamos a mi casa, Andrew se bajó del coche para abrirme la puerta. Desde luego, fue un gesto innecesario que me gustó sobremanera. Me encantaba que me cuidase, que se preocupase por mí y que me tratase como si fuese muy importante para él. Era una sensación adictiva.

Subimos las escaleras en silencio mientras nos envolvía una tensión deliciosa. Estábamos tan cerca el uno del otro que podía notar el costado de mi cuerpo llenándose con su calor. La punta del dedo índice cargado de electricidad, a punto de rozar con el suyo. Todas esas sensaciones intensificadas por el abrigo de la noche. Con la única iluminación de la luz sobre la puerta de mi casa. Con la sensación de una noche perfecta adherida a cada poro de mi piel.

El ponerme de puntillas cuando llegamos a la puerta y nos colocamos el uno frente al otro fue tan natural como respirar. Como si lo hubiésemos hecho innumerables veces. Como si estuviésemos acostumbrados a ello. No hubo dudas.

Andrew bajó la cara y yo la subí. Cuando nos encontramos en el medio, el mundo se redujo a sus labios. A la sensación de su lengua saboreando mi boca. Al sabor del refresco de cola que había bebido. A sus manos acariciando mi espalda hasta cerrarse en mi cintura. A la forma en la que sus manos me atrajeron contra su cuerpo. A las ganas que sentí de que no me volviese a soltar nunca más.

Si el mundo se hubiese acabado en ese momento, habría muerto siendo inmensamente feliz.

Capítulo 27

Que el querer y el deber no siempre están alineados

Dan

Estaba en mi habitación viendo una película con la puerta abierta para que Mike supiera que era bienvenido en caso de querer entrar, cosa que jamás había sucedido, cuando sonó un único golpe contra la madera. Aparté la mirada del portátil y la posé sobre Mike, que se asomaba por la puerta vestido con una camisa negra que hacía muy poco para ocultar toda la pila de músculos que había debajo.

—Buenas noches —saludó con su profunda voz masculina, la cual había descubierto que me gustaba mucho.

Tardé unos segundos en procesar que lo que estaba viendo era real y casi medio minuto en obligarme a hablar.

—Buenas noches —le devolví el saludo mientras me incorporaba en la cama buscando una postura un tanto más segura y atractiva. Hasta ese momento había estado tumbado de cualquier manera, sin camiseta y, ¿por qué no reconocerlo también?, sin elegancia.

—¿Puedo pasar? —tanteó, inquieto.

—Por supuesto —le respondí.

No estaba especialmente espabilado esa noche. Para ser alguien deseoso de que el hombre entrase en mi vida y en mis pantalones, no estaba comportándome de forma muy abierta. La madre que me parió. Necesitaba espabilar, pero ya.

Ante mi respuesta, Mike entró y se acercó a unos metros de la cama, desde luego no tanto como hubiera querido, pero sí lo suficiente como para que la fragancia marina y masculina de su *aftershave* llenase mis fosas nasales.

—Esta noche, bueno, más bien dentro de una hora —anunció, lanzando una carcajada seca sin gota de gracia después de revisar su reloj—, van a venir unos amigos a cenar a casa.

—Mmmm —comencé a responder un poco perdido—, vale.

—He estado pensando —dijo, llevándose la mano a la nuca mientras miraba a cualquier punto de la habitación menos a mí. Fueron unos segundos horribles que mi cerebro utilizó para ofrecerme todo tipo de posibilidades desagradables. ¿Estaba tratando de decirme que me fuera? ¿Que no saliese de mi habitación? Joder. No estaba preparado para eso— que igual te apetecería unirte a nosotros.

—Tranquilo, no saldré —respondí casi a la vez.

—¿Qué? —preguntó él, luciendo francamente tan perdido como yo me sentía.

—Es que pensaba que me ibas a decir que no os molestase.

—No —dijo, poniendo cara de horror—. Por supuesto que no.

—Vale —contesté. Y, durante unos segundos, nos quedamos mirándonos el uno al otro sin decir nada. El aire estaba tan denso a nuestro alrededor que podría haberse cortado con un cuchillo con una facilidad pasmosa—. ¿Quieres que vaya?

Torció ligeramente el gesto ante mi cuestión.

—Es una pregunta compleja.

—Creo que podré seguirte.

—No lo dudo —respondió con seguridad—. Digamos que no es casual que te lo haya preguntado una hora antes y no hace dos días cuando lo supe. Le he estado dando una vuelta.

—¿Y a qué conclusión has llegado? —no pude evitar investigar.

—A una un tanto jodida.

—¿Que es...? —le animé a continuar con un gesto de la mano.

—Que el querer y el deber no siempre están alineados.

—Gran reflexión —me mofé.

—Por lo que, ahora que yo he fallado estrepitosamente, la decisión de que hagamos lo correcto está en tu poder —dijo.

Y, después de dedicarme una mirada cargada de deseo que hubiese hecho a cualquier persona caer a sus pies —si no hubiera estado tan impactada como yo—, se dio la vuelta para salir del cuarto.

No hacía falta que le dijese que iba a bajar. Que iba a elegir estar con él. Ambos lo sabíamos.

La capacidad que tenía Dan para desenvolverse en cualquier situación de forma relajada y con seguridad era increíble. Admirable.

Tan solo hacía un par de horas que conocía a los chicos, y para cualquier observador externo que los viese interactuar parecía que lo hacía de toda la vida. Envidiaba eso de él. Su facilidad para encajar, de sentirse cómodo en cualquier ambiente. Aunque reflexioné y, más que envidia, me di cuenta de que lo que despertaba en mí era fascinación. Por supuesto, mezclado con cantidades insanas de deseo. Todo lo que hacía me volvía loco. En todos mis años de vida jamás me había atraído tanto nadie como él.

—Este vino es delicioso —apreció Marc, sacándome de mis pensamientos.

—Ya puede serlo. Esta mañana me he pasado casi una hora buscando en la vinoteca uno digno de tu paladar —le eché en cara—. Dios no quiera que, tal como hiciste la última vez, te pases toda la noche quejándote del mal gusto que tengo.

—Oh, ¿al hombre de hielo le molestó? —me preguntó, divertido.

—No me puedo creer que se comporte así también con vosotros —se jactó Dan, encantado, antes de que pudiese defenderme.

Me di cuenta de que parecía estar en inferioridad de condiciones. No me venía bien que Dan y Marc hiciesen un frente común contra mí. Bastante tenía con controlar mis propios impulsos y deseos.

—Sí —le respondió Marc de inmediato—. Este chico de aquí siempre ha sido bastante difícil. Y duro de cabeza —explicó bromeando, a lo que Dan reaccionó con una carcajada.

—Me parece que es un buen momento para que me cuentes un montón de trapos sucios que me ayuden a ganar cuando estemos discutiendo. ¿Tienes algo jugoso con lo que le pueda hacer chantaje? —preguntó, divertido.

Y, pese a que todos sabíamos que estaba bromeando, no me perdí el brillo en sus ojos, que gritaba muy alto lo mucho que estaba disfrutando.

—Ven aquí, que te voy a dar munición —le ofreció Marc mientras golpeaba con la palma el asiento vacío de su derecha.

—Creo que, antes de que esto empiece a salirse de madre y despellejéis al pobre Mike, deberíamos hacer algo. ¿Os apetece una peli o preferís ir a menear el cuerpo un rato? —les interrumpió Liam, saliendo como siempre en mi defensa.

—Gracias, Liam. Ahora que lo pones sobre la mesa, lo mejor que podemos hacer es ir a bailar para que pueda demostrarles a estos dos —dije, señalando a cada uno con el dedo— lo muy capaz que soy de hacer cosas divertidas.

—Eso suena tan interesante como lo de descubrir tus secretos —se mofó Dan.

—Pues ¿a qué estamos esperando? —pregunté, levantándome del sofá.

Menos de una hora después, entrábamos en un bar de moda del centro de la ciudad. Pedimos unos *gin-tonics* y, a medida que avanzaba la noche —o más bien, a medida que el nivel de alcohol y desinhibición se incrementaba en mi sistema—, noté que empezaba a relajarme. Desde luego que no estaba borracho, pero sí lo bastante achispado como para que me importase más lo mucho que me gustaba Dan que los motivos por los que no debía hacerlo.

Últimamente me sentía como si estuviera todo el puto día librando una batalla contra mí mismo que me desgastaba y que, en el fondo, no servía para nada. No lo hacía porque incluso yo sabía, por mucho que no quisiera reconocerlo, que iba a terminar perdiendo la puta guerra.

Mis ojos no dejaban de seguir todos sus movimientos en la pista de baile. Se había puesto una camisa pegada que revelaba unos músculos finos y bien formados que hacían que las manos me picasen con deseo. Los pantalones marrones que llevaba realzaban su ya de por sí redondo culo, el cual había protagonizado la mayoría de las alegrías que me había dado por la noche tumbado sobre mi cama y, ¿por qué no reconocerlo también?, la mayoría de las duchas. Últimamente estaba tan caliente que parecía un adolescente de nuevo.

—Te gusta Dan, ¿eh? —me preguntó Liam con voz casual.

Giré la cara en su dirección para analizarlo. No me había sorprendido de que se diese cuenta; él era muy observador. Se trataba más bien de que deseaba que no lo hubiera hecho, o por lo menos que no lo hubiese puesto sobre la mesa para que los dos lo viésemos.

—Me sorprende que lo hayas notado, teniendo en cuenta que no eres capaz de apartar los ojos de Marc —le devolví la pelota a su tejado.

—La verdad es que prefiero hablar de tu drama que del mío.

—Yo no.

—Venga, ¿qué tiene de malo el chaval?

—¿Que es un chaval? ¿Que es el mejor amigo de Sarah?

—No me parece que sea un chaval y, francamente, deberías encontrar una excusa mejor. Reconoce que lo que te pasa es que estás cagado.

—Oh, perdona mi atrevimiento. ¿Es peor si es tu mejor amigo como en tu caso? ¿Esa excusa te parece más lógica? —le lancé. Y, si mientras se lo estaba diciendo ya me sentí como un cabrón, después de terminar toda la intervención supe que lo era.

Liam arrugó la boca en un gesto claramente molesto y no dijo nada. Simplemente le dio un sorbo al *gin-tonic* que tenía en la mano.

—No seas tan gilipollas como yo, que llevo años así, y permítete ser feliz, joder —me lanzó segundos antes de dejar la copa sobre la mesa y levantarse.

Le observé acercarse a la pista y ponerse frente a Marc para bailar con él. Me alegré. Puede que me hubiese comportado como un cabrón y que no debería haberle dicho eso, pero por lo menos había servido para que uno de los dos diésemos un paso esa noche. Les observé durante unos minutos, hasta que me di cuenta de que yo también debía dejar de hacer el gilipollas. Me terminé de un trago la bebida que me quedaba y me levanté para unirme a ellos.

Dan dio un respingo cuando me acerqué a él y puse una mano sobre su cintura.

—Hola —me saludó al oído elevando la voz por encima de la música. Lucía una sonrisa enorme que iluminaba todo el puto local.

—¿Te estás divirtiendo? —le pregunté a pesar de no hacer falta.

Solo había que mirarle un segundo a la cara para darse cuenta. Irradiaba felicidad. Tenía los laterales de la cabeza húmedos por lo mucho que estaba bailando y el calor que emanaba de la gente moviéndose en la pista.

—Mucho. Tus amigos me caen muy bien.

—Y tú a ellos. Aunque todavía no he conocido a nadie al que le caigas mal.

—Eso es porque no te has esforzado mucho en buscar. Tengo un carácter demasiado ácido para gustar —me dijo poniendo una sonrisa de medio lado tan traviesa que hubiese rivalizado con un diablo.

Me gustaba demasiado eso de él. Esa dualidad entre parecer travieso y seguro y, a la vez, jodidamente inexperto y vulnerable cuando estaba en mis manos.

No le respondí, sin embargo, me dejé llevar por cómo me sentía en ese momento, por la atracción y el deseo, y comencé a bailar con él. La situación no tardó mucho en subir de intensidad. Un segundo estábamos bailando como dos amigos y, al siguiente, nos movíamos tan cerca y de forma tan sugerente que nadie que estuviese a una milla a la redonda lo hubiera podido pasar por alto.

—¿No te importa que nos vean tus amigos? —preguntó Dan con voz temblorosa después de unos minutos. Pero su tono estaba lleno de deseo, cargado de ganas de que le aceptase. De que le dijese que no lo hacía.

—En este momento no me importa nada más que tú —confesé, acercándome todavía más a él, con mis labios casi rozando los suyos.

Alargué las manos y las llevé a su cintura. Estaba temblando. Y ese gesto solo hizo que lo desease todavía más. Junté nuestras caderas para que nuestros cuerpos estuvieran alineados y no quedase duda de lo que quería hacer con él. Luego, después de sentir un pequeño gemido sobre mis labios, me incliné hacia delante y lo besé. Con profundidad y pasión. Con ganas. Nuestras lenguas comenzaron a acariciarse, a moverse en un baile mágico que inundó todo mi cuerpo de placer.

No sabía si habíamos dejado de bailar. Solo sabía que en lo único que podía concentrarse mi cuerpo era en Dan. En su piel, en su forma de estremecerse. En el sabor de su boca.

—¿Y si te digo que quiero continuar con esto en casa? —me preguntó casi sin aliento, con las pupilas dilatadas por el hambre y una vulnerabilidad a la que no me pude resistir.

—Te contestaría que tus deseos son órdenes para mí y te arrastraría hasta casa.

—Pues es lo que quiero. Hazlo.

Sentí esa última palabra como el permiso para tomar todo de él.

La cabeza me daba vueltas y apenas podía pensar por la excitación. De lo hermoso y perfecto que era el momento.

Antes de que la puerta de casa se cerrase a nuestra espalda, tenía a Mike sobre mí. Era puro fuego y pasión, y yo solo quería arder con su llama. Perderme en las sensaciones que despertaba en mi cuerpo y que devastaban todo lo demás.

—No pienso parar —dijo, mordiendo mi cuello y elevándome por la cintura. Le rodeé con las piernas—. Solo si tú quieres, quiero decir —añadió, por si había sonado a que me estaba obligando.

Pero yo tenía claro lo que quería decir: él no se iba a echar atrás. Deseaba eso tanto como yo. Su confesión solo consiguió echar más gasolina al fuego que ya estaba ardiendo en mi interior.

—No voy a querer que pares. No voy a quererlo nunca —le advertí, atacando sus labios, besándolos con deseo y pasión, lo que obligó a Mike a detenerse a mitad de las escaleras para equilibrarnos.

Lejos de molestarse por mi ataque, me empotró contra la pared y se hizo cargo del beso, usando su lengua de forma majestuosa y arrancándome gemidos de placer que estaba seguro todos los vecinos pudieron escuchar. Pero nada de ello me importaba. Solo podía sentirlo a él. Quería sentirlo más fuerte, más cerca. Una parte de mí sabía que nunca tendría suficiente, y no me importaba. Quería calcinarme con esa pasión. Era lo más auténtico que había sentido nunca.

—Necesito llevarte a mi cama —dijo, separándose de mis labios entre jadeos.

En los entrenamientos nunca se cansaba, y me encantaba ser el motivo de que perdiese el aliento de esa manera. Ser el que consiguiese sacarle de esa pose tan correcta y perfecta que tenía siempre.

Quería ser el único que le viese así.

Después de un par de paradas más, en lo alto de las escaleras y en mitad del pasillo, llegamos a su habitación. Abrió la puerta de una patada, haciendo que todo mi cuerpo se estremeciese de anticipación, y me demostró lo perdido que estaba por el deseo. Me bajó de sus brazos en el centro de la habitación y se paró delante de mí a observarme. Yo me quedé allí, sintiéndome más vulnerable y desnudo de lo que me había sentido en la vida a pesar de llevar toda la ropa puesta. La mirada que me dedicó me hizo sentir como si fuese capaz de ver mi interior.

Fue hermoso y terrorífico a la vez.

No pude ni quise evitar que notase que estaba temblando, quería que supiese el efecto que tenía en mí, lo mucho que me gustaba y afectaba.

—Me vuelves loco, me haces perder la razón —se quejó, acercándose a mí, y luego comenzó a desatarme la camisa que me había puesto pensando en él—. Por mucho que quiero evitarlo, no puedo dejar de pensar en ti. —Depositó un beso en mi cuello—. Eres lo primero que me viene a la cabeza cuando me levanto. Los tuyos son los últimos ojos que veo cuando me duermo. Eres mi felicidad y mi tormento —sentenció, y comenzó a besarme.

Y yo me derretí. ¿Quién no lo hubiese hecho con semejante declaración?

Noté cómo mi cuerpo se volvía suyo, permitiéndole que me poseyese, dándole toda mi confianza, sabiendo que lo que hiciese conmigo sería hermoso. Que me trataría como a un tesoro, que me haría retorcerme de placer.

Me besó la clavícula cuando terminó de abrir la camisa y depositó un rastro de besos allá por donde sus manos pasaban. Cuando llegó a la altura de mi pantalón, se incorporó y me besó en el cuello mientras se deshacía del cinturón. Me quité como pude los zapatos. Mike tiró de los pantalones y los calzoncillos hasta que me los arrancó.

Terminé completamente desnudo mientras él todavía llevaba toda la ropa. Aquel detalle no hizo más que excitarme, el roce de la tela sobre mi cuerpo hipersensible. Me miró a los ojos.

—Eres una puta obra de arte, Dan —dijo con una voz tan ronca que no parecía suya antes de agarrarme del culo y elevarme.

Lo siguiente que supe era que estaba en el centro de la cama con Mike tendido sobre mí. Lo observé maravillado mientras se desnudaba con rapidez y se abalanzaba de nuevo sobre mi cuerpo, retomando el lugar donde había estado antes. Siguió el camino salpicado de vello que llegaba hasta mi entrepierna y me introdujo en su boca, haciendo que perdiese de golpe la conexión con la realidad, el poco autocontrol que me quedaba.

Me perdí en el placer. Me perdí en Mike.

Pero quería más. Mucho más.

—Quiero sentirte dentro de mí —le susurré, agarrándole de la cabeza para que dejase de besar mi cuerpo y me escuchase.

—Yo también lo deseo. Más de lo que te imaginas. Pero no va a ser hoy —explicó, y emití un sonido de fastidio—. No porque no quiera, sino porque esto no se puede hacer a lo loco. No voy a arriesgarme a hacerte daño, no para alcanzar mi clímax. Tú eres lo primero y no tenemos por qué conseguirlo hoy.

—Diciéndome esas cosas solo logras que lo desee más.

—No te preocupes, porque, cuando acabe contigo, vas a estar tan satisfecho que no tendrás una sola queja.

Dejé escapar un gemido y Mike retomó sus caricias sobre mi cuerpo. Todo se aceleró desde ahí, presas como éramos de nuestra excitación. Le ayudé a terminar de desnudarse y me dediqué a adorar su cuerpo igual que había hecho él con el mío.

Estuvimos horas dándonos amor. Mucho tiempo, pero, a la vez, no el suficiente. Nunca lo tendría y, cuando ambos terminamos y no fuimos más que dos cuerpos enredados y satisfechos, me di cuenta de que no podía renunciar a él. Necesitaba convencerle de que no había nada malo con nosotros.

Necesitaba convencerle de que juntos éramos perfectos.

Capítulo 28

Quiero ser yo el que te enseñe a patinar

Andrew

Desde el sábado anterior vivía en una nube de felicidad. Las cosas con Macy habían empezado a fluir. Habíamos conseguido que la extraña relación a la que todavía no me atrevía a poner nombre y sobre la que tampoco quería hablar funcionase de maravilla. Llevaba toda la semana con un nudo de nervios en el estómago que me acompañaba allí donde fuera e hiciera lo que hiciese.

Ese viernes en particular estaba demostrando que un día cualquiera podía ser maravilloso si te rodeabas de las personas correctas.

—¡Necesitamos tu ayuda, Macy! —gritó Dan desde la pista de hielo, donde estábamos haciendo el idiota, hacia las gradas.

Hacía un rato que habíamos terminado el entrenamiento y a ninguno nos apetecía irnos a casa. La única forma de pasar un rato en el hielo todos juntos era que Macy se uniese a nosotros.

La observé dejar el libro y el iPad donde estaba tomando apuntes en el asiento de su derecha antes de comenzar a descender las escaleras sonriendo. Me dio un vuelco el corazón cuando esa

269

preciosa sonrisa, por la que prácticamente vivía, se hizo todavía más grande cuando nuestras miradas se encontraron.

Madre mía.

—Necesitamos a una persona imparcial que cronometre las carreras —le explicó Dan cuando llegó al borde de la pista—. Todos están demasiado comprometidos como para ser neutrales.

La suave risa de Macy llenó mis oídos e iluminó la pista.

—Está bien. Dame el cronómetro —le pidió, alargando la mano.

Dan se lo pasó.

—Espera, ¿a dónde vas?

—A la pista a jugar. Ven —le dijo Dan, haciendo un gesto con la mano para que le acompañase.

—No pienso meterme ahí dentro.

—¿Por qué?

Macy puso una cara rara durante unos segundos, apretando los labios en un mohín, como si no quisiera hablar. Su reacción me generó tanta curiosidad que me acerqué más a ellos.

—No sé patinar. ¿Vale?

Dan abrió mucho los ojos por el *shock* y sabía que yo debía de tener una cara parecida. Me concentré en revisar mis recuerdos en busca de alguna vez en la que la hubiera visto en el hielo. Algún día en el que hubiera venido a patinar con nosotros a lo largo de los años.

No encontré ninguno.

—Pero estabas saliendo con el puto capitán de *hockey* de la universidad, Macy.

—No sabía que eso me convertía en una patinadora profesional. Por esa misma regla de tres, ser el mejor amigo de una patinadora hubiera significado que tú también supieras hacerlo. Y vamos a ser sinceros: no he visto patinar nunca a nadie peor que a ti —le contestó ella riendo.

—Cierto —le concedió Dan entre carcajadas.

Se quedaron callados como si estuvieran reflexionando y Macy me lanzó una mirada rápida. Una mirada evaluativa.

—Tenemos que arreglar esto —comentó de pronto Dan.

Mi atención, que hasta ese momento estaba perdida en analizar lo que había significado la mirada de Macy, volvió de golpe a él. Le vi salir de la pista y perderse por el pasillo que llevaba a los vestuarios. Macy y yo cruzamos una mirada de «¿Qué cojones está haciendo?». Un par de minutos más tarde, Dan regresó con varios patines en la mano.

—Oh, no —se quejó Macy, echándose hacia atrás al entender de golpe lo que pretendía Dan—. No pienso ponerme eso y, sobre todo, no pienso pisar esa pista.

—Vamos, Macy. ¿No querías vivir experiencias? —le tentó Dan, sabiendo dar en el lugar exacto para que ella reaccionase.

Todos los presentes sabíamos que no iba a negarse después de eso.

—Qué cruel es traer eso a colación.

—A veces, un chico tiene que ser malo para lograr lo que quiere. Vamos a ver cuál es tu número.

Quizás debería haberme ido y dejarlos juntos. Desde luego, no parecía que me necesitasen. Aun así, lo cierto era que yo quería estar ahí. Quería ser parte de su aprendizaje. Para mí el hielo significaba mucho y era algo que también quería compartir con ella. Esperaba no verme tan patético como me sentía allí plantado observándoles.

Cuando Macy terminó de atarse los patines, se puso de pie, y Dan entró en la pista. Ella se tambaleó un poco hacia la entrada, pero el gesto decidido en su cara me dijo que no se echaría para atrás.

—Vamos, Macy. Lánzate —le incitó Dan—. Te voy a enseñar.

—Ven —le dije, tendiéndole la mano, hablando por primera vez. Su atención se desvió de golpe a mí y el corazón se me apretó—. Quiero ser yo el que te enseñe a patinar —dije, y contuve el aliento a la espera de su reacción.

Era una simple petición, pero se sentía como mucho más. Como si tuviera que elegir entre nosotros dos. Me moría por dentro por saber qué decisión iba a tomar. Apenas era capaz de pasar aire en mis pulmones. No pude hacerlo hasta que ella desvió la mirada hacia Dan y le dijo:

—Muchas gracias por el ofrecimiento, pero me quedo con el profesional. Todavía recuerdo lo mal que lo hacías. —Acto seguido, alargó la mano y tomó la mía.

Justo en ese instante me explotó el corazón de felicidad y el puto mundo dejó de existir. Sobre la pista de ese estadio, rodeados de un montón de personas, solo éramos ella y yo. Nada más importaba.

Desde el instante en el que nuestras pieles hicieron contacto, lanzando a través de mi brazo un escalofrío de placer que recorrió todo mi cuerpo, no pude dejar de tocarla. No quise siquiera pensar en el momento en el que tendría que hacerlo. Iba a disfrutar al igual que siempre que ella me permitiese estar a su lado.

No fue hasta que terminamos que los ruidos a nuestro alrededor volvieron a mis oídos. Que el mundo se puso en marcha de nuevo.

La mano de Andrew rodeando la mía me hizo sentir en el paraíso. Al igual que su atención envolviendo todo mi cuerpo. Su seguridad rodeándome. Lo bonito de la situación no era que me estuviese enseñando a patinar. Era poder compartirlo con él. Era la manera en la que conseguía hacerme sentir única. La forma que tenía de transmitirme que era su prioridad. Que estaba ahí para mí.

Fue precioso, a pesar de lo mal que lo hice. A pesar de las veces que había estado a punto de besar el suelo, solo evitado por la firme mano de Andrew. Supe que estaba viviendo un momento muy importante, que quería compartirlo todo con él. Comprendí que estaba muy enamorada.

Fueron unas horas maravillosas.

No habría cambiado esa tarde por nada del mundo.

—¿Has estado a gusto? —me preguntó una vez que salimos de la pista mientras me quitaba los patines.

—Muchísimo —le respondí, tragando con fuerza las palabras que amenazaban con salirse de mi garganta. No era momento ni lugar para decirle todo lo que sentía. No tenía ni idea de cuándo lo sería.

—Me alegro muchísimo —dijo, y esbozó una sonrisa enorme que hizo a mi corazón galopar acelerado. Era tan guapo—. Enseguida nos vemos.

Observé su espalda mientras caminaba hacia el vestuario, sintiendo la necesidad de correr hacia él y darle un beso. Me encantaba cómo era. Me encantaba estar con Andrew.

Estaba metida hasta las rodillas en un problema de los gordos. Un problema que no hacía más que crecer y crecer. Y no sabía cómo enfrentarme a él. A veces, tenía la sensación de que quizás Andrew estuviese también empezando a desarrollar sentimientos profundos por mí. Solo por jugar con esa posibilidad en mi cabeza, miles de mariposas se revolucionaban en mi estómago.

Estaba viviendo una de las mejores épocas de mi vida.

Andrew

—Últimamente te veo distinto —comentó Matt, escrutándome con la mirada en el mismo instante en el que nos quedamos solos en las duchas.

—Ah, ¿sí? —contesté, esforzándome por no dejar traspasar en mi rostro ni un ápice de lo que sentía. Estaba sorprendido de que se hubiese dado cuenta. Aunque, por otra parte, era absolutamente consciente de que, desde que estaba acercándome a Macy, era diferente.

Demonios. Me sentía completamente diferente. Como si hubiese salido del cascarón en el que estaba metido y desde el que me había dedicado a ver la vida durante años.

—Sí. Estás... —dudó, pensando con intensidad, a juzgar por cómo sus ojos se entrecerraban y la piel de su frente se plegaba en arrugas—. ¿Más sociable? ¿Comunicativo? ¿Feliz? —probó.

—No sé, Matt. Cualquiera diría que si crees que estoy diferente deberías saber en qué he cambiado —comenté, poniendo cara de diversión. Disfrutando de hacerle rabiar.

—Bien jugado —concedió riendo—. Pero no puedes negarme que estás diferente.

—No sé de qué estás hablando.

—Solo estás ganando tiempo, Wallace. Ambos sabemos que tarde o temprano lo descubriré —me dijo con una sonrisa de gilipollas en la cara.

—Por el momento, lo que deberías hacer es terminar de ducharte. No querrás que Sarah tenga que quedarse esperándote.

—Cómo sabes tocar donde duele.

—Observar siempre ha sido uno de mis fuertes.

Dicho eso, cerré el grifo de la ducha y me largué. No me apetecía compartir con nadie la relación que estábamos construyendo

Macy y yo. Me parecía demasiado íntima, delicada y sin nombre como para hablar de ella.

Ojalá muy pronto pudiera hacerlo.

Ojalá pronto hubiera algo que contar.

Ojalá pronto me atreviera a ser sincero con ella.

Ojalá.

Capítulo 29

No recordaba haberme sentido peor en la vida

Dan

Decir que me sentía en una nube de felicidad habría sido un eufemismo. Sabía que este acercamiento entre Mike y yo era demasiado delicado como para dar por hecho nada, como para pensar que iba a ser duradero y que iba a disfrutar de él, pero eso no hacía que lo disfrutase menos.

Lo único que empañaba un poco mi felicidad era no compartirlo con Sarah, aunque relajaba mi conciencia diciéndome que, en el mismo momento en el que hubiese algo que contar, se lo diría. Sí. Sería valiente y lo haría.

Llegué al estadio después de las clases, mucho antes de la hora a la que tenía que estar, ya que quería tener a Mike solo para mí y esperar a que estuviéramos en casa sería una tortura.

Si antes no podía dejar de pensar en él, cuando su forma de tratarme era dura y su interés por mí era meramente sexual, ahora que se había vuelto dulce e intuía que el brillo de sus ojos podía tratarse de amor, me resultaba totalmente imposible mantenerme alejado de él.

Entré al estadio y fui directo a su despacho.

Mientras recorría el pasillo, mi corazón comenzó a latir a toda pastilla. Llamé a la puerta y, cuando me dio paso y la abrí, mi estómago dio un triple salto mortal. Verle solía dejarme sin palabras.

La sonrisa que me dedicó me dejó al borde del derrame cerebral. ¿Cómo podía alguien verse tan sexi y fuerte? ¿Tan deseable? ¿Cómo podía lograr con solo una mirada que quisiera que me envolviese con sus brazos?

—Buenas tardes —saludé.

—No sé si felicitarte por llegar tan pronto o tomarte la temperatura para ver si estás enfermo.

—No hace falta que te diga con qué podrías tomármela, ¿verdad? —contesté, lanzando una mirada lasciva a su entrepierna.

La risa de Mike llenó el ambiente.

—Siempre eres tan sutil...

—Y tanto —me jacté, divertido, por su broma.

Nos miramos en silencio y me puse rojo. Guau. ¿Qué me estaba pasando? Nunca había estado tan colgado por nadie. No era un hombre tímido. Tragué saliva y decidí distraerme descolgándome la mochila del hombro. No funcionó, notaba la mirada de Mike sobre mí. Dejé la mochila sobre la mesa y saqué la bolsa.

—He traído unos bocadillos —comenté en tono avergonzado—. Supongo que todavía no has comido.

—No —contestó. El monosílabo tuvo la suficiente fuerza como para transmitirme que estaba sorprendido.

—Me he dado cuenta de que hoy no te has traído la comida —dije, tratando de explicar mi gesto.

—La verdad es que alguien ha hecho que estuviera a punto de llegar tarde. Cocinar era imposible —me acusó en un tono juguetón que hizo que mi estómago cosquillease.

—Esta es mi ofrenda para que me perdones.

—Estabas más que perdonado.

Sus palabras fueron seguidas por una sonrisa que hizo que me sintiera muy vulnerable. Mike me gustaba mucho. Demasiado. Tenía en sus manos mi corazón, y eso me aterraba, pero, a la vez, era incapaz de distanciarme de él. Solo quería estar cada vez más y más cerca.

Saqué los bocadillos y nos los comimos mientras manteníamos una charla agradable, aunque llena de tensión. Con una mirada aquí y otra allá.

Cuando acabamos los bocadillos, pasó lo que tenía que pasar. Terminamos comiéndonos a besos. Llevábamos bailando todo el tiempo alrededor de ello. La atracción y el deseo llenaban el ambiente hasta el punto de hacerlo irrespirable.

Mike estaba sentado en el borde de su escritorio y yo me levanté con el pretexto de deshacerme de los envoltorios, pero, al regresar a la mesa, en vez de sentarme en el sitio, me coloqué entre sus piernas, que se abrieron todavía más para acogerme. El vello del cuerpo se me erizó y me recorrió un calambre de placer.

—Creo que es la hora del postre —dije, acercándome mucho a él, mirando sus labios.

—Estoy de acuerdo —comentó segundos antes de inclinarse hacia mí y, por fin, juntar nuestras bocas.

Fue un beso lleno de ganas. Como si hubieran pasado meses y no solo horas desde que nos habíamos besado. Como si nos estuviésemos muriendo de sed y el otro fuese el agua.

Su lengua entró en mi boca y me poseyó. Sus manos se enroscaron en mi cintura y me atrajeron contra su cuerpo. Las mías subieron por su pecho hasta colgarse de su cuello. No quería un solo milímetro de distancia entre nosotros.

Mi cuerpo estaba ardiendo. Mike me hacía arder.

Me perdí en el momento, disfruté de cada segundo.

Todo fue perfecto hasta que la puerta del despacho se abrió de golpe, seguida de una exclamación de sorpresa.

Sabía que la había cagado.

Me giré, lo hice lentamente. Casi con los ojos cerrados, porque sabía a quién me encontraría y no quería verla. No quería ver la decepción en su mirada. Si nunca me había gustado, mucho menos si era yo el causante. Pero tenía que hacerlo. Enfrentarme en algún momento a la consecuencia de mis decisiones.

Me giré por completo y entonces la vi.

Sarah nos miraba con sorpresa e incredulidad, como si no pudiese procesar lo que sus ojos le estaban mostrando. Cuando por fin lo comprendió, su gesto se transformó en dolor. Sus iris viajaban de uno a otro, sin saber en cuál de los dos detenerse. Sentí cómo el corazón se me apretaba.

—Joder —dijo segundos después la voz de Matt cuando se asomó por la puerta.

Se colocó justo detrás de Sarah y nos miró con ojos desorbitados. Le habíamos sorprendido tanto que ni siquiera era capaz de hablar. Y eso era impropio de Matt. La situación habría sido cómica si no hubiera sido porque podía escuchar cómo los pedazos del corazón de Sarah golpeaban contra el suelo.

No recordaba haberme sentido peor en la vida.

Peor amigo, peor persona.

Todos y cada uno de los miedos que había tenido con respecto a Dan se vieron materializados en el momento en el que Sarah entró al despacho. Se me partió el corazón. Me sentí el hombre más cabrón de mundo.

Que saliese corriendo cuando fue capaz de reaccionar asestó la puñalada que faltaba para rematarme.

¿Lo peor de todo?

Que me lo merecía, joder. Me merecía su odio. Su enfado. Su rechazo.

Me sentía entre dos tierras. Me había sentido así desde el principio. Lo único que me había distraído, ya que mi prioridad siempre había sido Sarah, era que Dan se había ido metiendo bajo mi piel poco a poco.

Lo que al principio había comenzado como una mera atracción sexual que había sentido inofensiva —era cuestión de rascarse el picor—, se había convertido en el centro de mi universo. El deseo había dado paso al amor. Ahí es cuando había llegado lo difícil.

—Esto se ha acabado —dije después de unos segundos de silencio durante los cuales los dos habíamos tratado de recomponernos.

—Mike. —Mi nombre escapó de sus labios y me miró con los ojos llenos de lágrimas, brillantes, desgarrados.

No dijo nada más. No podía. No era el único que sufría por haber decepcionado a Sarah. Esa era otra de las cosas que compartíamos. Para ambos era demasiado importante.

Le di una última mirada antes de salir corriendo a buscarla. Necesitaba alcanzarla. Hablar con ella. Disculparme. No podía soportar haberla dañado.

Corrí por el pasillo y no me costó mucho acercarme a ella. Aunque mi corazón latía tan acelerado que amenazaba con salírseme del pecho, pero no era por el esfuerzo, era por el miedo. Estaba muy asustado.

—Sarah, un segundo —la llamé, agarrándola del brazo para que dejase de caminar.

Ella se dio la vuelta y vi que sus ojos estaban llenos de lágrimas.

No dijo nada, no hacía falta que lo hiciese para que supiese que estaba decepcionada.

—Lo siento —dije sin tener muy claro cómo poner en palabras lo que estaba sintiendo—. La he cagado —confesé.

—¿Tú? —preguntó ella de pronto, llena de rabia. Las lágrimas se desbordaron de sus ojos—. Yo he sido la que lo he hecho. ¿Cómo es posible que mi tío y mi mejor amigo se estén comiendo a besos y yo no sepa nada de eso? ¡¿Cómo es posible, joder?!

Sus últimas palabras fueron un grito. Se llevó la mano a la cara, luego movió los pies adelante y atrás. Como si estuviera desesperada.

—Lo siento, de verdad. No tenía que haber sucedido.

—¿No tenía que haber sucedido? —repitió mis palabras con incredulidad—. ¿Que me enterase? ¿Que os enrollaseis? No tengo ni idea de a lo que te refieres porque esta mañana me he levantado pensando que conocía todo mi mundo, a todas las personas a las que amaba, y hace unos minutos me he dado cuenta de que era una mentira. ¿Qué he hecho mal para que me dejéis al margen?

—No digas eso. No has hecho nada. No quería que hubiera nada que contar. Tú eres mi prioridad —le dije de carrerilla, alargando las manos para atraerla contra mi cuerpo.

Sentí un poco de alivio cuando no se apartó de mi toque. La estreché contra mi cuerpo y se deshizo en lágrimas. Apoyó su cabeza en mi pecho. Cerré los ojos y puse la barbilla sobre su cabeza. Podía notar cómo sus lágrimas calaban mi camiseta y me humedecían la piel. Levanté la vista y me encontré con la mirada de Matt, que nos observaba alerta. Como si estuviese esperando ver el más mínimo indicio de que Sarah le necesitaba para acercarse a ella. Para quemar el mundo si hiciese falta. En ese momento tan difícil, me sentí aliviado al cerciorarme una vez más de la maravillosa persona que Sarah tenía a su lado. Odié darme cuenta de que era yo, que había jurado protegerla siempre, el que le estaba causando dolor.

—Lo siento muchísimo, cariño. Jamás volveré a hacer nada para dañarte.

Sabía que mis palabras no significaban nada si no iban acompañadas de actos. Sabía que era demasiado tarde para borrar el dolor que le había provocado. La decepción. Pero tenía el resto de la vida para arreglarlo.

Haría lo que fuese necesario para conseguirlo.

Capítulo 30

Si hay una segunda vez,
puede que tus pelotas no lo cuenten

Me sentía como el puto peor amigo de la historia.

Esperé durante unos segundos frente a la puerta de la habitación de Matt antes de llamar.

Estaba hecho un cobarde.

Sabía que tenía que dejar de lado la vergüenza y el malestar para disculparme con Sarah. Cuanto más lo demorase, peor. Más tiempo estaríamos sufriendo. No podía hacerle eso.

Por eso, cuando terminó el entrenamiento de ese día, después de irme a dar un paseo para poner en orden mis ideas y mis pensamientos, lo primero que hice fue ir a buscarla.

Ya bastaba de hacer el gilipollas y de dilatar el momento.

Alcé la mano y llamé. Medio segundo después, la puerta se abrió, revelando a Matt. Apretó la mandíbula ligeramente antes de salir de la habitación y cerrar la puerta detrás de él.

—No pensé que viviría el día en el que serías tú el que le hiciera daño a Sarah —dijo, y era imposible pasar por alto la decepción en su voz.

El corazón se me contrajo dolorido una vez más. No necesitaba que él me recordase lo mucho que la había cagado.

—Soy un gilipollas.

—Lo eres.

Me observó durante largos segundos, analizándome.

—Me voy a largar para que podáis hablar solos, pero te advierto, Dan, que como le vuelvas a partir el corazón, voy a ser yo el que te parta las piernas a ti —dijo sin un ápice de broma. Estaba hablando totalmente en serio. No me llamó por mi apellido ni usó el deje soberbio, solo la más pura honestidad.

—En el caso de que eso sucediese, que es absolutamente imposible, sería yo mismo el que te suplicase que lo hicieras.

Mi respuesta pareció complacerlo. Me hizo un gesto de despedida con la cabeza y descendió las escaleras. Me tomé unos segundos para prepararme antes de abrir la puerta.

Lo primero que vi fue a Sarah tumbada de costado en la cama, hecha un ovillo. Imagen que golpeó con fuerza contra mi plexo solar, partiéndomelo en dos. Nadie podía odiarse a sí mismo más de lo que yo me odiaba en ese momento. Sin pararme un solo segundo a pensar en nada, fui corriendo hacia la cama y me tumbé detrás de ella. Envolviéndola con mi cuerpo.

—Joder, Sarah. Lo siento —le dije, besándole el pelo, apretando su cuerpo—. Lo siento. Lo siento. Lo siento —repetí casi como un mantra que iba a curarnos a los dos por arte de magia. Como si así fuese capaz de borrar todo el dolor y la traición que volaba sobre nosotros.

Sarah se giró en mis brazos y enterró su cara en mi cuello. Su gesto me hizo pensar que tenía una posibilidad de conseguir su perdón.

—Te odio —dijo después de unos minutos.

—Normal. Me lo merezco.

—Lo peor de todo es que me odio más a mí.

—No digas tonterías —le corté, no quería escucharle hablar mal de sí misma. No se lo merecía.

—No son tonterías, es la verdad —dijo, separándose de mi cuerpo para sentarse en la cama. Apoyó la espalda en el respaldo, encogió las piernas y se las pegó al pecho. Imité su postura. Me senté tan cerca de ella que nuestros hombros se rozaron—. Me he comportado de manera que has sentido que no puedes confiar en mí. Siempre nos lo contamos todo.

—No tienes la culpa. No te la cargues sobre los hombros, joder. Es solo mía. He sido un cobarde.

—No, Dan. He estado pensando y quizás he pasado demasiado tiempo con Matt y no he estado tan cerca de ti como debería.

—No, no es eso. No ha sido por eso —la interrumpí, tratando de ordenar los pensamientos en mi cabeza a la vez—. No te he dicho nada porque estaba confundido. Por lo menos, al principio. Ya sabes que nunca me he sentido atraído por un hombre —le expliqué como si aquello fuese justificación suficiente para mi falta de comunicación cuando no lo era para nada.

Se quedó callada durante unos segundos, mirándome con los labios apretados como si estuviera analizando la situación, tratando de poner sus sentimientos bajo control.

—Bueno, ahora me parece un buen momento para que me lo cuentes todo. No escatimes en detalles, Dan —me advirtió, como si de hacerlo no fuese a perdonarme.

Y eso fue lo que hice. Le conté todo desde el principio, desde la primera vez que había estado con Mike. Ella me escuchó tranquila y atenta, sin mostrar en ningún momento ni molestia ni horror, lo que hizo que la sensación de que había sido un amigo de mierda se acrecentase.

Cuando por fin terminé de narrar nuestra historia hasta el momento en el que nos había visto en el despacho, me sentí como si me hubiese quitado de encima un saco de culpabilidad muy pesado. Una losa.

—No sé cómo has sido capaz de pasar por todo eso solo —dijo como único apunte.

—¿No te importa que estemos juntos?

—Pero ¿por qué piensas esa chorrada? ¿Cómo me iba a importar?

—No lo sé. Mike está convencido de que no te va a hacer gracia.

—¿Cómo le podría importar a alguien que dos de las personas que más quiere en el mundo se hagan felices la una a la otra? Me importaría si os hicierais daño, pero os conozco a los dos y serían incapaces. —Sarah me lanzó una pequeña sonrisa que me enterneció. Relajó un poco la opresión que sentía en el pecho.

—La verdad es que quiero a Mike.

—Mike —repitió como si estuviera probando a ver cómo sonaba el nombre en su boca—. Se me hace rarísimo que lo llames así. Me da la sensación de que estás hablando de otra persona —dijo con una risa algo nerviosa—. Te juro que no lo estoy juzgando.

—Lo sé, no eres capaz de hacer nada malo.

Ella hizo un ruido divertido, como si la frase fuese una tontería.

—No soy tan perfecta como os esforzáis en decir. —Giró la cabeza para mirarme—. ¿Y cómo van las cosas entre vosotros? —indagó, lo que me hizo pensar que la conversación que habían tenido ella y Mike no había sido muy esclarecedora.

—Pues estamos de vuelta en el punto de inicio. Resumiendo: tu tío no quiere estar conmigo porque piensa que es una aberración hacerlo.

—¿Por qué piensa eso? —preguntó ella, sorprendida.

—Diferencia de edad, que es tu tío y nosotros somos mejores amigos —enumeré, sacando los dedos y poniendo voz de hastío—. Si fuese porque no siente nada por mí, te juro que lo llevaría mejor. Pero sé que en el fondo me quiere. O, por lo menos, lo está empezando a hacer; eso no se puede fingir.

—Lo que dices explica muchas cosas —dijo, llevándose la mano a la barbilla y entrecerrando los ojos como si estuviese pensando con mucha intensidad—. Cuando ha venido corriendo detrás de mí, me ha dicho que no tenía que haber sucedido. Estaba demasiado afectada en ese momento como para procesarlo.

—Sí, no quiere estar conmigo.

—¿No quiere? —preguntó con escepticismo—. No me ha parecido ver eso.

—No quiere quererlo. Cree que está mal.

—¿Y tú se lo vas a permitir? ¿O vas a hacer lo que esté en tu mano para que se dé cuenta de que quiere estar contigo?

Así era Sarah en estado puro. Mi apoyo incondicional y mejor amiga del mundo. Mi acicate. Mi hogar.

—No voy a volver a cometer el error de mantenerte al margen de mis sentimientos —le juré.

—Más te vale que no lo hagas porque, si hay una segunda vez, puede que tus pelotas no lo cuenten.

Capítulo 31

Estoy metido en mierda hasta las rodillas

Cuando a eso de las diez de la noche llamaron a la puerta de mi habitación, casi lo agradecí. Llevaba un par de horas haciendo como que estudiaba, mientras que lo que en realidad hacía era distraerme constantemente. No solo con el teléfono móvil, sino pensando en lo mucho que me gustaría estar con Andrew, en lo mucho que nuestra relación había cambiado y en que quería que le pusiéramos un nombre. Quería saber si él sentía lo mismo. Pero, claro, me estaba comportando como una cobarde; estaba asustada, no quería perder la maravilla que ya tenía.

Tenía que regresar a la realidad.

—Adelante —di paso.

La verdad era que, cuando la puerta se abrió y vi entrar a Dan, me sorprendió bastante. Eso y la cara tan desencajada que tenía. Me puse recta al instante.

—Estoy metido en mierda hasta las rodillas. Soy un mal amigo y un pésimo interés romántico también. Necesito tu ayuda —dijo mientras se acercaba desde la puerta hasta la cama.

—Guau. Así como carta de presentación no tiene precio. ¿Qué te ha pasado? —le pregunté, preocupada, levantándome de la cabecera de la cama para sentarme a su lado.

—No sé ni por dónde coño empezar —me dijo casi al borde de las lágrimas, reacción que me hizo inquietarme de verdad.

Por supuesto que sabía que Dan era capaz de preocuparse, pero nunca le había visto tan agobiado. Era ese tipo de personas a las que les costaba verle el lado negativo a las situaciones. No quería que perdiese esa forma de ser.

—Quizás, lo primero que necesitas sea un abrazo —le dije. Y, antes de terminar la frase, ya estaba agarrada a sus hombros y espachurrando su cuerpo contra el mío.

Nos quedamos así durante unos minutos. Me alivió notar que se iba relajando poco a poco en mis brazos.

—Gracias —dijo, apretándome con mucha fuerza.

—Para eso estamos.

—Espero que, cuando te diga lo que necesito, sigas pensando lo mismo.

Antes de que pudiese preguntarle a lo que se refería, un par de golpes en la puerta de mi habitación desviaron nuestra atención.

—Buenas noches —dijo mi padre, entrando como si el lugar le perteneciese. Fulminó a Dan con la mirada y yo puse los ojos en blanco. ¿Cómo era posible que se preocupase tantísimo?

Un día de estos iba a tener una charla con él explicándole que Matt no me había roto el corazón ni nada parecido. Antes jamás se había angustiado tanto por mí.

—Buenas noches —le devolvimos el saludo Dan y yo.

Me quedé mirándole a la espera de que pusiera en palabras lo que quería saber. No iba a ponerle las cosas fáciles y mucho menos me iba a excusar por estar con un amigo en mi cuarto. Era mayorcita para eso y, sobre todo, había demostrado a lo largo de los años que era una persona muy responsable. Casi demasiado.

—¿Y Andrew? —inquirió, mirando a Dan, dejándome con la mandíbula desencajada porque era lo último que pensaba que iba a preguntar.

—¿Acabas de preguntar por Andrew?

—Sí —respondió sin ningún tipo de vergüenza.

—Pues está en su casa, estudiando. Mañana tiene un examen.

—Bien. ¿Y tú eres...? —preguntó, mirando directamente a Dan.

No me podía creer la situación. No podía. Mi padre llevaba un montón de tiempo molestando a Andrew cada vez que le veía y ahora, *ahora*, ¿se le ocurría que le gustaba? ¿Qué estaba pasando?

—Dan —respondió él, alargando la mano—. Soy un amigo de Macy.

—Bien. ¿Necesitáis algo?

—Sí, hablar —dije riéndome, señalando lo que a mi parecer era obvio.

Me observó con una sombra de duda durante unos segundos. Me dieron ganas de mirar a todos lados para cerciorarme de que no hubiese cámaras y esto fuese una broma. ¿Se había vuelto loco este hombre?

—Estaré cerca si me necesitas. —Señaló hacia fuera.

—Papá —me quejé, incrédula.

—Vamos a estar muy bien, señor —intercedió Dan, que no sabía muy bien el motivo por el cual la situación no le estaba pareciendo surreal, pero agradecía su entereza.

—No tengo la menor duda de ello —comentó mi padre, dándole un tono de amenaza a su afirmación.

Me puse las manos en la cara, avergonzada por toda la escena. Mi padre se quedó unos segundos en el hueco de la puerta antes de salir del todo y cerrarla detrás de él.

—Menuda escena —le dije a Dan, golpeándome la frente—. No sé qué le pasa últimamente.

—No te preocupes. Es bonito que tu padre se preocupe por ti, aunque sea de una forma extraña —añadió riéndose.

—Ese es el único motivo por el que no le mato.

—Normal.

—No te vayas por las ramas y desembucha lo que ha pasado —le pedí directamente.

Dan dudó durante unos segundos, a juzgar por cómo apretó la boca, casi como si le molestase ponerlo en palabras.

—Sarah nos ha descubierto a Mike y a mí enrollándonos en su despacho —dijo con cara de «me quiero morir en este preciso instante».

—¿Te has enrollado con Mike? —La pregunta se escapó de mis labios con vida propia.

Dan emitió un quejido de dolor.

—Ahora mismo me vuelvo a sentir mal amigo. Por lo menos, tú sí que sabías que me gustaba.

—Supongo que Sarah no se lo ha tomado bien.

—Creo que, si le hubiese clavado un cuchillo en el pecho, se habría sentido menos traicionada, la verdad.

Puse cara de horror y pena.

—Joder, Dan. Normal que estés así —le dije, porque me parecía una tontería restarle importancia. La tenía y mucha. A Dan no le gustaba que le endulzasen las cosas. Estaba segura de que no había venido a hablar conmigo para eso—. ¿Cómo están las cosas con Sarah? —le pregunté con un poco de miedo.

—Medio bien. Lo hemos arreglado porque es la mejor persona del mundo y mi mejor amiga. Porque ella también se equivocó en el pasado. —No hacía falta que lo verbalizase para que supiera que estaba hablando de cuando ella y Matt se habían acostado estando todavía emparejado conmigo—. Pero eso no quita para que le haya hecho muchísimo daño y me sienta como una mierda.

—Por lo menos, ahora tienes tiempo para arreglarlo —le dije para animarlo y porque era la verdad. Sarah era lo suficiente buena persona como para perdonar a Dan.

—Tengo que arreglar muchas cosas.

—Supongo que Mike no se lo ha tomado bien tampoco.

—Ha sido un puto desastre.

—No sé ni qué decirte.

—Dime que me ayudarás.

—Claro, estoy aquí para lo que quieras.

—Necesito que me ayudes a darle celos a Mike —comentó, acelerado.

Le miré escéptica durante unos segundos. No esperaba que me propusiese eso. Sonaba poco inteligente.

—No sé si es la mejor idea —le hice saber.

—Tengo que hacer algo —pidió, un poco desesperado.

—¿Qué piensas que vas a conseguir con eso?

—¿Que se dé cuenta de que puede perderme? Yo qué sé, tengo que hacer algo. Necesito que se dé cuenta de que le importo. Que quiere estar conmigo.

—Hay maneras más inteligentes de hacerlo.

—Créeme, no voy a conseguir acercarme a él en un siglo. Por favor —pidió con cara preocupada.

Lo sopesé durante unos segundos. Me hubiera gustado que se me ocurriese alguna otra forma, pero estaba demasiado abrumada por mi propia situación como para ser capaz de arreglar la de Dan. No iba a negarme. Él mejor que nadie conocía al entrenador para saber su reacción.

—Si es eso lo que necesitas, eso es lo que obtendrás de mí. Me tienes a tu lado.

Estoy muy feliz de haberte conocido, joder —dijo antes de volver a lanzarse hacia delante para abrazarme.

Yo también estaba muy feliz de haberlo conocido.

Capítulo 32

Me gustaría darte un consejo. Solo uno

Macy

Mentiría si no dijese que lo que se me pasó por la cabeza cuando Andrew me preguntó si me apetecía ver una película con él en su casa y cenar algo era que quería que nos acostásemos.

Y no fue por su mención de que estaríamos solos, tampoco porque propuso que lo hiciéramos en su habitación en vez de en un lugar común. No. Era porque desde hacía un par de semanas en lo único que podía pensar era en que quería pasar más tiempo con él, que hubiera algo más entre nosotros.

Mis ganas de experimentar se habían esfumado para dejar hueco a esta nueva sensación. Se habían apartado para permitir a mi corazón descubrir lo que era estar enamorada. Porque sí, me había enamorado de Andrew hasta los huesos. ¿Cómo no iba a hacerlo si era maravilloso? Si hacía que todo mi cuerpo ardiese. Si era único en dibujar sonrisas en mi boca. En calentar mi pecho con sus miradas.

Habíamos terminado de ver la película y, por cuestiones de la ley de la atracción —que no tenía ni idea de cómo funcionaba, pero que estaba segura de que era el motivo por el que mi cuerpo se inclinaba hacia el suyo—, había terminado tumbada entre sus piernas recorriendo su brazo con mis dedos y señalando cada uno de sus tatuajes.

—¿Y este?

—Es Vin, la protagonista de *Nacidos de la bruma* —respondió él susurrando en mi oído.

No parecía para nada molesto con mi interrogatorio. De hecho, su forma de hablar me estaba excitando mucho.

—Entonces, tenemos tatuajes de Harry Potter y de las novelas de Brandon Sanderson —dije, explicando lo evidente solo por tener durante un rato más las manos sobre su brazo. Había perdido la cuenta de la cantidad de veces que había deseado interrogarle sobre sus tatuajes. Sentía curiosidad por todo él—. Se podría decir que eres un amante de la literatura.

—Se podría decir incluso que soy un friki —respondió, divertido. Pero no se me escapó el rastro de excitación adherido en sus palabras.

Me di la vuelta en sus brazos para que quedásemos frente a frente. Sus ojos cayeron sobre los míos cargados de intensidad. La fuerza de su mirada hizo que mi bajo vientre se calentase.

—Andrew —dije separando los labios, haciendo que su vista se dirigiese allí y sus ojos se volviesen brillantes por la necesidad.

El aire en la habitación se llenó de electricidad mientras lo único que podía hacer era desear con todas mis fuerzas que bajase la boca y me besase.

Si no recorría la distancia que nos separaba y acariciaba sus labios con los míos, iba a morir. Sentía todo el cuerpo ardiendo y el corazón hinchado. Me encantaba tenerla entre mis brazos, que se interesase por mis gustos y, sobre todo, a ella. Entera. Cada uno de sus gestos, cada risa o broma, cada centímetro de su cuerpo, cada respiración.

Bajé la cabeza con decisión y la besé. Sentía que ella también lo deseaba, y que no lo hiciera era lo único que podría haberme retenido.

Al principio, fue un beso suave. Solo la piel de nuestros labios rozándose. Una y otra y otra vez. Con delicadeza y amor. Luego, el beso se fue transformando en algo más. La necesidad hizo que nuestras lenguas comenzasen un baile desenfrenado.

Más tarde, cuando la pasión se apoderó de nosotros y el roce de nuestras bocas no fue suficiente, comenzamos a acariciarnos con las manos. Recorrí cada valle y cada elevación del cuerpo de Macy mientras nos arrancábamos la ropa. Mi boca abandonó la suya para recorrer cada centímetro de piel que tenía a mi alcance al tiempo que ella llenaba la habitación del sonido más hermoso que había oído jamás. Del sonido que quería escuchar durante el resto de mi vida: sus gemidos de placer.

Después de hacerla llegar al orgasmo con mi boca, tomándome mi tiempo para disfrutarla, me puse un preservativo y me tumbé sobre ella.

La miré a los ojos cuando me hundí en su cuerpo. Disfrutando de la suavidad que me envolvía como un guante de seda apretado. Sabía que no iba a durar mucho. Estar dentro de ella era una dulce tortura. Me moví con ganas, llevando la mano a su clítoris para elevar su placer a la vez que yo navegaba sobre el mío.

Cuando alcancé el clímax entre sus piernas, tuve que morderme la lengua para no decirle cuánto la amaba.

Después de eso, el único sonido de la habitación fueron nuestras respiraciones aceleradas. Sostuve a Macy con fuerza contra mi cuerpo hasta que su aliento se volvió regular y se quedó dormida entre mis brazos. No podía dejar de observarla, admirando con incredulidad lo hermosa que estaba tumbada sobre mi pecho. Luego me quedé yo también dormido. Feliz y a gusto. Pleno y muerto de miedo.

Cuando me desperté de madrugada sediento —lo que era normal con la tonelada de palomitas que habíamos comido mientras veíamos la película—, me separé con cuidado y a duras penas de Macy para bajar a por agua.

Iba sumido en mis pensamientos mientras subía las escaleras de regreso al cuarto. Pensado en cómo era posible ser tan feliz por un lado y, por el otro, en lo angustiado que me sentía por no ser suficiente para ella. En que quería regresar a su lado.

Cuando subí el último peldaño de las escaleras, vi a Matt asomarse a mi habitación y me dio un vuelco el estómago. ¿Cuándo habían llegado?

—Joder —le escuché decir. Acto seguido, se apartó hacia atrás.

—Matt —le llamé con el corazón en la garganta. Tenía miedo de que hiciese un ruido que despertase a Macy y explotase la burbuja de felicidad en la que estaba viviendo.

No quería que ella se avergonzase de nosotros por nada del mundo. Necesitaba estar seguro de que estaba preparada para algo más antes de hacer un movimiento. Necesitaba estar seguro de que sentía que era suficiente para ella.

—Madre mía. Menuda racha llevo, macho —dijo Matt riéndose.

—¿Racha de qué? —le pregunté a la defensiva. La situación me había puesto muy tenso. Sabía que había visto a Macy en mi cama.

Era imposible no llegar a la conclusión de lo que había sucedido en esa habitación. No solo porque ella se había quedado dormida con solo la sábana cruzando su estómago, sino porque encima yo subía en calzoncillos con el pelo despeinado y supongo que la cara de satisfacción más grande que una persona podía tener.

—Es la segunda pareja de la que no sabíamos nada que me encuentro esta semana.

—¿Qué? ¿Quién? —pregunté, desconcertado.

—Da igual. Déjalo. Es mejor que no hablemos de ello. Hablemos de ti —me dijo, señalándome con el dedo al pecho y luego, hacia la puerta de la habitación—. ¿Hay algo que quieras contarme?

—A ti qué te importa —le espeté apretando los dientes.

Sabía que me estaba comportando como un idiota, pero saberlo no hacía nada por aplacar mi mal humor. Me sentía amenazado.

Tenía miedo de que el hombre delante de mí me dijese que no era suficiente para Macy. Lo sabía. Demonios, lo tenía claro. Aun así, una cosa era saberlo y otra muy diferente, que alguien como Matt lo pusiera en palabras.

—¡Eh, no te enfades! —dijo él, levantando las manos para que me tranquilizase.

—Baja la voz —le dije con tono duro.

Agarré su brazo y tiré de él escaleras abajo. No dejé de andar hasta que entramos en la cocina. Cerré la puerta para que nadie pudiese oírnos.

Me quedé mirándole con la respiración acelerada y un sentimiento de alarma agarrado con fuerza a mi estómago.

—¿Qué te pasa, tío? —me preguntó Matt después de unos segundos.

Ver un rastro de preocupación real en sus facciones hizo que me relajase un poco. Pensaba que iba a entrar directo a los reproches.

No sabría decir qué me llevó a confesarlo, pero la cuestión era que sentí que necesitaba vaciarme. Que, si Matt comprendía la profundidad de mis sentimientos, no me censuraría estar con ella.

—Estoy enamorado de Macy —dije. Y Matt abrió mucho los ojos. No habría sabido decir ni aunque mi vida hubiese dependido de ello si su sorpresa era por la confesión en sí misma o porque no se esperaba que me abriese de esa manera—. Llevo enamorado de ella muchos años.

—No me esperaba eso —comentó en *shock*.

—¿Tienes algún problema? —pregunté a la defensiva.

Mi actitud no le perturbó para nada.

—Esto es lo que te tenía tan feliz, ¿verdad? —comentó, mirándome con una sonrisa de gilipollas, como si estuviese orgulloso y divertido de haberlo descubierto.

—¿De verdad quieres una respuesta o es tu necesidad de parlotear la que lo pregunta? —le dije, tratando de alzar un muro para no sentirme tan vulnerable.

No estaba acostumbrado y no me gustaba. La única persona con la que podía soportar la incomodidad y quería que conociese todos mis lados era Macy. A pesar de lo difícil que me resultaba abrirme.

—¿Sois novios? —indagó.

—No.

—Joder, Andrew. ¿Sabe ella que te gusta?

Resoplé, porque me estaba preguntando justo lo que no tenía ni putas ganas de contestar. Tocar los huevos era un don innato en Matt.

—Una idea tiene, pero no sabe hasta qué punto —dije apretando los dientes. Me jodía cada palabra que salía de mi boca, porque me acercaba un poco a la verdad que no quería poner encima de la mesa. A la verdad en la que no quería siquiera pensar.

Matt pareció reflexionar durante medio minuto sin apartar los ojos de mí.

—Me gustaría darte un consejo. Solo uno.

Asentí con la cabeza como respuesta.

—Macy es una chica directa. Apreciará que seas sincero con ella. Si te gusta, díselo. Si quieres más con ella, también. La gente no sabe lo que queremos o necesitamos si no lo expresamos. Te sorprendería lo mucho que cambian las cosas cuando nos abrimos a los demás.

Resoplé. ¿Cuándo se había convertido Matt en un puto psicólogo?

—Como si fuera así de fácil —comenté.

—Nadie dijo que lo fuera. Yo estaba cagado cuando fui a sincerarme con Sarah. Sobre todo, porque la había cagado de una forma enorme —explicó, poniendo una mueca de dolor—. Pero, si no lo hubiera hecho, hoy no estaríamos juntos.

Me quedé en silencio reflexionando sobre lo que acababa de decirme. Debatiendo conmigo mismo sobre hasta qué punto quería abrirme. Sobre cómo me haría sentir sacar mi miedo más profundo al exterior. Desnudarlo delante de él.

Joder.

Si no lo probaba una vez, no sabría jamás si era cierto que fuese liberador. Apreté las manos en puños a mi lado a modo de protección.

—Estoy acojonado de perderla. Ahora la tengo. Puede que no como quiera, pero está conmigo.

—La vas a perder de todos modos si no lo haces. Puede que hoy no sea el día, pero llegará el momento en el que quiera más. La cuestión es si vas a ser tú el que se lo dé o vas a esperar a que otro se atreva a hacerlo.

—Joder.

—Ánimo, macho. Puedes con ello —me dijo antes de darme unas palmadas en la espalda—. Ahora me voy con Sarah, que me está esperando en la habitación. Cree en ti, joder.

Las palabras de Matt siguieron resonando en mi cabeza mucho tiempo después de que se fuese de la cocina. Lo siguieron haciendo mientras ascendía las escaleras hacia la planta superior y lo hicieron todavía con más fuerza cuando me tumbé en la cama frente a Macy y la observé con el corazón apretado.

Ella era todo lo que quería en el mundo.

Capítulo 33

No quería permanecer allí ni un segundo más

Estaba escéptica. No creía que el plan que había elaborado Dan sirviese para nada. A mi parecer, se lo había dicho ya unas cuantas veces: no iba a resultar creíble. Sin embargo, la opción de sentarse a hablar con Mike no le convencía para nada.

Podía entenderlo, yo misma no estaba haciendo mejor las cosas con la persona de la que estaba enamorada, pero es que verlo desde fuera era francamente patético. Por eso, antes de salir disparada al lugar en el cual íbamos a montar el numerito, me juré que de ese fin de semana no pasaría que hablase con Andrew. Ya era hora de arriesgarme.

—¿Estás seguro de esto? —pregunté de nuevo, por si acaso había recapacitado en los últimos minutos.

—Tengo que hacer algo —me dijo con tal cara de desesperación que me cerró la boca.

Eso y que de repente le vi tensarse frente a mí. Esperé a que me hiciese el gesto acordado: tocarse la oreja derecha; pero no habría hecho falta. Su cara y postura corporal gritaban muy fuerte que Mike estaba cerca. Pensé en lo que sentía cada vez que veía a

Andrew y lo comprendí. No era fácil lucir normal y relajado frente a la persona de la que estabas enamorado y mucho menos si esta se negaba a reconocerlo. Si no quería estar contigo.

Esperé unos segundos antes de comenzar con el guion.

—Dan, escúchame —le pedí, dando un paso hacia delante y colocando la mano derecha sobre su pecho—. Quiero que pienses en lo que te he dicho. Quiero que nos demos una oportunidad. Sabes que me gustas mucho, que estoy enamorada de ti. Podríamos estar muy bien juntos. —Pronuncié el diálogo aprendido sintiendo que ninguna persona en este mundo se lo tragaría, se me notaba a leguas que no había ningún tipo de brillo en mis ojos, y vi que Dan miraba a un punto por encima del hombro con gesto esperanzado.

Traté de quedarme lo más quieta posible a la espera de que él arrancase con su parte de la función cuando un golpe fuerte en el pasillo, seguido de una exclamación de una voz que conocía casi tan bien como la mía, hicieron que me diera la vuelta.

Durante unos segundos, mi cerebro no fue capaz de procesar las palabras de Macy. O, más bien, puede que fuese que mi corazón el que se negaba a hacerlo. Sin embargo, cuando penetraron, el pensamiento siguiente que me atravesó fue el de que desde un principio lo había sabido: yo no era suficiente para ella.

Lo único que deseaba después de procesar que en realidad estaba enamorada de Dan era largarme de allí, desaparecer sin dejar rastro, sin hacer ruido, como si nunca hubiese estado, pero mi cuerpo no parecía capaz de seguir las órdenes que le daba mi cerebro. Lo que mi cuerpo hizo fue dejar caer el casco que llevaba en la mano. El objeto aterrizó contra el suelo causando un estruendo, casi el mismo sonido que había hecho mi corazón al romperse, haciendo que las tres personas que estaban en medio del pasillo girasen la cabeza y me mirasen.

No quería permanecer allí ni un segundo más. Solo quería desaparecer, dejar de sentir. Me di la vuelta y salí corriendo como si fuera un infante.

—Andrew, espera —me pidió la voz de Macy.

Pero ni ella era capaz de detenerme en ese momento.

Seguí corriendo, pero no llegué muy lejos, me sentía perdido.

—¿Qué te pasa? ¿Estás bien? —me preguntó ella, agarrándome del brazo para que dejase de correr.

Supe antes de abrir la boca que debería haberme callado, que por una vez en la vida era mejor que no me comunicase; pero, igual que durante muchos años había deseado tener la capacidad de ser más abierto y no había sido capaz, en ese momento no pude mantenerme en silencio. Necesitaba sacar el dolor de dentro.

—No lo estoy. No, Macy. Estoy de puta pena, destrozado —dije con rabia; noté en su gesto lo sorprendida que estaba—. A nadie le gusta escuchar cómo la mujer de la que llevas toda la vida enamorado habla de lo mucho que quiere a otro hombre. Me abrasa por dentro —expliqué, llevándome la mano al pecho y notando que los ojos se me humedecían—. Y lo peor de todo es que lo sabía, sabía que ibas a preferirle a él antes que a mí, que no soy suficiente para ti. Igual que lo supe cuando comenzaste a salir con Matt. Yo tengo la culpa por haberme ilusionado. Por creer que podría hacer lo que en realidad no puedo.

No dijo nada. Su cara de *shock* habló por ella. Aproveché el momento para marcharme. Estar allí me dolía.

Esa vez, cuando abandoné el estadio sin cambiarme de ropa, habiendo dejado el casco tirado en el pasillo y sin contestar a ninguno de mis amigos cuando entré al vestuario a toda hostia para coger la mochila, nadie me siguió.

Cuando me monté en el coche, mi cerebro alternó entre mostrarme la escena de amor de Macy a Dan y su cara de impacto cuando había reconocido que la amaba.

Sabía que no iba a ser capaz de recomponerme después de eso. No iba a ser capaz de volver a esconderme en la sombra después de haber vivido en el paraíso durante meses.

Me quedé paralizada.

Como si lo que estaba diciendo Andrew no terminase de calar en mi interior.

Como si la desesperación y el dolor que sus palabras destilaban se las estuviese causando otra persona y no yo.

Como si su confesión de amor se la estuviera diciendo a alguien más y no a mí. ¿Cómo era posible que este maravilloso hombre llevase toda la vida enamorado de mí y yo no me hubiese dado cuenta? ¿Cómo había podido ser tan afortunada y tan idiota a la vez? ¿Cómo había sido capaz de causarle semejante dolor?

Mucho tiempo después de ver cómo se alejaba por el pasillo, todavía me sentía incapaz de relacionar lo que acababa de escuchar, lo que acababa de pasar, con la realidad. No fui capaz de moverme hasta que Dan se acercó a mí, me puso una mano en la espalda y me dirigió fuera del estadio.

Acababa de cargarla de una manera increíble. Me di cuenta de que, tratando de evitar sufrir yo, le había hecho daño a él. ¿Era posible que quisiéramos lo mismo? Parecía que sí.

Solo tenía una cosa clara: iba a hacer todo lo posible por que Andrew entendiera que yo estaba colada por él hasta los huesos. Cada latido de mi corazón era para él. Necesitaba decirle que, si hubiera sabido que le heriría, nunca jamás habría ayudado a Dan a dar celos a Mike. Necesitaba explicárselo.

Viendo cómo habían terminado las cosas, me daba cuenta de lo estúpido que había sido tratar de darle celos. Era un comportamiento infantil y ridículo. Lo que tenía que haber hecho era atreverme a hablar con él. Hasta el momento, lo único que me había funcionado con Mike eran las veces que me había enfrentado a él y le había dicho lo que pensaba directamente. Cuando le había acorralado y le había obligado a enfrentarse a sus sentimientos.

No solo había quedado como un idiota delante de él, sino que encima había conseguido joder también a Macy. Hostia. Era un puto amigo de mierda. No me merecía a ninguna de las dos. Ni a ella ni a Sarah.

No merecía a ninguno de ellos. Quizás, llegados a este punto, lo que tenía que hacer era reconocerme a mí mismo que debía renunciar a todos. Desde luego, tenía claro que estarían mucho mejor sin mí.

Capítulo 34

Juntos somos perfectos

Macy

Me costó salir del estado de *shock* más tiempo del que me sentía orgullosa. Mientras conducía de camino a casa, iba analizando casi momento a momento todo el tiempo que Andrew y yo habíamos pasado juntos. No solo lo sucedido recientemente, cuando nuestra amistad había explotado, sino desde que nos conocimos. ¿Había estado siempre enamorado de mí? No podía creerlo. ¿Cómo había podido estar tan ciega?

Unos kilómetros antes de llegar a casa, me di cuenta de que no podía irme sin hablar con Andrew. Por muy impactada que estuviera, él estaba sufriendo. ¿Por qué le había dejado marcharse? Tendría que haber antepuesto sus sentimientos a mi sorpresa. Dios. Me sentía como una mierda.

Tenía que ir a buscarlo. Hablar con él. Explicarme.

Cuando llegué a su piso y Erik me dijo que no estaba en casa, empecé a ponerme nerviosa. Creo que me marché sin despedirme, pero no podría asegurarlo ni aunque mi vida hubiese dependido de ello. Tenía la cabeza a miles de kilómetros de allí. No podía dejar de pensar en dónde estaría y en si estaría bien. Necesitaba encontrarlo.

De camino al coche, saqué el teléfono del bolsillo y marqué su número con desesperación. Después de unos cuantos tonos, la llamada se fue al buzón de voz.

Maldije en alto y me metí en el coche.

Eché la cabeza hacia delante y la apoyé sobre el volante. Estaba desesperada. Me sentía muy sobrepasada por la bola de emociones que bullía en mi interior.

—Piensa, Macy. Piensa —me dije mientras luchaba con el impulso de dar cabezazos contra el volante.

Traté de calmarme. Esa era la mejor manera de pensar. Si no, iba a quedarme atrapada en un bucle. Miré por el parabrisas y, segundos después, la respuesta vino a mi cabeza como si la hubiera invocado: seguro que estaba en casa de sus padres.

Contenta por haber pensado en ello, arranqué y fui hacia allí.

No fue hasta que estuve plantada en su puerta, a punto de pulsar el botón del timbre, que me di cuenta de que quizás tendría que estar un poco nerviosa por la situación. ¿Qué pasaba si su madre no quería que entrase? ¿Si él no estaba allí? ¿Qué iba a decirle entonces? ¿Cómo le iba a encontrar?

No podía perderme en esas ideas. Tenía que centrarme en el aquí y en el ahora. Dejar todos los miedos de lado, dejar de ser una cobarde. Eso era lo que me había llevado hasta ese momento.

Una vez parado el tren de mis pensamientos negativos —que no me ayudaban en nada—, levanté la mano antes de arrepentirme y pulsé el timbre. El sonido melódico resonó por todo mi cuerpo.

Veinte segundos después, la puerta se abrió y apareció Chloe.

—Estaba esperando que vinieses —fue lo primero que me dijo. Su rostro serio me hizo darme cuenta de que no estaba feliz conmigo. La entendía. Yo tampoco lo estaba.

—¿Está Andrew? —pregunté, aunque no hubiera hecho falta que lo hiciese porque era evidente. Si no, no me hubiera dicho eso y tampoco me estaría mirando con cara de enfado.

—Sí. Tienes que arreglar lo que sea que le has hecho —ordenó, haciéndose a un lado y dejándome pasar.

—Sí, por supuesto —le aseguré, porque no quería que pensase que venía con malas intenciones o que le había hecho daño a propósito.

—Hija —se escuchó la voz de la madre de Andrew antes de que su figura apareciese en la entrada—, no molestes a Macy —le regañó.

—Mamá, pero Andrew está mal —replicó ella.

—No sabes lo que ha pasado. Él no ha dicho nada.

—No hacía falta. Le conozco. No necesitaba decir lo que le sucedía. Por la cara de mierda que tenía, sabía que le había pasado algo con Macy.

—Chloe, no digas palabrotas —le corrigió con cariño, pero con dureza.

—He venido para hablar con él, para arreglarlo todo —les aseguré, interrumpiendo su discusión.

Esperaba que saber eso las relajase. Que hiciera las cosas más fáciles.

—Perfecto —dijo su madre, asintiendo con la cabeza.

—El cuarto de Andrew es el último del pasillo. El que está a la izquierda del todo —me explicó Chloe.

Pero no hacía falta, ya que había estado antes en esa habitación. Había sido una noche muy bonita.

—Macy —me llamó la madre de Andrew, poniéndome la mano en el brazo—. No le hagas daño, por favor. Desde que empezó a pasar más tiempo contigo, parece otra persona. Es mucho más abierto y se le ve más feliz —pidió con los ojos brillantes por la emoción y con el corazón sujeto en la mano.

—Le quiero. No le haría daño por nada del mundo —le aseguré.

Y ella sonrió. El alivio era evidente en su cara.

Dicho eso, me dirigí hacia las escaleras y comencé a subir. Despacio. Anduve por el pasillo y me paré frente a su puerta.

Llamé con los nudillos y contuve el aliento. No hubo respuesta, por lo que insistí con el corazón a punto de parárseme en el pecho. Aunque volvió a suceder lo mismo: Andrew no dio la menor muestra de permitirme pasar.

Solo me paré unos segundos a pensar si lo que estaba a punto de hacer era lo correcto y, antes de que me asaltasen mil motivos por los cuales no debía hacerlo, giré la manilla y empujé la puerta para entrar. Tenía el corazón alojado en algún lugar de la garganta.

Cuando la puerta se hizo a un lado y me mostró la imagen de Andrew sentado en el borde de la cama, con las manos sobre la cara y la música saliendo a todo volumen por sus auriculares, se me partió el alma. Me odiaba por haber sido yo la que causase ese daño.

Ni siquiera la música me ayudaba en ese momento. Nada conseguía acallar los pensamientos que me daban vueltas en la cabeza, arrasando toda felicidad. Me dolía todo el cuerpo. Me sentía destrozado. Vacío y dolorido.

Cuando una pequeña mano se posó en mi hombro, no me molesté en abrir los ojos. No hacía falta. Tanto mi madre como mi hermana sabían que eso significaba que no quería hablar y no me presionarían. Por lo menos, no lo harían durante un par de días. Me puse tenso, ya que el contacto y la compañía no eran bien recibidas, solo quería soledad, pero me abstuve de expresarlo. No quería hacerles daño. La mano no abandonó mi cuerpo y comenzó a subir por mi cuello y cabeza en una caricia que no era para nada fraternal, lo que me hizo abrir los ojos de golpe.

El impacto de ver a Macy frente a mí hizo que el corazón estuviese a punto de salírseme del pecho.

No era que no lo hubiera sabido ya de antes, pero que solo su presencia frente a mí curase un poco la herida de mi corazón sangrante hizo que comprendiese la profundidad de lo jodido que estaba. Aun así, no podía aferrarme a ella. No podía pasar por más dolor.

A la mano que llegó hasta mi mejilla se le unió la otra y ambas fueron hasta mis cascos de diadema. Me los quitó, dejándome desprotegido y con una bola de pensamientos y sentimientos ahogándome.

—No quiero hablar —le dije, temblando.

—Andrew.

—No puedo soportar escucharte decir que nuestra amistad es importante. No puedo hacerlo, Macy. —Llegados a ese momento, no tenía muy claro si lo que estaba haciendo era pedírselo o rogárselo.

—No voy a hacer eso —dijo, poniendo una mano sobre mi pecho y presionando hacia atrás. Me dejé hacer y puse las manos detrás de mí sobre la cama para mantener el equilibrio. Luego observé, incrédulo, como si lo estuviese viendo en una película en lugar de que me estuviese ocurriendo a mí, cómo Macy se subía sobre mis piernas y se pegaba a mi cuerpo—. No tengo intención de decirle al chico del que estoy enamorada que es mi amigo. Eso sería ridículo.

En ese momento, dejé de respirar. Debía de haberme dado un puto derrame cerebral o, mejor, me había quedado dormido, porque la situación que se estaba desarrollando delante de mí no tenía ningún sentido. A pesar de lo real que parecía el peso de Macy sobre mis piernas, su piel pegada a la mía, su calor abrasando mi cuerpo.

—No lo entiendo —dije solo para comprobar si era capaz de hablar. Para comprobar si seguía vivo.

—¿El qué? ¿Que estoy enamorada de ti? —preguntó en un tono de voz juguetón y sugerente que se clavó directamente en mi pecho.

—¿Y Dan? —fue lo único que me vino a la cabeza—. ¿Qué hay de él? ¿Nos quieres a los dos? No lo entiendo.

—Normal. Te he vuelto loco —dijo, apoyando su frente sobre la mía—. Lo que has visto hoy en el estadio ha sido un patético intento de dar celos a Mike.

—¿Al entrenador? —pregunté, perplejo, sintiendo que estaba muy perdido—. ¿Qué tiene que ver él en todo esto?

—Pues que Dan está enamorado de él.

No podía haber escuchado bien.

—¿Dan está enamorado del entrenador? ¿Estás segura? ¿No está enamorado de ti?

—No, para nada —dijo ella riéndose como si la sola posibilidad fuese ridícula—. Dan lleva desde el año pasado detrás de Mike, desde antes de mudarse aquí.

—Oh —fue lo único que pude decir durante unos buenos segundos—. ¿Y qué sientes tú por él? —pregunté. Necesitaba saberlo, aun arriesgándome a que me dijese que no era asunto mío. Aunque tuviera pánico de la respuesta.

—Siento que es uno de mis mejores amigos —dijo esbozando una sonrisa que me deslumbró y aceleró mi corazón.

—¿Y qué sientes por mí?

—Ya te lo he dicho —dijo, agarrando mi cara con ambas manos para que no me perdiese ni una sola palabra—. Estoy enamorada de ti.

—No me lo puedo creer.

—Debería habértelo dicho antes, pero estaba muy asustada de que tú no sintieras lo mismo.

—Estoy loco por ti, Macy. Enamorado hasta la médula. ¿No lo sientes? ¿No te lo he sabido transmitir?

314

Ella me sonrió con tal dulzura que se me hinchó el corazón.

—No sé cómo he podido tener miedo de decirte lo que sentía por ti. ¿Cómo lo he podido hacer si juntos somos perfectos? Encajamos como si estuviésemos destinados. Como si nos hubieran forjado para el otro —dijo, mirándome con amor. Haciendo que mi corazón estuviera a punto de explotar de felicidad.

No me lo podía creer.

Puse las manos sobre su culo y me levanté de la cama para darnos la vuelta.

—Te amo, joder. No te imaginas todo el tiempo que llevo haciéndolo.

Su risa llegó a mi oído, cálida y feliz.

—Lo has disimulado muy bien.

—Se me da de maravilla bloquear mis sentimientos al mundo.

—No quiero que los bloquees de mí.

—Eres la última persona de la que quiero hacerlo.

—No puedes ocultarte de tu novia.

Esa frase hizo que todo mi cuerpo se acelerase y llenase de mariposas. Aún con Macy en los brazos, me subí de rodillas a la cama y me moví hasta el centro.

—Joder, Macy. Me vuelves loco, ¿lo entiendes? No lo haces. No puedes.

La dejé sobre el colchón y me lancé a sus labios. Necesitaba saborearlos, sacar de mi interior todo lo que la amaba y lo feliz que me había hecho. Lo feliz que me hacía. Ella gimió cuando nuestras bocas se encontraron y me agarró la cara. Sentía como si llevase sin besarla años, en vez de unos pocos días. Nuestro beso, que al principio había sido desesperado, uno para recordarnos que podíamos acariciarnos y disfrutar del otro, que teníamos el derecho, se convirtió en un beso lleno de pasión que nos catapultó de golpe a la pasión.

—¿Está bien que hagamos esto aquí? —preguntó Macy entre jadeos cuando comencé a besarle el cuello y supo a dónde se dirigían nuestras caricias.

—Está perfecto. Si no lo hacemos, podría morir, y tú no quieres eso, ¿verdad?

—No lo quiero —contestó riendo.

—He pensado muchas veces en ti en esta habitación. Casi no puedo creerme que ahora seas mi pareja. Joder. Es mucho más de lo que siempre he soñado.

—Vamos a tener que hacer algo con tu inseguridad. ¿Es que acaso no ves lo maravilloso que eres?

—No lo soy.

—Lo eres. Eres perfecto. Divertido, guapo, interesante y muy sexi.

—Si sigues diciéndome esas cosas, voy a terminar dentro de ti.

—Me parece que estás tardando en hacerlo. Y los dos sabemos que ibas a terminar ahí igual.

—Cierto.

Esa fue mi última palabra antes de perderme en Macy. Antes de dedicarme a adorar cada centímetro de su cuerpo. Le di placer con mi boca y, cuando alcanzó el orgasmo, me deslicé dentro de ella en busca de otra ola de placer que nos catapultase a los dos hasta el cielo.

—Tengo una duda muy grande —comentó Macy después de hacer el amor.

Llevábamos un tiempo acariciándonos el uno al otro solo por el placer de sentirnos.

—¿Cuál, cariño? —dije, saboreando el apelativo; había deseado llamarla así desde hacía años.

—Andrew, me matas, te lo juro. —Se separó de mi pecho y se subió a horcajadas sobre mí—. ¿Cómo alguien tan grande y tan tatuado puede ser tan tierno?

—Todo es por ti, créeme. Eres la única que despierta esos sentimientos en mí.

—Me vuelves loca.

—Esa es mi intención —confesé riendo y apretándola contra mi pecho para depositar un beso sobre sus labios—. Y ahora quiero saber cuál es esa duda tan grande que tienes.

—¿Te acuerdas de la fiesta de Halloween?

—Es una broma, ¿verdad? ¿Cómo no voy a acordarme? Joder. Creo que no he estado más excitado en la vida, ni más feliz. —Sonreí con cara de idiota.

—Mi pregunta iba a ser si ese día querías acostarte conmigo —dijo—, pero ahora es: ¿por qué te fuiste si querías hacerlo?

—Porque te mereces mucho más que un polvo estando borracha del que no tenía ni idea de si te ibas a acordar o si en realidad querías o era el alcohol el que hablaba. No quería que nuestra primera vez fuese así.

—Joder, Andrew. Haces que me derrita.

—Puedo hacer mucho más que eso.

Agarrándola de la cintura, nos di la vuelta para demostrarle de lo que estaba hablando.

Capítulo 35

Ha sido una serie de desafortunadas decisiones

Dan

Me costaba cerrar los ojos y que la vergüenza del patético momento que había vivido el día anterior no acudiese a mí. La había cagado con toda la gente a la que quería.

Con todos.

Había dejado a Sarah al margen de mi vida y había jodido a Macy, que tan bien se había portado conmigo, al obligarla a ayudarme a dar celos a Mike. Total, ¿para qué? Para que él me mirase con decepción y enfado. No podía quitarme su cara de la cabeza. No podía seguir así.

Por eso iba a solucionarlo.

La megafonía del aeropuerto anunció un nuevo vuelo y miré el móvil para ver la hora. Todavía quedaba mucho tiempo para que mi avión saliese. Intenté no desesperarme, pero era difícil. Dejando a un margen mi vida sentimental y social, el resto de las cosas tampoco eran una maravilla. Me dolía todo el cuerpo, en especial el culo, que se me estaba quedando cuadrado por las horas que llevaba en el aeropuerto. Porque, claro, siguiendo la estela de mis terribles decisiones, ayer se me había ocurrido ir al aeropuerto sin mirar los vuelos primero y al llegar había descubierto que hasta hoy no salía ninguno. Lo dicho: era un payaso. Ya era hora de que lo asumiese. Ni siquiera podía hacer las cosas bien cuando decidía apartarme de las personas que quería.

Noté una punzada en el corazón al pensar en ellos, especialmente en Mike. Le quería demasiado para lo poco que me había dejado acercarme. Lo quería demasiado para mi propio bien. Desvié la mirada por la ventana y traté de concentrarme en el movimiento de la pista en vez de en mi interior.

Era lo mejor. No podía cambiar de idea.

—¿Puedes venir a mi despacho cuando te cambies? —le pregunté a Sarah mientras salíamos de la pista de hielo justo después de acabar el entrenamiento de la tarde.

—Claro —me respondió ella, que era más buena y dulce conmigo de lo que me merecía después de lo que le había hecho.

Observé que Matt nos miraba desde su espalda con curiosidad. Siempre cerca de ella por si necesitaba su apoyo. Hacía mucho tiempo que el chico se había ganado mi aprecio y respeto.

—Tú también puedes venir, Matt. —Le llamé por su nombre de pila para que fuese consciente de que este no era un asunto laboral. Estábamos metidos en el plano personal y él también pertenecía a ese lugar.

—Allí estaremos —respondió antes de marcharse junto a Sarah en dirección a los vestuarios.

Cuando desaparecieron, me senté en el banquillo a deshacerme de los patines y luego me marché a mi despacho.

Pese a que no tardaron mucho tiempo en llegar, la espera se me hizo eterna.

Cuando entraron, les señalé con las manos las sillas y yo me apoyé sobre el escritorio frente a ellos.

Después de unos segundos de dudas, decidí que lo mejor era actuar con sinceridad. Callarme las cosas no me había llevado a ningún lado.

—Te he pedido que vinieses porque quiero que le digas a Dan que no hace falta que se quede en tu casa y que no venga a los entrenamientos —expliqué, removiéndome incómodo con la situación—. Ya sé que te había dicho que no iba a volver a cometer el error de estar con él, pero me preocupo por su bienestar. Me gusta —reconocí. Y contuve el aliento a la espera de la reacción de Sarah.

Ella se levantó y se acercó a mí.

—Tío —me llamó con una sonrisa triste y amorosa—, no tengo muy claro por qué piensas que me puede molestar que estéis juntos. Es ridículo.

—Pero... pensaba que te habíamos disgustado.

—Evidentemente. Dos de las personas que más quiero en el mundo se estaban enrollando y yo no tenía ni idea de que se gustaban, en primer lugar.

—No lo hemos hecho bien. *Yo* no lo he hecho bien. Nada, para ser claros. Pero quiero empezar a hacerlo. Me preocupa Dan. No ha dormido en casa y no me coge el teléfono.

—¿Dónde coño habrá dormido este tonto? —le escuché reflexionar a Sarah, y me tensé.

—¿Eso quiere decir que no ha dormido con vosotros? —pregunté, pasando la mirada entre Matt y ella.

—No —respondieron los dos al unísono.

El ambiente en el despacho comenzó a espesarse, cargado de tensión.

—Tampoco ha ido a la universidad. —Vi que Sarah se estaba poniendo nerviosa. Metió la mano en el bolsillo izquierdo de su pantalón y sacó el teléfono móvil—. No le he llamado antes porque no quería agobiarle, pero necesito saber dónde está.

—Solo quiero saber que está bien —le pedí.

Sarah buscó en las llamadas recientes y pulsó sobre el número de Dan.

Contuve el aliento. Luego me empecé a poner nervioso de verdad cuando la primera llamada se derivó al buzón de voz. Cuando con la segunda pasó lo mismo, me desesperé.

Joder.

—Voy a matar a este cabezón. ¿Qué es lo que le pasa? ¿Dónde coño está? —preguntó Sarah a nadie en particular, pulsando de nuevo el botón de llamar. Pero ahora, en vez de quedarse a mi lado, comenzó a andar por el despacho muy alterada.

Dan contestó el teléfono a la quinta llamada. Una parte de mí se tranquilizó de golpe, pero otra comprendió que eso significaba que había desaparecido porque quería. Y yo era el culpable.

Escuchar una conversación a medias era una tortura. Las preguntas de Sarah, su insistencia porque viniese para hablar y su tono nervioso estaban haciendo que se me encogiese el puto corazón. Me abstuve de decir absolutamente nada, ya que sentía que no ayudaría a la situación. Sarah estaba tratando de hacerle entrar en razón. De convencerlo para que quedasen en una cafetería. En la de siempre. Pero, por la forma en la que el enfado de Sarah se iba incrementando, comprendí que su petición no estaba teniendo buenos resultados.

La llamada se me hizo eterna, y deseé coger el teléfono y tomar el control. Obligarle a decirme que estaba bien. Obligarle a que volviese a casa de una puta vez.

Después de por lo menos diez minutos, la llamada terminó.

—Ya sé dónde está —dijo Sarah cuando colgó. Pero me asusté todavía más ya que, en lugar de alivio, su cara reflejó preocupación—. En el aeropuerto.

—¿Qué? —pregunté con un grito de terror.

—Mientras estaba hablando con él, ha sonado la megafonía de la terminal anunciando vuelos un par de veces.

Me quedé congelado en el sitio. Incapaz de reaccionar. Asustado y sintiendo que por gilipollas iba a perder a una persona que me gustaba. Me encantaba, de hecho.

Se marchaba.

No podía perderlo.

—El siguiente vuelo a Washington sale de dentro de una hora —nos dijo Matt, que se había hecho cargo de la situación al ver que nosotros parecíamos incapaces.

No podía ser. Tenía que tomar las putas riendas de la situación. No podía permitir que se fuese. No quería perderle y necesitaba que lo supiese antes de que tomase la decisión.

—Vamos —les dije sin molestarme en cambiarme de ropa. Solo agarré la cartera y las llaves; no teníamos tiempo.

Cuando nos montamos en el coche, dejé que Matt condujese. Aunque me costó delegar el mando, supe que era lo mejor; de los tres, él era el que menos afectado estaba. No directamente.

Miré por la ventanilla y pensé que me había comportado como un gilipollas. Como alguien mucho menos maduro. Me pregunté si realmente lo había hecho por Sarah, por su edad, o si en realidad estaba cagado por los sentimientos tan fuertes que Dan despertaba en mí. La respuesta vino muy fácilmente cuando dejé de mentirme a mí mismo. De ponerme excusas. Estaba cagado por enamorarme.

No quería sufrir al perder a alguien amado. La muerte de mi hermana me había afectado de una forma tan profunda que, después de tantos años, todavía no había comenzado a sanar.

Estaba aterrado de encontrar a alguien al que amar y perderlo.

Tuve que contener las lágrimas cuando me lo reconocí a mí mismo. Tuve que recordarme que, de haber podido elegir, siempre hubiera decidido vivir con mi hermana y sufrir su muerte a no estar con ella en absoluto. No era algo que estuviera sobre la mesa. Era un pensamiento ridículo. Y lo mismo se aplicaba a Dan. Tenía que dejar de ser un cobarde y comprender que prefería que existiese la posibilidad de que me hiciera daño a no tenerlo. Ya no podía permitir esta situación a medias en la que ni estaba con él ni tampoco me mantenía lejos.

Necesitaba ser sincero con él y conmigo mismo.

Sincero y valiente.

Después de colgar con Sarah, de escuchar cómo me rogaba que le dijese dónde estaba, que estaba preocupada por mí, de negarme una y otra vez a encontrarme con ella en Starbucks, se me quedó muy mal cuerpo. Sabía que iba a matarme cuando se enterase de que me había largado, pero no quería decírselo. Si lo hacía, sabía que vendría a evitarlo y no quería. Con el tiempo y la distancia, vería que era lo mejor.

Cuando anunciaron cuál era la puerta de embarque de mi vuelo, decidí ir al baño antes de dirigirme hacia allí. Mientras meaba, me dije que no tenía que alargar el puto momento y que tenía que largarme de una vez. Me estaba comportando de manera patética. Había tomado la mejor decisión posible. Más bien, la única que podía tomar, dadas las circunstancias. Dado lo mal que había hecho las cosas. Así que me tenía que comportar como un adulto y cumplir con ello.

Me colgué la mochila al hombro —donde había metido unas pocas cosas de forma apresurada, ya que por nada del mundo había querido encontrarme con Mike en casa y enfrentar la vergüenza de mi comportamiento— y me dirigí hacia la puerta de embarque.

Escuché mi nombre justo cuando estaba bajando la cuesta hacia el puesto donde las azafatas te pedían el billete y la identificación. Me quedé paralizado.

—Dan —repitió la voz de Mike, esta vez mucho más cerca de mí.

Tragué saliva y me armé de valor antes de darme la vuelta.

Cuando lo hice, me encontré con un Mike con la cara desencajada que corría hacia mí tan rápido como si mi vida estuviera en peligro.

—Joder, menos mal —dijo entre jadeos por la carrera al parar frente a mí. Luego, para mi más absoluto asombro, me envolvió entre sus brazos.

No tenía ni idea de lo que estaba sucediendo, pero me sentía incapaz de reaccionar. ¿Qué hacía él aquí? Justo cuando se me estaba pasando por la mente la posibilidad de que le hubiese sucedido algo a Sarah, la vi aparecer por encima del hombro de Mike, con Matt agarrándole la mano. En el momento en el que me vio, su cara se relajó.

Vale. No había que ser muy listo para sumar dos más dos y descubrir que habían ido hasta allí por mí. La cuestión era ¿por qué?

—No voy a permitir que te vayas —me advirtió Mike, muy serio, cuando se separó de mí.

—¿No? —pregunté, francamente sorprendido—. Es lo mejor. Así dejaremos de terminar juntos para que luego me odies y para que yo haga el tonto y me deje en ridículo —expliqué acelerado, sin saber si mis palabras tenían sentido más allá de mi cabeza.

—Soy un puto gilipollas. —Su vehemencia me sorprendió—. El único que está haciendo el idiota aquí soy yo. El que está haciendo el ridículo. El que está aterrorizado.

—No te entiendo.

—No me extraña —declaró—. El otro día, cuando me acusaste de que tenía miedo de conocerte, tenías razón. Estoy cagado por lo que me haces sentir. Tú me asustas más que nadie en el mundo.

—Esto se parece mucho a una confesión de amor, Mike. Me estás confundiendo.

Él me lanzó una mirada tierna.

—Se parece mucho porque lo es. Quédate. Danos una oportunidad —pidió.

—¿Quieres estar conmigo?

—Sí, eso es precisamente lo que te quiero decir.

—No me lo puedo creer.

—Pues hazlo y quédate.

—Por supuesto que me quiero quedar. Por supuesto que quiero estar contigo —le dije, y luego me elevé para besarle.

Fue mágico. Porque fue la primera vez que le besaba sabiendo que no se arrepentiría después. Que era buscado y deseado, y no fruto de no poder resistirse.

Cuando el beso subió de intensidad y dejó de ser decente para que otras personas lo presenciasen, me separé de él y le miré con amor. Con el corazón alojado en la garganta por la emoción, le di la mano y nos dirigimos hasta donde Sarah y Matt nos esperaban. No nos quitaban la vista de encima.

La mirada de Sarah prometía una muerte lenta y dolorosa cuando me planté frente a ella.

—Puede que te hayas reconciliado con tu amorcito, pero yo pienso matarte, Dan. ¿Qué coño te ha hecho pensar que lo mejor que podías hacer era largarte de aquí?

Puse cara de disculpa y me llevé la mano al cuello.

—Ha sido una serie de decisiones desafortunadas.

—Que ibas a seguir encadenando —me acusó.

—Eso parece.

—Espero que mi tío meta algo dentro de esa cabezota tuya. Ahora vámonos de aquí, que me estoy poniendo muy nerviosa —dijo, y se dio la vuelta para que nos marchásemos.

—Va a ser divertido ver cómo te machaca los próximos días por esto, Harrington. Haces mucha falta aquí —me dijo Matt, guiñándome un ojo, divertido, y siguió a Sarah.

—Vamos a casa a terminar de arreglar esto —me dijo Mike, dándome la mano en mitad de la terminal, haciendo que comprendiese de golpe que habíamos terminado de bailar el uno alrededor del otro y que nuestra historia empezaba en ese momento—. Y, después de hacerlo, empezaremos a conocernos —añadió riendo con maldad.

Yo también estaba a favor de un montón de sexo y luego hacer cosas juntos.

Apreté su mano y sentí cómo un calor maravilloso me recorría todo el cuerpo.

Era curioso cómo había entrado en el aeropuerto pensando que estaba finalizando una etapa y cómo salía muchas horas más tarde comenzando una nueva en el mismo lugar.

Era feliz. Inmensamente feliz.

Capítulo 36

El mundo era un lugar precioso

Andrew

El mundo era un lugar precioso. Esa frase no dejaba de rondarme la cabeza desde que la semana anterior Macy me había dicho que estaba enamorada de mí. Siete putos días en los que había saboreado el paraíso, era capaz de tocar sus nubes con los dedos y respirar su dulce aroma. Increíble. No tenía nada claro si llegaría un día en el que me acostumbraría a ello, pero si de algo estaba seguro era que iba a disfrutar cada puñetero segundo.

—¿Te atreves a jugar una partida de billar contra mí? —me preguntó Macy con tono sugerente en el oído.

Giré la cabeza en la dirección de su voz y la besé antes de contestar, antes siquiera de pensar en lo que me estaba diciendo, solo por el placer de hacerlo. En un movimiento la agarré de la cintura y la coloqué sobre mí en el sofá donde los chicos y yo estábamos sentados.

Su risa me calentó el pecho mientras el ambiente se llenaba con los silbidos y ruidos de alegría de nuestros amigos, que parecían encantados con nuestra reciente relación.

—Te quiero —le susurré al oído cuando le solté los labios.

Era la primera vez que se lo decía y quizás debería haber sido más romántico, pero sentía que, si no lo hacía en ese momento, explotaría. Me parecía imposible querer a alguien más de lo que la quería a ella.

Se separó de mí de golpe con la boca abierta y los ojos brillantes.

Tuve que controlarme para no obligarle a hacerme el amor cuando de su boca salieron las palabras que más había deseado escuchar.

—Yo te quiero mucho más —confesé, inclinándome hacia delante para plantarle un beso con lengua muy profundo.

Me daba igual quién estuviera delante, que estuviéramos en un bar rodeados de gente. Todo. Solo me importaba él.

Los silbidos que nos habían acompañado desde que Andrew me sentó sobre sus piernas se intensificaron con nuestro beso. Me separé de él, incapaz de parar de reír.

Apoyé la frente sobre la suya y coloqué los bazos alrededor de su cuello.

—Más tarde, cuando no estemos con nuestros amigos, vamos a retomar esto —le aseguré, haciendo que en su cara se dibujase una sonrisa gigantesca—. Pero, por ahora, te voy a dar una paliza al billar delante de todos.

Me levanté y contoneé el culo hacia la mesa.

—Esta chica te va a espabilar, grandullón —le escuché decir a Erik.

—Va a ser una dulce tortura —contestó mi novio, seguido de una carcajada.

Sonreí maravillada. Era feliz, muy feliz. Me encantaba estar saliendo con Andrew. Él me había enseñado lo que era tener una pareja de verdad.

Lo que era querer a alguien.

Capítulo 37

Una cita en condiciones

—No me puedo creer que me hayas convencido para esto con lo bien que nos lo estaríamos pasando en casa.

—Pues créetelo —le contesté con una sonrisa que pretendía ser coqueta, segundos antes de que la camarera llegase a tomarnos nota de la cena.

Cuando se fue, retomamos la conversación donde la habíamos dejado.

—Me reitero: no sé cómo has conseguido sacarme de casa —repitió con un brillo de diversión en los ojos, y supe que estaba quejándose aposta, solo por el placer de sacarme de quicio.

—Muy fácil, porque te gusta complacerme. Hacerme feliz. Porque quería tener una cita en condiciones...

—Vivimos juntos. Nos acostamos juntos. Convivimos. Eso es mucho más avanzado que tener una cita —explicó.

—Sí, pero yo quería esto. Contigo, quiero *el pack* completo. Y tú y yo, amigo, hemos empezado la casa por el tejado. Es hora de que asentemos los cimientos para que esta relación sea sólida.

—Y así es como me has convencido. Con esa boca tuya que tiene muchas virtudes —dijo riéndose divertido de su propia broma. Luego se puso serio—. Ahora de verdad. Me acojona el poder que tienes sobre mí —dijo, mirándome con ojos de tonto enamorado, los mismos ojos con los que yo lo miraba a él.

—¿Te da miedo o te gusta? —le provoqué, estirando la pierna y acariciando la suya con el pie.

—Me encanta, como bien sabes. De hecho, me vuelves loco. Me haces sentir vivo y un poco menos gruñón —compartió en bajito, como si fuese un gran secreto.

—Eres adorable. De todas maneras, Mike —le dije, elevando la comisura de la boca de forma traviesa—, para ser un hombre que se está quejando con tanta intensidad, has preparado una cita de ensueño —comenté riendo. Le había atrapado.

Él esbozó una sonrisa gigantesca y pícara, como si le hubiera pillado con la mano dentro de una lata de galletas, pareciendo mucho más joven.

—No te mereces menos que eso. De hecho, te mereces mucho más, algo así como a una persona perfecta. Pero soy lo bastante egoísta y estoy demasiado enamorado de ti como para dejarte escapar. Ya ha terminado mi turno de hacer el idiota —aseguró con un brillo enamorado en los ojos.

Me quedé sin palabras.

Había dicho que estaba enamorado.

De mí.

En los últimos meses habíamos profundizado mucho en nuestra relación. Nos habíamos relajado al sentir que era correcta y tener el apoyo de la gente que queríamos.

Por supuesto que había notado lo bien que estábamos juntos, que todo avanzaba y que yo estaba jodidamente enamorado de este hombre. Francamente, por su manera de tratarme y comportarse, creía que él también sentía algo por mí, pero una cosa era creerlo y otra muy diferente, escuchárselo decir. Tenía el estómago y todo el cuerpo lleno de mariposas. Lleno de felicidad.

—¿No vas a decir nada? —preguntó, divertido, sabiendo de sobra el efecto que sus palabras habían tenido en mí—. Pareces acalorado.

—Estoy sorprendido y un poco impactado, la verdad.

—¿Por qué?

—Porque hayas dicho que estás enamorado —reconocí, notando que me ponía rojo.

Joder. No tenía ni idea de lo que me pasaba con Mike. Me convertía en un mojigato que parecía que no había tenido sexo, ni una relación, en la vida. Me daba vergüenza. Me hacía sentir vivo. Todo a la vez.

—Pues no es lo único que siento —comentó, inclinándose un poco más hacia delante y lanzando una mirada a mis labios.

—¿No? —pregunté con voz chillona.

—No —negó él, acompañando sus palabras con un movimiento hacia ambos lados con la cabeza—. Hago mucho más que eso. Por ejemplo: también te quiero.

Cuando esas palabras salieron de su boca, casi me ahogué. Me imaginé cómo me estaría viendo él, con los ojos muy abiertos y la cara morada de no respirar. Impactado. Pletórico. Feliz.

—Yo también te quiero —le dije, y me lancé a sus labios. Le besé con ganas, pero, sobre todo, con amor. Con muchísimo amor. Con todo el que era capaz de expresar.

Me separé solo cuando me di cuenta de que debíamos de estar montando una escena delante del resto de comensales.

—La cuenta —pidió Mike, levantando la mano y haciéndome reír.

No me sorprendió que no terminásemos de cenar. Sinceramente, habíamos durado más de lo que pensaba. No me importaba que nuestra relación hubiera empezado diferente, siempre y cuando Mike estuviera tan dentro de ella como yo.

Estábamos juntos en esto y nada me podía hacer más feliz.

Epílogo

Macy

Hacer una mudanza con cinco miembros del equipo de *hockey* tenía sus ventajas. Y no solo porque verlos moverse a ellos y a sus músculos era un deleite para los ojos, sino porque apenas me había cansado. Llevaban las cajas de una forma tan fácil que parecía que estaban vacías.

Para cuando yo había bajado un par de viajes a la parte trasera de la furgoneta que Matt y Sarah habían alquilado, casi todas sus cosas estaban ya allí. ¡Y ni siquiera habían sudado! Seguían pareciendo modelos salidos de una revista. El mundo era un lugar injusto.

—Menudos novios tenemos —le dije a Sarah, que estaba parada a mi lado y tenía pinta de estar pensando lo mismo que yo mientras los observaba.

—Y tanto —respondió Dan en lugar de ella, sin dejar de mirar al entrenador, que había venido también a ayudar. Últimamente pasaba un montón de tiempo con nosotros.

—Son una fuerza de la naturaleza —comentó ella riendo.

—¿Vamos? —nos preguntó Matt, acercándose.

—Claro, cariño —le respondió Dan, sacándole la lengua.

—No tientes a la suerte, niño bonito —le dijo él riéndose.

—No llames tú a mi novio de esa forma si no quieres saber lo que es sufrir, Ashford —dijo el entrenador, acercándose por detrás a él de forma sigilosa.

—Venga, no me gustan tan bajitos —bromeó Matt.

Andrew se colocó a mi lado y le miré, perdiendo de vista todo lo que estaba sucediendo frente a mí.

—¿Te vienes conmigo en la moto? —preguntó, tendiéndome el casco con un gesto sugerente.

—Claro, bombón —le contesté, dándole un beso mientras cogía el casco—. Nos vemos en la casa —les dije antes de darme la vuelta y montarme en la moto con Andrew.

Cuando salió del estacionamiento, me agarré a su cintura, disfrutando del calor de su cuerpo colándose a través de nuestra ropa. Con los ojos cerrados solo podía sentirlo a él. La casa estaba cerca, pero, como siempre que iba con Andrew en la moto, disfruté de cada segundo.

Fuimos los primeros en llegar al apartamento. Surcar el tráfico con dos ruedas era mucho más sencillo que con cuatro. Esperamos a que los demás encontrasen aparcamiento entre abrazos y risas. Tocar a Andrew era adictivo, maravilloso. Cuando lo tenía cerca, no me hacía falta nada más para ser feliz.

Diez minutos después, llegaron todos y comenzamos a subir las cosas al apartamento. Hubo carreras para ver quién alcanzaba antes el ascensor, piques por quién subía más cajas y también una discusión entre Erik y Kent que acabó como solían acabar todas sus peleas: comiéndose a besos.

Cuando terminamos la mudanza, me permití admirar el precioso lugar. Era un ático en un edificio muy cerca de la universidad. Más de media casa estaba construida con enormes paredes de cristal, que hacían que el lugar fuese muy luminoso y espectacular. Se veía toda la ciudad. Me acerqué a una de las cristaleras para observar las vistas.

Unos brazos me envolvieron por detrás y me perdí en el calor del cuerpo de mi novio. Me encantaba la forma en que sonaba esa palabra en mi cabeza. Desde que estaba con Andrew, el significado había cambiado completamente. Comprendía que antes jamás había sabido lo que era tener pareja, pese a haber estado en una relación durante muchos años. Ahora sabía que tener novio era compartir todo con él, los buenos, malos y regulares momentos. Por supuesto, siempre conservando tu propia identidad y espacio. Pero querer a alguien significaba sacar tiempo para estar a su lado sin que eso supusiese un esfuerzo. Se hacía porque querías estar junto a él.

En los pocos meses que llevábamos saliendo juntos, me había enseñado más cosas sobre el amor de lo que había aprendido en años. Era feliz. Me sentía querida, protegida y deseada. Muy deseada.

—Me encantaría que fuésemos los siguientes —comentó Andrew en mi oído, antes de abrazar mi cintura con fuerza contra su cuerpo y colocar su cara en mi cuello.

Sabía que lo estaba haciendo porque se sentía inseguro. Porque tenía miedo de ser demasiado intenso conmigo. Lo que no sabía era que su amor no podía asustarme. Estaba tan dentro en esta relación como él, si no más.

Me di la vuelta en sus brazos para que quedásemos frente a frente. Para que no se perdiese lo que estaba a punto de decirle.

—Me mudaría contigo mañana mismo si quisieras —le dije con los ojos brillantes por el amor y el corazón caliente.

—Joder, Macy. Soy el puto hombre más afortunado de la Tierra —me dijo, y bajó la cabeza para besarme—. Te amo con locura.

Nos perdimos en el beso hasta que una voz llegó a nuestros oídos y regresamos a la realidad. Me separé de sus labios y apoyé la frente sobre su barbilla.

—No sé vosotros, pero yo después de esto necesito gasolina. ¿Quién pide algo de comer? —comentó Kent, sentándose en el suelo y mirando descaradamente a Matt.

—Voy —contestó este, sacando el teléfono de su bolsillo—. ¿Qué queréis?

Por la estancia empezaron a votar, como hacían cada vez. *Pizza*, hamburguesas, italiano, pero la palabra más repetida ese día fue la de *pizza*. Matt hizo el pedido al restaurante después de otra sesión de votación para los ingredientes y luego todos nos sentamos en el suelo entre cajas y muebles. Charlamos, bromeamos y reímos hasta que llegaron las *pizzas*. Momento en el cual el silencio se extendió para dejar paso a ruidos de comida y bromas sueltas. Me encantaba estar con esas personas. Personas que se habían convertido en mis amigos.

—Todavía no me hago a la idea de que estés con nosotros de esta forma, entrenador —dijo Kent, poniendo cara extraña.

—Pues deberías hacerlo, Mike va a estar mucho con nosotros —le respondió Dan, inclinándose ligeramente hacia atrás para apoyarse en el hombro de su novio y levantando la vista para mirarle. Ni siquiera un ciego se perdería el amor que rezumaba de cada uno de sus gestos.

—Como dice Dan, acostúmbrate —le dijo, lanzándole una mirada divertida que hizo que los hombros de Kent, hasta ese momento ligeramente tensos, se relajasen—. Pero eso no quiere decir que en la pista no vaya a machacarte, ¿eh?

—Sí, señor —le contestó él, apañándoselas para hacer un gesto militar sentado en el suelo.

—Venga, es broma. Puedes relajarte del todo. Aquí, soy Mike —comentó, y bajó la cabeza para depositar un pico sobre los labios de Dan.

Mi amigo se deshizo ante el gesto, y un beso que había empezado de forma tierna acabó convirtiéndose en algo más cuando los brazos de Dan rodearon su cuello para que no se apartase.

—¿Esto es una competición? —preguntó Erik segundos antes de lanzarse él también sobre Kent y tirarle al suelo para comenzar a besarle.

—No quiero volver a veros en plena acción, muchas gracias —comentó Matt, haciéndome reír, ya que sabía a qué momento se refería. Sin embargo, a pesar de sus palabras, agarró a Sarah y comenzó a besarla a ella también.

—¿Nosotros vamos a ser menos, cariño? —dijo la voz más sexi del mundo en mi oído, haciendo que se me dibujase una sonrisa de satisfacción.

—Por supuesto que no —le respondí a Andrew, observando los ojos que tanto amaba mirarme con adoración justo antes de que se inclinase hacia mí para besarme con pasión. Como solo él sabía. Logrando que todo mi cuerpo se volviese loco.

Me parecía el momento más hermoso de despedida. Todos junto a la persona que amaban y sus amigos. Rodeados de cajas y en el lugar en el que empezaba la nueva vida de Matt y Sarah, que habían sido en el fondo el primer engranaje que había hecho que todos los demás nos juntásemos. Eran el nexo de unión de todos. El principio. Y también era perfecto que fuesen el final.

Agradecimientos

Me hace inmensamente feliz estar de nuevo aquí, lo que por supuesto no sería posible sin un montón de personas que me han acompañado en este precioso camino que es la escritura y que han hecho que el viaje sea todavía más bonito. No podría haberlo conseguido sin mis amigos, sin ese grupo de «Las chicas de Fransy» en el que somos una familia y en el que tantas risas y apoyo nos damos. Tampoco sería ni posible ni tan bonito si no hubiera un montón de personitas en sus casas (o donde les guste) que se dedican a leer mis novelas y a dejarme preciosos comentarios (montajes, fotos, *reels*, reseñas y un sinfín de muestras de amor hacia mis personajes) que me calientan el corazón. Gracias a todos, porque hacéis que ser escritora no solo merezca la pena, sino que sea un trabajo maravilloso.

A Teresa y Borja, porque no se me ocurre una editorial más maravillosa en la que estar. Ninguna que nos tratase ni a mí ni a mis historias igual de bien. Gracias por darles una oportunidad a mis chicos y hacerlo de forma tan divertida. Hay personas que llegan a tu vida de manera inesperada y se convierten en muy importantes.

A Lander, por más cosas de las que se pueden dejar por escrito sin aburrir a todo el mundo. Por existir, por ser tan divertido; porque haces que todo merezca la pena, porque con una sonrisa consigues que se me pasen todos los males. Te quiero más de lo que se puede querer a nadie. Por toda una vida a tu lado.

A Alain, por ser el mejor compañero de vida y locuras (estoy segura de que tú también las disfrutas/sufres) que se puede tener.

341

Porque juntos somos perfectos, no hay mejor frase para describir nuestra fantástica historia de amor. Por otros cien años más.

A mi madre, porque la vida sin ella sería un lugar mucho más oscuro. Por estar siempre ahí para todo lo que necesitamos. Te quiero. Por otros cien años más.

A Silvia, que es la mejor amiga que alguien puede soñar con tener. Por tantos momentos divertidos, confesiones y locuras vividas. Por investigar la fecha en la que nos conocimos para que podamos tener un aniversario. Si es que lo nuestro fue amor a primera vista, no se puede negar. A por otros mil años más.

A Maru, que está atenta a todo, que se preocupa por cada pequeño detalle, por todo el amor y la amistad. Por estar siempre ahí. Por tener un consejo para cada ocasión. Por muchísimos años más.

A Fransy, que siempre será una pieza fundamental en mi vida. Porque te estaré eternamente agradecida por todo el apoyo que me has dado. Porque sigamos juntos otros cien años más.

A Irene, por ayudarme tanto con esta historia, por acompañarme en cada paso y hacer que brille mucho más. Me encanta cruzar audios gigantes contigo. Por otros cien años.

A mis amigas Nieves, Cristy, Gemma, Nani, Noe, Toñi y Vicky, porque sois las personas más divertidas, cariñosas y perfectas de la faz de la Tierra. Por otros cien años más.

Y no podía faltar Luk, el pequeño gato cariñoso y pesado que no deja que escriba más de dos frases sin su atenta supervisión. Luk, el trepador de sillas que está aprendiendo a maullar. Dueño de mi corazón.

A todos vosotros, gracias.